文 學 叢 書　153

陳黎談藝論樂集

陳黎◎著

目　錄

我的霍洛維茲紀念音樂會

　　鋼琴家霍洛維茲去世了。這八十五歲的老頑童。晚報上他和善的臉對著餐桌前的我永恆地笑著。這次可不能再那樣任性、調皮地敲彈舒伯特的軍隊進行曲了，可不能再像魔術師夫人的情人般變一堆胖的、瘦的黑白貓在史坦威琴上跑來跑去。我攤開報紙，用一把剪刀輕輕剪下他的照片和外電，深恐他好看的笑容會迷失在藝文版後面一大堆密密麻麻的漲跌圖、日線圖、每日證券行情表裡。我走到客廳，打電話給遠方的友人，告訴他霍洛維茲死去了。年輕的時候我們一同聽過他的唱片。我的女兒一本正經地在地毯上跟她的動物娃娃們講故事。我想起了霍洛維茲彈的舒曼的兒時情景，我前後買了他三次的唱片，外加八十二歲那年他在六十年不見的故土俄羅斯上彈的夢幻曲。我曾經一次次地在我家電視上放給我的學生、我的朋友們看，跟隨霍洛維茲莫斯科音樂院裡的同胞一起落淚。但這八十五歲的老頑童依然淺淺地笑著，音樂會結束，他斜斜頭比比手勢，說他要去睡了。

　　他要去睡了，留下我們在空曠的音樂廳裡追憶他的琴音，那澎湃、激昂的蕭邦、柴可夫斯基，那優雅、自在的莫札特、舒伯特，那一路掉珍珠的史卡拉第、史克里亞賓。

　　我拉下鐵門，走進書房，開始我為他舉行的紀念音樂會。這是今年的第二場紀念音樂會了。幾個月前，大師卡拉揚去世，我徹夜不眠地坐在屋裡，溫習每一盒他指揮的唱片、錄影帶。原諒我，大師。世界太大，人生太短，我只能在這樣的夜裡與你們緊密地相會。感謝現代的科技，讓我們能快速、準確

地回到過去最美好的一段段回憶。

　　十五歲那年我買了一張翻版的霍洛維茲，二十年後，我淪陷在那綠色唱片封套的記憶裡。我打開唱機，放進一張CD，故意放大聲音，舒曼的兒時情景。我的女兒在隔壁房間和她的動物娃娃們講故事，玩遊戲。我要她聽到這音樂。我要她在五十年後的夜裡清楚地想到今夜，她的父親，霍洛維茲和舒曼的兒時情景。

　　我又讓他彈了一遍莫札特的K.330，在今夜，我為他舉行的紀念音樂會上。要多少歲月的琢磨才能去蕪存菁地找到平衡，枯淡地表現真情，娛樂自己也娛樂別人？我換上一卷錄影帶，讓他跟朱里尼再合作一次莫札特的第二十三號協奏曲。他哪裡像在彈琴，他簡直就在遊戲，你看他得意地坐在琴椅上指揮，彷彿他是統率玩具兵的皇帝。

　　他似乎一點也不覺累，一遍遍坐在那兒要我重放這首、那首曲子。他喜愛的作曲家偏偏又那麼多。冬夜漫漫，音樂無窮。他一邊彈，我一邊打瞌睡。死亡幾時帶給他這麼大的精力？

　　最後一定是我先睡著了。我不知道其他的人什麼時候離開了。我看到他和善的臉在那張綠色的唱片封套，這八十五歲的老頑童。他剛剛參加了我為他舉辦的紀念音樂會。

夏夜聽巴哈

夏夜聽巴哈，一萬支牙膏味猶在齒間的綿羊在草原上散步吃草。

我們的心有煩憂，巴哈爸爸派他的牧羊人來我們的窗口放羊。是一個當過鐵匠，賣過愛玉冰，偷過珠寶店門帘，仿製過星光牌打火機的迷宮設計者。在我們的窗口彈琴。是一個玩魔術方塊，吃玻璃彈珠，崇拜複數和進行式的一神論者。音與音追逐，意念與意念相疊。

是一個慣常把相同一種顏色，相同一種情緒推到極致的溫和主義者。

然而又是單純的。潔淨，明亮，堅實而崇高的音樂教堂。我們唯一的上帝，巴洛克。

羊群吃掉我們的煩憂，吃掉我們白日的疲憊。擔心孩子們成績單上的分數；擔心對街圖書館地下室的濕度；因嫉妒而環繞情敵經常出沒的歌劇院七十八次。

我們在夏夜失眠，穿過每一個大街小巷尋找所愛的人的車牌。

我們在夏夜歌唱，因世俗的軛，人間的戀。

羊群吃掉我們的煩憂，足跡所至，留下一灣淺淺的溪流。即使是一首小小的聖詠合唱，無需湯匙，自琴鍵上流來：

耶穌是喜悅的泉源
是我心至高的快樂
他減輕我們的煩憂

因爲他的愛救贖的力量
他是我眼睛的最愛
他是我心靈的至寶
堅實地牢固於我心中
他與我永不分開。

巴哈爸爸和他的牧羊人。我們夏夜唯一的上帝，巴洛克。

雷鬼與香頌

在我的視聽圖書櫃裡有兩卷影帶是我近年來的最愛：鮑伯‧馬利（Bob Marley）與茱麗葉‧葛雷柯（Juliette Greco），它們是我收藏的流行歌曲軟體中的王與后，我的「秘密之子」。

鮑伯‧馬利，一九四五年生於牙買加聖安郊區一條小街，母親是牙買加黑人，父親是英國白人士官。一九六四年，與友人組成「哭泣者」樂團，灌製唱片，至七〇年代中葉名噪世界。他們帶給世界一種充滿熱情、急迫、苦惱與原始本能的音樂風格——雷鬼（Reggae），這是牙買加送給世界的最好的禮物，截然有別於七〇年代諸般矯飾、誇大、俗麗而言之無物的西方流行音樂。

我的錄影帶是鮑伯‧馬利死前十八個月——一九七九年十一月——在美國聖塔芭芭拉的演唱實況。音樂會以曾被英國歌手克萊普頓（Eric Clapton）轉唱知名的〈射殺了警長〉開始，而以馬利單純、動人、充滿覺醒與革命意識的雷鬼聖歌〈起來吧，站起來吧〉終結。馬利身著灰藍的粗布衣服，髮垂如鐵索，演唱時兩眼微閉，肢體搖動，雙手揮擺有致，彷彿鳥飛太空，姿勢不絕。聽其歌，令人興起起身離地、超越人間污濁的飄飄感，這不見得與他歌曲中時或傳遞的雷斯達教旨（Rastafarianism，一種奉伊索比亞皇帝 Haile Selassie 為上帝，相信伊索比亞是黑人精神樂土的牙買加宗教信仰）有關，而是來自他個人的氣質與魅力——在現實生活中他被媒體渲染成好吸大麻、好征服女人，然而在舞台上他卻體輕如枯果，以一種

洗盡邪念的虔誠與專注，神一般呈現在我們眼前。他在這場演唱會中同時唱了幾乎成為辛巴威民間國歌的〈辛巴威〉，以及號召全世界黑人團結起來的〈團結吧，非洲〉。這些歌之具有感染力並不在於它們所傳遞的訊息，而是在於帶動訊息的音樂氣勢。一九八○年他受邀在辛巴威獨立大典上演唱，一九八一年五月因癌症病逝於邁阿密。他的死成為牙買加的國殤，他的音樂使他的名字跟雷鬼同時成為傳奇。

相對於雷鬼的激奮，法國的香頌（Chanson）顯然是較含蓄而抒情的民歌。

第一次看到茱麗葉‧葛雷柯是在她一九八六年東京演唱會的影碟片上。將近六十歲的她穿著一身黑衣，醍醐灌頂般把一首首我聽不懂的法語歌倒在我的頭上。除了幾首可以辨認的〈巴黎天空下〉、〈玫瑰色人生〉、〈枯葉〉等名曲外，都是我不曾聽過的旋律。豈只不曾聽過，她的歌簡直沒有旋律，沒有耳飾、頸鍊，沒有眩眼的燈光、煙幕，一隻隻言語的獸素樸地從她的嘴裡爬出來。她真的像是一個馴獸師，催眠般驅使她的歌聲、她的聽眾。如果說鮑伯‧馬利唱歌的手幫助我們飛天，葛雷柯魔術般的手勢則使我們甘心入甕，一個個走入她音樂的樊籠，難怪沙特讚賞她「喉間有數百萬的詩」。

去年一月，「小耳朵」播出了一集葛雷柯的回顧專輯，使我有機會一睹她年輕時候的丰采，並且看二次大戰後賽納河左岸沙特以降的知識分子、文學家如何為她傾倒，爭相寫詩獻曲。她仍是樸素無飾，只是更具青春的自信；她唱愛情、唱生命、唱美、唱孤獨、唱城市、唱反對戰爭，只是除了用嘴唇，還用兩手。原來這是她一生的風格：美聲、美貌、美才；深沉、細膩、節制地把人間的悲喜昇華成詩。

這些是我個人的「秘密信仰」，我把它們錄製在錄音帶上，給我身邊少數的朋友、學生分享。我並不期待這島上所有的人都喜歡它們，但我相信全世界各地都有知音。我的學生們在電視上看到各國歌手在南非人權鬥士曼德拉七十歲生日的演唱會上齊唱〈起來吧，站起來吧〉，都有回家的感覺；而有一個朋友的朋友，前不久從外地來訪，看到我放葛雷柯的錄影帶，告訴我他有一個朋友剛從巴黎遊學歸來，帶給他的禮物正是葛雷柯的錄音帶。

聖者的節奏

　　如果說人如其歌，保羅‧賽門（Paul Simon，1941-）顯然是一位敏感含蓄，溫柔敦厚的君子。他敏銳地捕捉生命的律動——它的苦惱，它的孤獨，它的熱情，它的挫敗，它的希望——化爲甜美的歌聲與細膩的詩句。一九六四年，他離開大學，隻身前往英國闖天下，第二年，他的歌〈寂靜之聲〉意外地在美國本土造成轟動。這首歌，連同其他與其童年友伴葛芬柯（Garfunkel）合唱的一些曲子，很快地使他成爲穩健派美國學生的代言人。一九六八年，他與葛芬柯爲電影《畢業生》錄製插曲，並且出版了一張圓熟、完美的專輯《書夾》（Bookends）。一九六九年，賽門寫出了歌讚友情、風靡全世界的傑作〈惡水上的大橋〉，爲他與葛芬柯的合作關係劃下一個美麗的句點。

　　然後，他繼續走他的路。從雷鬼，從福音歌，從爵士樂汲取創作靈感。一九七一年，他飛到牙買加首府京士頓，錄下第一首白人雷鬼歌曲〈母子重逢〉，收於第一張個人專輯《保羅‧賽門》裡。一九八三年，他第五張個人專輯《心與骨》出版，四十二歲的賽門似乎面臨了藝術創作的瓶頸；他寫過許多好歌，享有盛名，受眾人矚目，他必須另闢新徑，否則極易自我重複，流於俗麗而無眞味。一九八四年夏，他的友人給了他一卷叫《Gumboots》（原意指南非礦工與鐵路工人工作時穿的重鞋）的南非「市街音樂」的錄音帶；他開始持續地聆聽南非的黑人音樂，驚喜於它們新鮮的節奏與豐富的音樂肌理。一九八五年，他飛到約翰尼斯堡，與南非當地的幾個樂團合作錄

音，並且用他們的音樂激發出新的歌。專輯《仙境》在第二年問世，這是一張成功地融合非洲音樂風格，令人耳目一新的唱片。一九八七年，他帶領非洲音樂家作環球演唱。一九九〇年，又推出一張飽滿、堅實的專輯《聖者的節奏》——這次他跑到里約熱內盧錄音，結合了巴西鼓、非洲吉他以及準確、動人的詩。從《仙境》到《聖者的節奏》，賽門似乎重新發現了音樂的快樂。

　　一九九一年夏天，我連續數天獨自在家聆聽他的《聖者的節奏》，感受到一種我不曾在流行歌曲中聽到過的安定：安定，同時蘊含淨化、昇華。完美主義者賽門精巧地控制了每一個唱片製作的細節：從最微弱的吉他的撥奏到整張唱片歌曲的排列順序。他把飽受生活苦楚的現代心靈放進神秘的、巫術的、原始的、祭典的拉丁美洲節奏與氛圍中，去洗滌、浸淫，直到透露著新可能的光自黑暗中升起。在〈聖者的節奏〉這首歌中他如是唱著：「探進黑暗／黑暗的探觸／探進黑暗／黑暗的探觸……」這黑暗是清涼、濕潤的靈泉，充滿著〈神靈的聲音〉與魔術的故事：「有些故事像魔術一般，要用唱的／從河流的嘴巴唱出的歌／當世界仍年輕／而所有這些神靈的聲音統治著夜……」我趁機把賽門四分之一世紀來的作品重新聽一遍，發現我以前似乎未曾真正進入他作品生命的核心：我以前可能喜歡他某首歌歌詞的深刻，旋律的動人，或者詞與曲完美的嚙合，但是我從未發現這一切也許都只是他整個飽滿創作心靈的一部分。他內心的某種律動，某種才幹，某種對音樂與世事的敏感，不斷投向周遭萬物尋求對應——攀附在它們身上，擦拭它們，磨亮它們，並且從反射出來的光中更清楚地察見生命與藝術的秘密。所以當賽門與葛芬柯在英國北海邊的小漁村

13

聽到古老的民謠時，他把它轉化成甜美、哀愁、充滿諷喻的戰爭安魂曲〈史卡博羅市集／頌歌〉；而被巴哈採用於《馬太受難曲》中做為聖詠合唱曲調的十六世紀德國流行歌謠，照樣可以出現在賽門的歌集，成為悲憫美國夢的〈亞美利堅之歌〉：「我所認識的每個心靈都受傷過／我所有的每個朋友沒有人能安定／我所知道的每個夢想都粉碎、破滅過／啊，但是無妨，一切無妨／因為我們已存活了如此久，如此好……」

　　這種律動也許就叫作「民胞物與」。它可以喜，可以悲，可以承擔自我，也可以負載群體。它出入銅牆鐵壁，藉一切形式運輸一切內容，交通那卑微的與神聖的，愁苦的與狂喜的。在專輯《書夾》裡，賽門剪輯了許多從各地老人院錄下來的老人的聲音：「你在這裡快樂嗎？你在這裡和我們在一起快樂嗎，歌者先生……」〈老朋友〉的旋律接著淡入：

老朋友，老朋友，
書夾般坐在公園的板凳上，
報紙吹過草地，
落在老朋友們
圓禿的鞋頭上。

老朋友，冬日之伴侶，
老人們跌落外套之中，
等待日落，
城市的喧囂
滲過樹林，塵埃一般落在
老朋友的肩膀上。

你能想像數十年後的我們
安靜地分享一張公園的板凳？
七十歲，一個陌生得令人心悸的世界！

老朋友，
記憶沖刷過同樣的歲月，
無言地分擔同樣的恐懼。

　　從《寂靜之聲》到《聖者的節奏》，孤寂誠然是賽門最常觸及的主題。孤寂，疏離，自我懷疑，糾纏、泥陷的人際關係，無所不在的生存危機、生命負擔。在《聖者的節奏》這張專輯中，「桑尼坐在窗戶邊，想著／多奇怪啊有些房間像鳥籠／桑尼的高中紀念冊／從書架上落下／他懶散地匆匆翻過：／有些已死去／有些自我逃避／或者掙扎著從這兒鑽到那兒⋯⋯」（〈坦白的小孩〉）；「而一個冷卻系統／在烏克蘭燃燒起來／我們在樹與傘下躲避新雨／一隊隊工程師前來檢驗土壤／檢驗我們所凝視的食物／我們所煮的水⋯⋯／／我夢見我們／在夜的瓶子與骨骼裡／我感覺我的肩胛骨疼痛／像鉛筆的黑點？／愛人的咬嚙？⋯⋯／／一條蜿蜒的河流／緊緊纏繞在心上／愈拉愈緊／直到泥濘的水／越堤而出／一支藍調樂隊趕到／音樂受苦／音樂事業愈來愈蓬勃⋯⋯」（〈無法奔跑但是〉）

　　賽門並不想要寫詩，他從音樂激發詩，從孤寂，從民胞物與的律動。在最美妙的時候，這些詩與音樂緊密地結合在一起，成為一種聲音，一種思想──成為一種律動。在〈清涼、清涼的河流〉這首歌裡，賽門準確生動地呈現了現代生活的荒

謬（這些詩，比之艾略特，實在毫不遜色）：「是的老闆。／官式的握手／是的老闆。語言壓碎機／是的老闆。止水先生／酒席邊的臉孔／清涼、清涼的河流……／／憤怒然而無人能治癒它／穿過金屬偵察器／像鼯鼠般生活在汽車旅館裡／幻燈機裡的一張幻燈片……」他期待一條清涼、清涼的河流，「沖刷過狂亂、白色的海洋／愛的狂怒內轉為／虛誠的祈禱／而這些祈禱是／穿越荒野的永恆的道路／這些祈禱是／這些祈禱是上帝的記憶……」

這條洗滌人間苦難的河流也許是愛，也許是宗教，也許是藝術（雖然賽門知道「有時候甚至音樂也無法取代眼淚」），也許是對於希望的樂觀的信仰（「半月隱藏在烏雲背後，親愛的／天空透露出幾點希望的徵兆／振起你疲倦的雙翼飛向雨中，我的寶貝／用賭徒的肥皂清洗你糾纏的捲髮」）；或者，它甚至就是那條原始叢林裡充滿神靈聲音的會唱歌的河，「唱著雨水，海水／唱著河水，聖水」，以慈悲包裹我們，治癒我們：「心啊，小心／它會有益，它會晚到／心啊，全力去做／並且相信／明天的力量……」

所有虔誠的音樂家都是聖者，用音樂的律動體現宇宙的律動。

神的小丑

看過電影《戰火浮生錄》的人，大多會為片頭、片尾巴黎鐵塔附近夏瑤宮廣場上那場壯觀的舞蹈所震撼——一名上身赤裸的舞者站在巨大、朱紅的圓桌中央，以強韌而曲柔的肢體呼應蠱惑般反覆出現的旋律，圓桌旁，四十名男子圍成一圈，配合圓桌上的舞者，隨愈轉愈強的節拍愈舞愈烈，至最高潮處驟然同時崩倒。這熟悉的音樂大家都知道是拉威爾的《波烈羅》，但很少人注意到這舞是誰編的。

莫利斯・貝賈爾（Maurice Bejart），一九二七年生於法國，是當代最勇健、前進的編舞家之一。他三十歲時組織了自己的舞團，一九五九年演出他改編的史特拉汶斯基的芭蕾《春之祭》。在這個新版本裡，他把原來選拔少女狂舞至死以祭獻土地之神的情節，轉化成少女與年輕男子肉體的結合——頌讚生命與愛的力量。貝賈爾成功地掌握了原始的氛圍，以充滿活力、變化有致的群舞與韻律再現史特拉汶斯基音樂的精神。演出後，愛之者譽之為不朽傑作，惡之者詆之為色情遊戲。貝賈爾一躍而為布魯塞爾皇家劇院的監督，他的舞團則改名為「二十世紀芭蕾舞團」。

「二十世紀芭蕾舞團」的表演顛覆了傳統芭蕾美學秩序。貝賈爾的編舞常給人巨大的視覺撞擊，他在舞作中引進爵士樂、特技、具體音樂（從現實生活中錄下來的聲音），並藉歌唱、說話等方式強化表演效果，以吸引廣大群眾的參與。芭蕾不再只是供少數人在劇院裡正襟危坐觀賞的高雅品，它變成公眾生活的一部分。貝賈爾不斷在大型的體育館、運動場、馬戲

場公演他的作品。一九六四年，他編舞的貝多芬《合唱交響曲》在布魯塞爾皇家馬戲場上演，先後有五十萬以上的人在各地看了此一舞作：經由戴奧尼斯式的舞蹈，貝賈爾讓觀眾與舞者一同完成了他藉貝多芬—席勒—尼采揭示的愛、自由、和諧的理念。

一九七一年，貝賈爾以發狂致死的俄國偉大舞者尼金斯基的日記為題材，編成《尼金斯基：神的小丑》一舞，首演時擔綱的即是電影中跳《波烈羅》的舞團台柱 Jorge Donn。貝賈爾引用尼金斯基的話做為主題：「我將扮演小丑，如此他們將更了解我。我愛莎士比亞的小丑──他們非常幽默，但他們仍有恨，他們不是神派遣來的。我是神的小丑，所以愛開玩笑。我的意思是小丑是好的，只要他有愛。沒有愛的小丑不是神的小丑。」

貝賈爾自己其實就是小丑，勇敢、厚顏地打破種種藝術的界限。他有時候教舊瓶子裝新酒，有時候教驢與馬結婚，有時候教西方的丈夫偷東方的香，有時候叫古代的腳抓現代的癢。他的《羅密歐與茱麗葉》戲外有戲：一群舞者在空蕩的舞台上排演，忽然爭吵、打鬥起來，芭蕾教練前來調停，以演戲的方式告訴他們一個愛與恨的故事──《羅密歐與茱麗葉》，故事演畢，舞者重回舞台準備排演，他們興高采烈地高喊「作愛，不要作戰」，忘卻了剛才《羅密歐與茱麗葉》戲中的愁思。他的《火鳥》飛法跟別人不一樣，把古老的俄國傳說轉變成自由與革命的政治寓言：一隻身著紅衣的男性火鳥，率領一群反抗者，前仆後繼地死亡、再生，獲得勝利。他採訪印度傳統音樂、舞蹈，編成芭蕾《守貞專奉》；他研究埃及音樂、歷史，編成舞劇《金字塔》；他結合東西方舞者，共同演出取法日本的《歌舞伎》。

他真的是世界的小丑，到處製造玩笑，製造愛的積木。他沒有自己的房子。在布魯塞爾，他有兩個房間，房裡並無電

話，成噸的唱片堆積在地板上，走廊上有兩個手提箱：獨立和自由——兩個手提箱，四海為家，一無所有。

他有的是不斷追求新事物的精力。一九八七年，他離開布魯塞爾，到瑞士洛桑另創「洛桑貝賈爾芭蕾舞團」——這也許是他的廿一世紀芭蕾舞團。一九九一年春天，整個巴黎都在談他新上演的芭蕾《突然之死》。看過的人說這是他集大成的作品。音樂由輕歌劇到現代歌劇，由交響曲到鋼琴小曲。一九六〇年，貝賈爾的父親因車禍突然死亡。一生受學哲學的父親影響極大的貝賈爾，永遠難忘自己見到驟死的父親時的情景。人終須一死，他希望自己也能像父親一樣突然死，那是最幸福的事。在芭蕾《突然之死》的最末，一名穿藍衣的女子——靜穆彷彿聖母，又彷彿死神——緩緩降臨匍匐於地上的男子身上，張開雙手，擁抱他。

我在電視上看到這感人的一幕。但更令我忘不了是另一幕啞劇——一群舞者，彷彿夢遊般行走於舞台之上：有人拿著一把斧頭，有人拿著一座巴士站牌，有人抱著一個地球儀，有人抱著一座搖搖木馬，有人舉著一把大傘，有人套著一個救生圈，有人托著一枝步槍，有人抱著一個洋娃娃，有人推著一輛小腳踏車，有人舉著一個衣架，有人拿著一個熨斗，有人拿著一個大水壺，有人拿著一個花盆，有人拿著一個吸塵器，有人拿著一具電話，有人拿著一支鐵耙，有人拿著一張摺疊床，有人拿著一條床單……

貝賈爾在告訴我們什麼呢？如此豐富的生的意象。我想到他在接受訪問時說的他的父親是文化人，也是生活人；我想到他經常說的「舞蹈即生活」。

他是神的小丑，還是生命的小丑？

向爵士樂致敬

要為爵士樂（Jazz）下一個簡單的定義是困難而危險的事。所有嚴謹的音樂辭書、百科全書都怯於遽下論斷，一般字典格於篇幅不得不大膽為之，並且是愈小本愈勇敢。袖珍版的《韋氏新世界字典》說爵士樂是「一種使用切分法、極富節奏性的音樂，源自新奧爾良的音樂家，特別是黑人」；《企鵝英語字典》說它是「從繁音拍子、藍調發展來的音樂，特徵為切分法的節奏，以及根據一基本主題或旋律做個別或團體的即興演奏」；牛津大學出版的一本為以英語為外國語者編的字典則說它是「源自美國黑人、節奏用切分法的喧鬧、不安的音樂」。

習於聽古典音樂的我最初的確認為爵士樂是喧鬧、不安的，或者更準確地說，認為凡喧鬧、不安的就是爵士樂；大學畢業後新讀了幾本音樂史與音樂欣賞指南，發覺他們把爵士樂跟古典音樂相提並論，才「勢利地」對它另眼看待。然而仍只是「眼」而已，聽進耳朵仍覺不甚自在。我開始強迫自己閱讀有關爵士樂的書籍，發現短短百年的爵士樂史，出現的名字比從蒙台威爾第到梅湘四百年古典音樂史裡的還多，而且盡是一些奇怪的名號：果凍捲摩頓（Jelly Roll Morton）、肥仔華勒（Fats Waller）、國王奧利佛（King Oliver）、公爵艾靈頓（Duke Ellington）、暈眩基列士比（Dizzy Gillespie）……

聽古典音樂，你只要盯住幾個大作曲家，反覆聆賞，很快地就可以登堂入室。但爵士樂不然，每一個演奏家都是作曲家，他不照固定的樂譜演奏，而是即興地、恣意地在規定的和

聲架構下創造音樂。古典音樂的演奏者總是力求表達原作與原作曲者的思想，但爵士樂者並不在乎表達的內容，他在乎的是表現的方式，他只是利用某個主題來表現自己的意圖，表現自己的個性——不斷地運用獨特的語法、音響製造高潮，製造張力。所以爵士樂大匠路易阿姆斯壯說：「你必須要珍愛自己能演奏。」演奏是爵士樂的生命。任何人若不能領略演奏者在演奏時爆發的生命力，便無法進入爵士樂的殿堂。

嚴謹深刻的古典音樂彷彿茶杯裡的風暴，音樂元素經由呈示、排比、組合、發展、再現等技術逐步推向數個張力的高峰，然而即使在最飽滿時，整個情緒仍然在節制的杯子之內。爵士樂卻好像魔術杯子裡的水，杯水不斷溢出杯外，卻又神奇地倒回杯內——一次又一次地變化顏色、形狀，激發出新的音響；當一群傑出的演奏者同時或接力演奏時，我們就好像看到一個由好幾個杯子組成的噴泉，此起彼落地迸發、交換著音樂的魔力。

這幾年透過視聽設備，有機會坐在家裡分享爵士樂者創造的快樂。日本人是喜愛爵士樂的，我在衛星電視上曾看到他們小學生爵士樂隊有模有樣的演奏，也看過他們的音樂家在世界舞台上演奏蘊含東方風格的爵士樂。爵士樂早已經是國際語言了。但最能打動我的似乎仍是那些傳自亞美利加本土的：從鼓著氣球般的兩頰吹小號的基列士比，到兩隻手同時在兩把吉他上彈奏的史坦利·喬登（Stanley Jordon）；從已成絕響的貝絲·史密斯（Bessi Smith）、比莉·哈樂蒂（Billi Holiday）（她們自然在唱片上復活了！），到眼盲心亮、化苦為甘的戴恩·雪（Diane Schuur）。

半月前在報攤上翻閱《新聞周刊》，赫然發現歌后莎拉·

馮（Sarah Vaughan）也在年度死亡名單之內，急急回家拿出她一九八六年十月在新奧爾良史托里維爵士廳演唱的錄影帶。那真是群星閃爍，充滿喜悅的一夜。一群偉大的爵士樂者互敬互愛地在舞台上用音樂相互競技。他們的演奏散發出共通的價值感，卻同時讓我們清楚地看見他們獨立的意志：吹著迷你短號的「爵士樂詩人」唐・薛里（Don Cherry）；在高音的雲梯上翻筋斗的小喇叭手梅納・傅格森（Maynard Ferguson）；容・卡特（Ron Carter）；赫比・韓寇克（Herbie Hancock）；暈眩基列士比⋯⋯他們真像一家人：在暈眩的瞬間，一同到達至福。

歌劇作曲家威爾第曾經說過：「音樂裡有一種東西比旋律和節奏更重要：音樂。」爵士樂最簡單的定義也許就是：音樂。

如　歌

　　歌負載我們的喜怒哀樂，特別是愛。

　　很多年以前，當我還是一個初中生時，我就很喜歡那一首青主譜的〈我住長江頭〉；我也沒有住過長江，我也沒有可以思念的人，可是那詞曲如流水般流過我的心頭，直到匯成一條長江，直到開始浮現思念的人：「我住長江頭，君住長江尾，日日思君不見君，共飲長江水；此水幾時休？此恨何時已？只願君心似我心，定不負相思意。」歌載我們到遠方，雖然我們還不及辨認夢與黎明的距離，分不清什麼是悲傷的喜悅，什麼是快樂的哀愁。我們長大，更清楚地看見人生像歌，變化地重複著相同的喜怒哀樂。

　　也喜歡那些素樸自然的民歌。「房前的大路，哎卿卿你莫走，房後邊走下，哎卿卿一條小路。」這條綏遠民謠我常拿來考學生：為什麼要走下房後邊一條小路？想不出答案的學生也許喜歡聽北方的山歌：「郎在對門唱山歌，姐在房子織綾羅，那個短命死的、發瘟死的、挨刀死的，唱得箇樣好哇，唱得奴家腳跛手軟，手軟腳跛，踩不得雲板丟不得梭，綾羅不織噢聽山歌。」或者聽客家男子唱：「兩人有心就愛連，唔怕事情鬧上天，殺頭可比風吹帽，坐牢可比聊花園。」

　　歌載我們到遠方，帶著白日的疲憊與夜晚的憂愁。孟德爾頌譜海涅的《歌之卷》：「乘著歌聲的翅膀，愛人啊，我要帶你離去，到那恆河岸邊，那兒我知道最美的地方。一座開滿紅花的花園，靜臥在輕柔的月光下；蓮花在翹首等候她們親愛的姊妹……」那早歇的杜巴克，一生只譜了十幾首歌，他選了波

23

特萊爾的〈邀遊〉，邀請全世界的夢遊者到他的歌裡旅行：「我的孩子，我的妹妹，想像那甜蜜，到那邊去一起生活！去悠閒地愛，去愛，去死，在與你相似的土地……看那些運河上那些睡著的船隻，它們的性情是四處流浪；為了滿足你最微小的願望，它們從世界的盡頭來到這兒。西沉的太陽將田野，將運河，將整個城市籠罩在風信子紅與金黃裡；世界沉睡於一片溫暖的光中。那兒，一切是和諧，美，豐盈，寧靜，與歡愉。」

年輕的時候讀哥德，只知道《少年維特的煩惱》與《浮士德》。大學畢業以後，從舒伯特、沃爾夫的藝術歌曲裡重新認識了這位狂飆時代文學巨人的抒情與敘事詩才。雪萊的〈給雲雀〉說：「最甜美的歌是那些述說最悲傷的心思的。」誰若不曾聽過沃爾夫譜的哥德《威廉·麥斯特》裡豎琴老人唱的歌，誰就不知道什麼是甜美：「誰不曾和淚吃他的麵包，誰不曾坐在他的床上哭泣，度過些苦惱重重的深宵，就不會認識你們蒼天的威力。你們引導我們走入人間，你們讓可憐的人罪孽深重，隨即把他交給痛苦煎熬；因為一切罪孽都在現世輪報。」

歌教我們包容，包容異國的哀嚎、陌生人的嘆息，因為很快地，我們也將在陌生的地方旅行。理查史特勞斯晚年寫完了他所有的歌劇和重要樂曲，突然無事可做，他的兒子對他說：「爸爸，你與其浪費時間等死，何不試著為後世再多留一首傑作？」八十四歲的史特勞斯瞥見艾亨多夫與赫塞的詩，譜出了他最迷人的《最後的四首歌》。這些是迎接死亡的歌，死亡，然而被美、被愛、被寧靜所包圍；音樂仍舊充滿史特勞斯特有的瑰麗的色彩，只是更圓熟、纖巧些，並且簡潔。

赫塞的〈進入夢鄉〉：「白天已令我疲倦，我想望那星光

的夜晚，願它和善地接待我，像對一個疲倦的孩子。雙手，不要再忙碌；頭腦，不要再思想；我所有的感覺，現在都要進入夢鄉。而那無拘束的心靈，希望能自由地翱翔，在這神秘的夜裡，去過那更深刻千百倍的生活。」

艾亨多夫的〈晚霞中〉：「經歷了苦難和喜悅，手牽著手，如今我們雙雙從漂泊的生涯，來到這安靜的鄉間休憩。山谷圍繞在四周，天色已經暗了，只有兩隻雲雀，記著舊夢，正飛翔入雲霧中。來吧，讓它們翱翔，很快就是睡眠時候，我們不要走失啊，在這一片孤寂中。啊廣袤的，寧靜的和平！在晚霞中如此沉重，我們已如是厭倦漂泊——難道這就是死亡？」

歌教我們哭泣，教我們擦乾眼淚，重新哭泣；在苦難與歡樂的生命的路上，教我們優雅地老去，死去。

彩虹的聲音

二十世紀快過去了，但是二十世紀作曲家的作品卻仍然被絕大多數的愛樂者所冷落。很少人期待在音樂會上遇到二十世紀作曲家的曲目，被灌成唱片的也少之又少，更不用提進入「暢銷排行榜」的可能了。然而有一個作品，卻在首演時吸聚了五千名聽眾，並且不可思議地讓作曲家在多年後覺得是其一生中聽者最全神貫注、心領意會的一次音樂會。

梅湘（Olivier Messiaen，1908-1992）的《世界末日四重奏》是在集中營裡寫成的。一九四○年，加入法軍作戰的梅湘被德軍俘虜，囚於德、波邊境古力茲城（Görlitz）的戰俘營。飢寒勞苦的肉體生活逼使他藉由作曲求取精神上的慰藉，他寫出了史無前例、奇異組合的四重奏，因為同營的難友中另有一位小提琴家、一位大提琴家、一位豎笛家。一九四一年一月，一個苦寒的夜晚，在五千名來自法國、比利時、波蘭以及其他國家的戰俘前面，由梅湘自己擔任鋼琴部分的演奏，首演了這首充滿象徵意味的作品。

這是一首描述不受時間威脅的永恆之境，閃現渴望、靈視與幸福光彩的作品。梅湘音樂的重要特質在此俱可發現：複雜精緻的節奏、獨創的調式、充滿色彩的和聲、鳥叫，以及對宇宙萬物的愛。梅湘是具有神秘主義傾向的虔誠的天主教徒，但我們並不需要有跟他一樣的宗教信仰才能分享他創造出來的神妙。在《世界末日四重奏》樂譜的開頭梅湘引了《聖經》〈約翰啟示錄〉裡的話闡明題旨：「我看見一位力大的天使從天降下，披著雲彩，頭上有虹，臉面像日頭，兩腳像火柱。他右腳

踏海，左腳踏地，如是踏海踏地，向天舉起右手，指著永恆的祂起誓說：不再有時間了；但在第七位天使吹號發聲的時候，上帝的奧秘就完成了。」但梅湘著重的並不是末日的巨變、恐怖，而是寂靜的崇敬以及美妙、平和的心景；他所欲表達的是困頓的人類對於更高層次生存境界的想望，人性中神性部分對獸性部分的呼喊。如是我們聽到鳥兒們在深淵歌唱（第三樂章）——獨奏豎笛模仿鳥鳴，在悲傷與倦怠的時間深淵吟詠我們對光、對星、對彩虹、對喜悅的渴望；如是我們聽到大提琴與小提琴，或者合奏（第二樂章），或者獨奏（第五、第八樂章）的神聖的詠唱——甜美、長大、不知所終，在樂曲的最後以近乎超越時間的徐緩向最高音域的主音飛升。

梅湘經常表示自己在寫作或聆聽音樂時可以看到色彩。在《世界末日四重奏》的注釋裡他把第二樂章鋼琴「柔美橙藍色的和弦瀑布」比做是「虹的水滴」，而在夢中（第七樂章）他「聽到並且看到井然有序的和弦與旋律，熟悉的顏色與形狀」，接著他「墜入幻境，恍惚地感受到一種狂喜的旋轉，一種暈眩的超人的音與色的浸透。這些火劍，這些流動的橙藍色的熔岩，這些突然的星：它們是群集的虹！」這種聲音與色彩的對應關係也許純屬主觀，不值得過分強調，但梅湘的確像畫家調合顏色般創作音樂，並且深諳製造新音色之道。浦朗克（Poulenc）曾經拿他跟以色彩和宗教題材知名的畫家魯奧（Rouault）相比。梅湘音樂中「彩虹般」的音色正是他最令人著迷的地方。

梅湘是複雜、神秘、深刻的，也是單純、抒情、容易的。任何人只要坐下來聽他的音樂就可以感受到一種舌沾糖漿、目接虹彩的喜悅。二十世紀的音樂如果還叫後世的人心動的話，有一道彩虹的名字一定叫梅湘。

親密書

　　被米蘭・昆德拉譽為本世紀捷克兩個最偉大人物之一的作曲家楊納傑克（Leoš Janáček，1854-1928）——另一個是小說家卡夫卡——是大器晚成的創作者。他二十一歲以後才想到要當作曲家，近五十歲時完成第一部重要歌劇《顏如花》並且在家鄉莫拉維亞的布爾諾首演，但是由於早年得罪了布拉格國家劇院的指揮柯瓦洛維克，他這齣傑作遲遲無法搬到首善之區布拉格，因此在六十歲之前，雖然楊納傑克頗以作曲、教學、指揮等才華在家鄉受到尊敬，但是在莫拉維亞地區以外卻仍沒沒無聞。

　　一九一六年是他生命的轉捩點：五月二十六日，《顏如花》終於在布拉格國家劇院登場；一夜之間，楊納傑克由地方性人物躍為全國性的作曲家，並且很快地傳名國外。就在這時，他認識了小他三十八歲的卡蜜拉・史特絲洛娃（Kamila Stösslová）——一名古董商人之妻，並且熱烈地愛上了她。這兩件事情改變了楊納傑克的一生。在他生命的最後十年，他表現得像一個充滿活力的天才少年，不斷寫情書給他的愛人，也不斷創造出獨特、迷人，迥異於古今音樂風格的精采作品。

　　楊納傑克在二十七歲那年娶了他所讀的師範學院院長的女兒——也是他自己的鋼琴學生——十六歲的紫丹卡・舒若娃為妻，他們的婚姻並不協調，因為紫丹卡出身上流社會，既不能理解楊納傑克的農鄉背景，也不能了解他平等主義的理想。楊納傑克是極易動感情的人，性格猛烈而爆炸，充滿土味與自然力。對他而言，生命與藝術之間並沒有分界，他很早就對真實

的音響非常神往，喜歡自然的聲音和鳥叫，常常拿著筆記簿四處記錄聽到的聲音——不論是山雀振翅、鳴叫的聲音，市場女人的討價還價聲，工廠女工一邊等候情人、一邊和朋友閒聊的語言旋律，或者街頭巷尾人們的驚呼、問答，隻言片語。他記下他們抑揚的語調、說話的情緒，彷彿一位企圖捕捉音樂和內心之間神秘環節的心理攝影師。楊納傑克曾說：「生命也好，藝術也好，最要緊的是絕不妥協的真實。」他認為人類，乃至於所有生物，說話或發聲時的音調變化是深妙的真實之源。根植於鄉土的他的音樂因之具有一種強勁、鮮活的生命力。

雖然卡蜜拉是楊納傑克晚年創作靈感的源頭，他們之間的愛情關係似乎只是單向的：楊納傑克寫了七百多封情書給她，百哩外的卡蜜拉卻少有熱烈的回報。她不怎麼喜歡音樂，也不太了解楊納傑克作曲家的地位。然而這並不妨礙他對她的熱情，他依舊不斷地把對她的愛投射在作品裡。第一個例子是一九一九年完成的聯篇歌曲集《一個消失男人的日記》：關於一位被吉普賽女郎所誘，棄家出走的農村子弟的故事。楊納傑克曾對卡蜜拉表示：「當我在寫這個作品時，我想的只有你。」一九一九年至一九二五年寫成的三部以女性為中心的歌劇——《卡塔·卡芭娜娃》、《狡猾的小狐狸》、《瑪珂波魯絲事件》，劇中的女主角也都是以卡蜜拉的影像為本。甚至在全屬男性角色的最後的歌劇《死屋手記》裡，他仍然企圖融入對她的情思，讓女高音唱其中一個韃靼少年的角色。作品成為楊納傑克的情書，寄給他所愛的人，寄給世界。

一九二八年，他真的寫了一首音樂情書給她：第二號弦樂四重奏《親密書》。標題本來要叫做《情書》，但他不願俗世的呆子悲憫他的感情，因而易名。在寫給卡蜜拉的信上，楊納傑

克說：「我正著手創作一個奇妙的作品，它將包含我們的生命。我將把它取名做《情書》。我們共同有過多少寶貴的時刻啊！如同小火焰般，它們將在我的心中亮起，並且化做最美的旋律。在這個作品裡，我將獨自與你共處，別無他人……」這一年七月，卡蜜拉和她十一歲的兒子第一次隨楊納傑克到他在胡克瓦第的故居度假。有一天為了尋找她迷路的兒子，楊納傑克淋雨著涼，演成肺炎，數日後終告不治。

在八月十五日他的葬禮上，布爾諾國家劇院的管弦樂團為他演奏了歌劇《狡猾的小狐狸》的最後一景：春回大地，年老的獵場管理員睡著在森林裡，他夢見一隻小狐狸向他跑來，以為是當年在睡夢中吵醒他的那隻小狐狸的女兒，他醒來，發現伸手抓到的是一隻小青蛙，小青蛙對他說當年和小狐狸一起吵醒他的小青蛙是他的祖父，不是他……。這是一部將老年與春天以及春天所帶來的生命復甦並置對照的動物寓言劇，楊納傑克生前看這齣戲彩排，看到這裡不禁掉下淚來，對身旁的製作人說，當他死時，一定要為他演奏這段音樂。

楊納傑克要演奏這段音樂，因為他在自己的作品裡看到愛情帶給生命和藝術的力量；楊納傑克要演奏這段音樂，因為他知道藝術可以撫慰生命和愛情的缺憾。音樂是楊納傑克親密的書信，記錄他的愛情，記錄世界。

啊，波希米亞

　　在所有歌劇當中，《波希米亞人》是我重聽過最多次的一齣，不僅因為它像烈火般在我青春年少時就徹底燃燒了我，更因為在它永恆的火光中不斷閃現的對青春、藝術與生命的愛。

　　四個窮困的藝術家同住在巴黎拉丁區的一個小閣樓，寒冷的耶誕夜逼使畫家想拆掉椅子當柴火燒，詩人毅然拿出自己劇作的原稿投進壁爐燒火取暖，抱著一大堆書籍上當鋪的哲學家無功而返，幸好音樂家回來了，帶著酒食和演奏的酬勞。房東突然前來催索房租，四人用計將之哄退，決定一起到街上歡度良宵。詩人因急著完成一段詩稿，稍晚離去，忽然聽到有人敲門。他開門，發現是一位掉了鑰匙，要來借火柴的楚楚可憐的女孩……

　　然後開始了普契尼歌劇中最著名的兩首詠嘆調：詩人魯道夫的〈你那好冷的小手〉，以及繡花女工咪咪的〈我的名字叫咪咪〉。我曾經一遍遍地把這段音樂放給不同的學生聽，要他們仔細聆賞研究，因為所有愛與被愛的藝術，所有誘拐異性與被異性誘拐的竅門都在裡面。它們同時是最好的音樂和最好的詩，一經入耳，永生難忘。做為一個同樣寫詩的人，我特別喜歡魯道夫唱的這幾句：「我雖然窮困，卻富有詩句與愛，說到夢想、遐想和空中樓閣，我的心有如百萬富翁。然而卻遇到了兩個賊，偷去我生命中的一切珠寶——這兩個賊是一雙美麗的眼睛，它們剛剛隨著你進來……」

　　刻劃纏綿的愛情顯然是普契尼所拿手，但《波希米亞人》中除了詩人與咪咪的「浪漫之愛」，另有一條對比的輔線：畫

家與他輕佻的愛人穆賽塔的「現實之愛」。普契尼利用這條輔線營造了一些熱鬧的場面，並且巧妙地融合兩組質素相異的愛情，造成強烈的戲劇效果：第三幕中，重病的咪咪與因猜忌離她而去的詩人重逢於巴黎郊外地獄門附近的酒店，前嫌盡棄的這對戀人，如漆如膠地在舞台一邊回憶、傾訴往日愛情的甜蜜，而另一邊則是畫家與穆賽塔相罵的聲音。也就是說，我們同時聽見兩組情緒不同的愛人的二重唱，或者說兩組愛人合起來的四重唱。如果這是話劇，四個人同時說話呈現出來的可能是一團大混亂，但歌劇給了我們其他藝術形式做不到的刺激：透過音樂，普契尼讓我們同時聽到了不同的情感的呈示——兩組二重唱互相衝突，一組充滿詩情，一組激動而無聊。這實在是奇妙的享受：在同一時間內經驗到衝突的熱情，對比的情緒和分離的事件。指揮家兼作曲家伯恩斯坦曾說這是舞台歷史上最動人的一幕：「只有神才可以同時了解多於一種事情，在短短的時間內，我們也被提高到神的水平。」

《波希米亞人》也是義大利男高音帕瓦洛帝的最愛，不僅因為魯道夫是他首次職業歌劇演出時擔任的角色，也因為他自身經歷過和劇中藝術家一樣的奮鬥歲月。他認為這齣歌劇充滿對生命的熱愛，是詞曲配合天衣無縫的完美之作，雖然寫成於九十多年前，卻能讓不同時地的觀眾都認同。他相信即使在百年之後，世界各地仍會有眾多魯道夫等候眾多咪咪前來敲門——只要歌劇存在，就會有《波希米亞人》。

向西班牙舞致敬

　　說起西班牙舞蹈家安東尼‧蓋德斯（Antonio Gades），喜歡舞蹈的人應該都不會陌生。但如果我說他就是西班牙導演索拉（Carlos Saura）著名的舞蹈電影《卡門》裡那位以舞蹈為人生的舞蹈家男主角的話，看過電影的人都會說：「我想起來了，我喜歡他的舞蹈！」這部由蓋德斯編舞、主演的電影為他贏得坎城影展最佳藝術成就獎。

　　蓋德斯的編舞吸取了傳統佛拉明哥舞蹈的菁華，特別注重整體的戲劇撞擊力。他八○年代與索拉合作的三部舞蹈電影——《血婚》、《卡門》、《愛情魔術師》——成功地讓世人認識了西班牙舞的魅力。

　　一九七八年他創立了直屬於文化部的「西班牙國家芭蕾舞團」，並且擔任首任藝術總監。十多年來，這個舞蹈團足跡遍及全球，演出了許多西班牙新、舊編舞家的舞作，孕成西班牙舞蹈的文藝復興。現在這個舞蹈團居然來到了台灣，要用鮮活的、熾烈的舞步踏響國父紀念館的舞台。

　　我有幸在不久之前的小耳朵上看到他們在東京的演出。最令我印象深刻的是《波烈羅》一舞，這是音彩大師拉威爾充滿西班牙風味的名曲，旋律單純動人，反覆演奏多次，節奏由弱轉強以臻高潮，向來是編舞家的最愛。但西班牙國家芭蕾舞團演出的荷西‧格拉內羅的版本，卻讓人一新耳目：獨舞與群舞剛強有力地交織變化出跟音樂一樣令人眩眼的美感，舞者的衣服由一開始的黑色、白色、黃色、藍色、金色逐漸衍換成單純、強烈的紅、黑兩色，配合西班牙舞典型拍手、頓足、強化

節奏的舞蹈動作，在巧妙變化的燈光與亮麗、多彩的舞台背景（包括五個鑲玻璃的旋轉門）烘托下，讓觀者獲得飽滿愉悅的視覺、聽覺與心靈享受。令人驚嘆的是此舞結束時舞者的謝幕動作——整齊、刻意、剛中帶柔，配合仍在響著的音樂，讓人快速復習一遍剛才所感受到的快樂；謝幕在此成了舞蹈「正文」的一部分。

色彩、動作、旋律，以及歸根結底，藝術與魔力——這些是西班牙國家芭蕾舞團最擅長呈現的，也是舞團代表作——《佛拉明哥舞》——精神所在。佛拉明哥是源自西班牙南方安達魯西亞（Andalucia）的民間舞蹈和音樂，起源複雜，包含阿拉伯人、猶太人、印度以及拜占庭的影響，十九世紀開始主要經由安達魯西亞人以及吉卜賽人傳播開來，因此也被視為吉卜賽音樂。佛拉明哥包括四個部分：歌唱、舞蹈、吉他伴奏以及強化節拍的動作。因此我們可以看到舞者、歌者與吉他手團聚在舞台上載歌載舞：歌者與吉他手唱奏出旋律自由移動、充滿裝飾音與多變節奏的歌曲，舞者以腳擊出節拍，並以拍手或響板助之，表演者口中且不時迸出「荷咧、荷咧」等的讚嘆，以強化演出的氣氛。不管表演的是有關死亡、痛苦或絕望的「深沉的歌舞」，或者有關愛情、鄉村生活或歡樂的「輕鬆的歌舞」，我們都很容易直接感受到佛拉明哥特有的，交雜愁苦與喜悅的強烈的生命力。

西班牙一直是讓許多詩人、藝術家心動的名字。詩人楊牧年輕時閱讀「有愛有恨」、來自安達魯西亞格拉拿達的西班牙詩人羅爾卡（Federico García Lorca）的《吉卜賽歌謠集》，譯了一冊《西班牙浪人吟》；二十五年後，他在一首寫到西班牙的詩裡如是歌道：「來吧來吧，來到安達魯西亞／找我找我在

遙遠的格拉拿達／讓我們讚美無窮的格拉拿達／一首新歌唱老了安達魯西亞」。今天也許我們不需要跑到遙遠的格拉拿達，可以在遠到來的西班牙國家芭蕾舞團的演出裡，找到歷久彌新的安達魯西亞。

永恆的爵士樂哀愁
——懷念邁爾士‧戴維斯

　　看過克林‧伊斯特伍導演，佛里斯‧惠特克主演，爵士樂巨匠查理‧派克（Charlie Parker，1920-1955）的電影《鳥仔》（Bird）的人，大概都會對爵士音樂家（特別是黑人爵士音樂家）熱情而又孤寂的生涯留下深刻的印象。爵士樂是演奏者的音樂，在面對觀眾即興演奏時，樂人的生命是熱鬧又充滿激情的，然而一離開舞台，一離開曾經有過的熱烈時刻，空虛與不安往往虎視眈眈地準備撲食他們。許多人藉酗酒、吸毒振奮自己，苦惱與激情互相追逐，很快地他們把自己掏盡了。「鳥仔」派克即是此種「烈士」的典型：在短促的時間裡，將自己的才華、生命燃燒殆盡。與派克同領四○年代爵士樂風騷的小喇叭手兼樂團領導「暈眩」基列士比（Dizzy Gillespie，1917-1993），在電影中告訴潦倒的派克，他之所以要做好一名領導者，是為了要證明給那些骨子裡不希望黑人成器的白人看的：「我是改革者，而你想當烈士。等你死了，他們會不斷談起你。烈士總是比較令人懷念。」

　　最近去世的小喇叭手邁爾士‧戴維斯（Miles Davis，1926-1991）卻是在生前即被不斷談論的改革者。十五歲領到工會會員證，十八歲即在艾克史汀（Billy Eckstine）的樂團與剛剛創造「咆勃」（Bop）——一種強調即興演奏，非黑人不足以勝任的新爵士風格——的年輕爵士樂革命者基列士比與派克等一起演奏。之後，他前往紐約，入學茱麗亞音樂學校，但大多數時間卻來往各夜總會追隨派克學習。一九四五年，他離開

茱麗亞，並且加入派克的五重奏團。與派克狂暴猛烈的薩克斯風主奏相對照，陪襯的戴維斯的小喇叭有時略嫌膽怯、不穩定。但是他努力琢磨自己的語法，發展出一種簡樸、深情、以中音域為主的演奏風格。一九四八年，他離開派克，與編曲家吉爾‧伊凡斯（Gil Evans）合作，錄製了後來被標誌為《酷派的誕生》（Birth of the Cool）的九人樂隊的演奏。這實在是爵士樂史上的大事；樂隊的音色輕柔如雲霧，獨奏部分則如陽光般不時破雲而出。戴維斯的這個「邁爾士 Capitol 樂隊」只存在了兩個禮拜就解散了──太領先時代了，但卻為往後五○年代「酷爵士」（cool jazz）的發展立下了基型。

戴維斯令人難忘的小喇叭音色以及不斷求變的風格，使他成為四十年來最多樣、偉大，又令人難以捉摸的爵士樂奇才。他獨樹一幟，人聲般，幾乎不用顫音的音色──時而遙遠、憂鬱，時而堅定、明亮──廣泛地被世界各地的樂手模仿。他的獨奏──不管是沉思、低語的歌謠旋律，或是凌駕於節拍之上的急奏──一直是一代又一代爵士音樂家的模範。比技巧更重要的是他處理樂句的方法以及音樂空間感。簡潔、微妙是戴維斯藝術的特質。他說：「我總是注意聽是不是能把什麼省掉。」

那是一種異常純淨、充滿溫柔的音色；是整個世界的映像。他小喇叭吐出來的聲音像晶透的沙粒傾瀉於夢中，每一粒沙都是一個世界，鑑照現代人類的苦悶與負擔。

那是孤寂、哀愁與順忍的聲音。哀愁與順忍，伴隨著壓抑不住的內心的抗議，獨立存在於戴維斯所要表達的一切事物之上。沒有錯，戴維斯也訴說許多有趣、可愛、親切的事物，但總是用這種哀愁與順忍的方式訴說。

有人形容他的音色是「人行走於蛋殼之上」，這真是生動而貼切的比喻。戴維斯充滿斷奏然而依然流暢的律動，基本上不是快樂的音樂。他的音樂戰戰兢兢地反映戰戰兢兢的現代人：偶然迸發的抒情的狂喜總是淹沒在暗鬱的沉思裡。

　　與音色同樣重要的是他不斷變化的風格。每隔幾年他就弄出新的班底、新的樣式。每一個階段都惹來批評家的抨擊；每一個階段（最近一次除外）都引起爵士樂演奏者持續的回響。戴維斯說：「我必須要變，那是揮不去的詛咒。」

　　戴維斯長成於「咆勃」的年代，續起的許多風格——「酷爵士」、「硬咆勃」（hard bop：相對於西岸酷爵士，五〇年代後半流行於東岸的一種質野而具熱力的爵士風格）、「調式爵士」（modal jazz：根據調式而非和弦做即興演奏的爵士風格）、「爵士搖滾」、「爵士憤克」（jazz funk：一種仍保有老搖擺樂某些要素以及藍調情緒的後咆勃爵士風格）——都是受他激發而生或因他參與而確立。終其生涯，他根植於藍調，但也從流行歌曲、佛拉明哥、古典音樂、搖滾、阿拉伯音樂、印度音樂等吸取養分。

　　一開始，一般大家並不是很能接受他。五〇年代初期，他染上毒癮，演奏事業頗為不順。一九五四年，他戒毒成功，錄下了他第一批重要的小型樂隊演奏唱片。〈Walking〉一曲棄絕「酷爵士」風格，宣告了「硬咆勃」的到臨。一九五五年，他出現於新港爵士音樂節，大受全場觀眾歡迎。《強拍》（Down Beat）雜誌讀者選他為年度最受歡迎的小喇叭手。突然間，戴維斯的大名響遍各地。他成為爵士史上第一個比白人音樂家身價更高、更受歡迎的黑人音樂家。驕傲的黑人父母親（包括非洲）紛紛把他們的兒子命名為「邁爾士」或者「邁爾

士‧戴維斯」。

　　此時戴維斯組成了他第一個重要的五重奏團，包括寇垂恩（John Coltrane，薩克斯風），張伯斯（Paul Chambers，低音大提琴），葛蘭德（Red Garland，鋼琴）以及喬瓊斯（Philly Joe Jones，鼓）。他們的演奏兼得精緻與動力之美，兩年間錄了六張唱片，為後來的爵士五重奏團留下典範。

　　五○年代末期，戴維斯另外又跟編曲家吉爾‧伊凡斯合作灌錄了三張由大樂隊伴奏的唱片：《Miles Ahead》（1957）、《乞丐與蕩婦》（Porgy and Bess，1958），《西班牙素描》（Sketches of Spain，1960），其中《西班牙素描》包含了西班牙佛拉明哥味的作品，是爵士與世界音樂結合之先河。一九五八年，戴維斯赴法國，為路易‧馬盧導演的電影《電梯與死刑台》錄原聲帶。

　　一九五九年，戴維斯重組他的五重奏團——鋼琴改由比利‧伊凡斯（Billy Evans）擔任，錄下名片《Kind of Blue》。這張唱片是「調式爵士」的先聲，音樂深具潔淨的美感：戴維斯的演奏簡潔雋永，音色純粹永恆。

　　戴維斯廣受歡迎的一個重要因素是他吹奏加弱音器的小喇叭的方式——他彷彿對著麥克風「呼吸」，沒有明確的起音。聲音起於捉摸不定的瞬間，彷彿來自虛無，又同樣不明確地終結，在聽者不知不覺間歸於虛無。

　　六○年中期，戴維斯組成了一個包括蕭特（Wayne Shorter，薩克斯風兼作曲）、韓寇克（Herbie Hancock，鋼琴）、卡特（Ron Carter，低音大提琴）、威廉斯（Tony Williams，鼓）的新的五重奏團，把調性和聲推到極致且發展出燦爛而自由的節奏活力。《Miles Smiles》（1966）是他們錄

下的多張優秀唱片中的顛峰之作。

一九六八年以後，戴維斯開始試驗搖滾節奏與電子樂器，並邀柯利亞（Chick Corea，電子鋼琴）、札威努（Joe Zawinul，電子鋼琴）、何蘭德（Dave Holland，低音大提琴）、麥克勞夫林（John McLaughlin，吉他）入團，擴大編組，錄下了被許多人認為是戴維斯「最後傑作」的兩張唱片——《In a Silent Way》（1969）和《Bitches Brew》（1970）——這兩張唱片成功地拉近了搖滾聽眾和戴維斯間的距離。

戴維斯同時由搖滾轉向「憤克」（funk），以打動年輕一代黑人的心，錄下的唱片如《On the Corner》（1972）、《Dark Magus》（1974）等，卻是毀譽參半：死硬派不承認其為爵士樂，新而無偏見的一代卻欣然納之。

到了一九七五年底，他的健康情況愈來愈差，潰瘍、喉嚨硬結腫、臀部手術、黏液囊炎諸病齊發。他被迫退隱。六年後，隨著新唱片《The Man with the Horn》（1981）復出——戴維斯的技巧依舊完好如初，只是音樂首度有商業化的傾向，並且倒退回以往的風格。他一九八三年的《Star People》卻是一張以藍調為本，充滿強力美感的不老之作。

戴維斯是個謎樣的人物。他性情多變，經常公開譏評他人。一九五七年，他動完手術除去聲帶上的硬結腫兩天後，因事怒吼，導致聲帶永遠受損，只能發出刺耳的沙沙聲。在公眾眼中他是一個孤高、耀眼、自行其是的人物，經常背對觀眾演奏，奏完自己獨奏的部分後便逕自走下舞台。

然而他的音樂卻非常容易和人相通。他不斷提攜許多年輕的樂手合作演奏，激勵他們，也受到他們的刺激；戴維斯總是從新秀身上獲得新血，不讓自己的藝術停滯。這些班底在離開

他後每多自立門戶，繼續拓展新的風格：寇垂恩是六〇年調式爵士的龍頭；扎威努與蕭特合組了「Weather Report 樂團」；麥克勞夫林組成「Mahavishnu 樂團」；韓寇克、柯利亞以及比爾‧伊凡斯也各組了自己的樂團。他們甚至此他走得更快更遠。但戴維斯卻不曾讓自己越界，他總是在傳統與前衛之間擺盪，選擇一種「節制的自由」。

這正是戴維斯似是而非，複雜個性的一部分，一如他「簡樸」的風格其實是「世故的簡樸」：因為他如果想跟技巧精湛，能在小喇叭上吹出任何花樣的前輩基列士比一別苗頭，甚至比他更受歡迎的話，他必須化拙為巧，將自己在技巧上的局限凸顯成優點。

戴維斯在爵士搖滾方面的成功曾使流行與搖滾音樂界極力想抓住他。一九七〇年夏天，全世界愛樂者屏息等候他與搖滾樂手克萊普頓（Eric Clapton）等同台演出，但戴維斯卻拒絕了。他只願和自己的樂團合作：「我不想成為白人，搖滾是白人的字眼。」

這是黑人爵士音樂家戴維斯的另一個心結。他想有更多的聽眾，但他又顧慮到做為這一代黑人應有的驕傲、自信和抗議的精神；他演奏的是「黑人的音樂」，但他必須承認買他唱片、來聽他演奏會的聽眾主要都是白人。他說：「我不在乎買唱片的是誰，只要他們能接觸黑人而我能在死後仍被記得。我並不為白人演奏。我想聽到黑人說：『Yeah，我喜歡邁爾士‧戴維斯。』」

這的確是黑人音樂家共同的困局：在心理上、在藝術上，他們希望把屬於黑人的東西演奏給黑人聽，但在現實上，他們必須靠白人購買者的支持。戴維斯也許會咒罵白人，但白人的

掌聲比黑人的掌聲更能支持他。難怪他背對觀眾演奏（這麼一種複雜、分裂的人！）。難怪他的喇叭流露出這麼一種孤寂、哀愁的音色。

戴維斯似乎是唯一能與二十世紀歐洲藝術界那些偉大天才——譬如史特拉汶斯基、荀白克、畢卡索、夏戈爾等相提並論的爵士音樂家。特別是與畢卡索——不只因為他們同樣自始至終保有豐沛的創作力，也不只因為他們同樣風格多變——更因為他們在創作生涯的最初就創造出令人難忘的藝術特色：畢卡索憂鬱、悲憫、人道的「藍色時期」；戴維斯孤寂、哀愁、人性的小喇叭音色。當我們想到那些才華洋溢卻早逝、困頓的爵士音樂家——如查理・派克時，我們當更能深體那來自虛無，又歸於虛無的音樂的哀愁了。

戴維斯自己曾經說過：「不要演奏你知道的，演奏你聽到的。」對於閱讀這篇文章的讀者我也要說：「不要以你知道的為樂，以你聽到的為樂。」如果你開始對爵士樂有了新的興趣，就請你找出派克、基列士比、戴維斯的唱片，聽聽為什麼人家說派克與基列士比是為現代爵士樂開路的雙子星，而戴維斯是派克與基列士比之後唯一偉大、完美的音樂家。

奇異的果實

　　比莉‧哈樂蒂（Billie Holiday，1915-1959）是爵士樂史上令人難忘的奇異的果實。她哀愁、性感、充滿渴望與微妙變化的歌聲，像既甜又酸的果汁，讓人在領受後打從心底升起一股混雜了苦楚的涼意。她的音質獨特，處理樂句的方式優雅而無懈可擊，能巧妙地傳達甚至擴張歌詞蘊含的情感，彷彿每首歌講的都是她自己的故事：爲她而寫並且由她第一次唱出。如果爵士歌唱的眞髓是使老調翻新、使即便最陳腐的歌詞也能在聽者耳中產生新意，那麼哈樂蒂也許是阿姆斯壯（Louis Armstrong）之後最偉大的爵士歌手。

　　哈樂蒂的音樂果實是以生命的苦難做發條的。她的一生與男人、酒精、毒品糾纏不清，並且——做爲一名黑人女性歌手——飽嘗了種族與性別歧視之苦。在她一生灌唱過的三百多首曲子當中，眞正的藍調（Blues）不到十首，但她唱的每一首歌都有藍調的感覺，透露出一種悲凄、厭世的情緒。她的歌是她生命的投射，如同她自己所說：「我唱的每一樣東西都是我生命的一部分。」

　　哈樂蒂的父母生她時都還只是十幾歲的未婚少年。她的父親是斑鳩琴手兼吉他手。她的童年傷痕累累：十歲時被鄰人強暴，對方入獄，但她自己也以行爲不檢之名被送到一家天主教的少女感化所，罰穿破舊的紅衣，歷兩年始獲釋；十幾歲時她在紐約哈林區一家妓院爲人擦地板，繼而受物誘賣淫。她的父母結婚又離婚，哈樂蒂隨著母親來到紐約。

　　她的歌唱生涯始於哈林區的俱樂部。製作人約翰‧漢蒙

（John Hammond）聽到後驚為奇才，在一九三三年四月號《樂
人》雜誌上如此稱道：「本月份崛起了一位名叫比莉·哈樂蒂
的歌手……雖然才十八歲，她重逾兩百磅，長得出奇美麗，歌
藝不輸給任何我聽過的人。」漢蒙為她製作了第一張唱片，由
當時炙手可熱的豎笛手班尼·古德曼（Benny Goodman）領導
九人樂隊為她伴奏。一九三五年初，她意外地在艾靈頓爵士
（Duke Ellington）的短片《黑色狂想曲》裡露面唱了一小段。
雖然只是曇花一現，卻頗可見哈樂蒂演戲的潛力。可惜的是在
這之後哈樂蒂只演過另一部電影：一九四七年鬧劇似的《新奧
爾良》，她演侍女，阿姆斯壯演領班。爵士樂迷看到他們所景
仰的偉大歌手當年只能在銀幕上演小角色，大概都會感到不
平，但至少這些電影歪打正著地為巨匠們留下了珍貴的合作紀
錄。

　　一九三五年四月，哈樂蒂在哈林區著名的阿波羅戲院首次
登台演唱，這家戲院多年來一直被視為是考驗藝人才華的重
地，觀眾主要是黑人，以嚴苛、挑剔出名，但卻比全世界其他
任何地方的觀眾更能準確、直覺地認出誰是未來的超級巨星。
怯場的哈樂蒂被人從後台及時推進場，她唱了兩首歌，並且即
興演唱了〈我愛的人〉（The Man I Love）做為安可曲，觀眾狂
熱地叫好。同年七月，哈樂蒂開始與鋼琴手泰迪·威爾森
（Teddy Wilson）等合作錄製唱片，七年間錄下了約一百張唱
片，伴奏的樂手大多是臨時湊集的那個年代最偉大的一些爵士
樂人，包括小喇叭手巴克·柯雷頓（Buck Clayton），薩克斯風
手賴斯特·楊（Lester Young）等。這些唱片裡的歌往往是二
流甚至可笑的作品（黑人藝術家當時只能撿別人不要的剩
貨），但哈樂蒂卻把它們轉化成金。這些純真的唱片就像早期

印象派的畫一樣，被當時嚴肅的批評家輕視，被大眾冷落，但時間證明它們是不朽的傑作。

這些傑作最動人的一部分大概是與賴斯特‧楊合作的那些。哈樂蒂與楊相遇於一九三七年一月的錄音演奏，隨後成為一生的知交，不論在音樂上或友情上。與哈樂蒂一輩子不斷愛上的那些引她吸毒、詐她錢財、令她身心俱傷的男人相較，他們的關係是純精神的。他們一見如故，惺惺相惜，楊暱稱哈樂蒂為「蒂夫人」（Lady Day），哈樂蒂也回呼楊為「總統」（簡稱 Prez），因為楊是她心目中第一號薩克斯風手。時間證明他們的確是音樂中的王公貴族。他們的演奏水乳交融：楊的助奏與獨奏充分契合哈樂蒂的情緒；哈樂蒂所唱的旋律線與楊所奏的旋律線交織為一，誰是主、誰是副——哪一條旋律線是聲樂，哪一條是器樂的問題已全然不在。哈樂蒂自然是善於詮釋歌詞的，但在音樂上，她的演唱超越了語意的界限：「我不認為我在唱歌，我感覺我自己好像在吹奏喇叭。我試著像楊，或阿姆斯壯，或其他任何我欽佩的人那樣即興演奏。我表現出來的是我的感覺。」他們的合奏體現了爵士樂演奏互相激發、盡情交融的最高美德。聆聽他們的錄音實在是人生一大享受。

CBS 唱片公司最近出齊了一套九張 CD 的《比莉‧哈樂蒂精粹集》，在第三、四、五、六、九集裡我們可以找到許多他們美妙的演奏：第三集第十二首〈I Must Have That Man〉，哈樂蒂的演唱深具古典的簡樸之美，彷彿一襲香奈爾（Chanel）設計的小黑禮服，在獨唱部分結束時臨去秋波似地加厚音量、加粗音質、加猛感情，而楊這位薩克斯風中的尼金斯基，彷彿夢中舞蹈般跟著飄進——那真是迷人的一段薩克斯風獨奏；第五集第十二首〈When You're Smiling〉，我們聽到楊深情、溫

柔的獨奏，而哈樂蒂一次又一次哭喊般唱著「smiling」與「smiles」這兩個字，讓我們感覺這些微笑其實是強做歡顏的小丑的眼淚。

在哈樂蒂唱過的眾多歌曲當中，有一首〈奇異的果實〉（Strange Fruit）似乎最能表達她個人的悲劇。詩人路易士·亞倫（Lewis Allen）為她寫了這首歌，拿到她駐唱的「社會餐館」（Café Society）請她唱，一開始哈樂蒂對這首意象驚聳、氣氛陰森的歌頗感迷惑，然而她的直覺告訴她：這是一首能讓她把心底鬱積的情感宣洩出來的歌。她唱了它，這首歌讓她在一夜間從唱藍天、明月一類情歌的俱樂部歌手變成「偉大的歌者」：

> 南方的樹上結著奇異的果實
> 血紅的葉，血紅的根
> 黑色的屍體隨風擺盪
> 奇異的果實懸掛在白楊樹上
>
> 華麗的南國田園風景
> 突出的眼，扭曲的嘴
> 木蘭花清甜的香味
> 轉眼成了焦灼屍肉的氣味
>
> 這裡有顆果實，讓烏鴉採擷
> 供雨水摘取，任風吸吮
> 因日照腐朽，自樹上墜落
> 這是奇異而苦澀的作物

這是一首抗議種族歧視的歌，掛在樹上的「奇異的果實」是受私刑的黑人的屍體。哈樂蒂唱這首歌時似乎把魂魄都唱出來，不只因為她一生也遭遇過無數歧視，她隨亞提‧蕭（Artie Shaw）的白人樂團在紐約林肯飯店演唱時，老闆要求她從廚房的門進出，不准她進入酒吧或餐廳，並且除了輪到她唱時，必須獨自待在一間暗黑的小房間；在底特律一家戲院演出時，他們要她塗上黑色的化粧油，以便不被觀眾誤為混血白人，相反地，在另一家戲院和亞提‧蕭樂團合作演出時，卻有人擔心她黑色的膚色和白人樂團格格不入──更因為這首歌傳遞了整個黑人的屈辱、無奈和失落。從一九三九年四月到一九五六年十一月，她多次灌唱這首歌，愈到晚年愈見節制：她的歌聲驚異地傳達出恐怖的感受，飛越歌詞，化成凝結的悲嘆，永恆的停頓。在傑瑞米（John Jeremy）一九八五年的紀錄片《蒂夫人的漫漫長夜》裡，我們看到她唱完這首歌，面對掌聲，神情木然。

哈樂蒂一生受男人之害不下於受酒精之害，並且她似乎不能或不願辨認他們是真心或假意。像一隻飽受驚懼的喪家之犬，她太容易把別人隨意的溫情手勢誤認為終身的信約，一次又一次地累積與男人交往、受害的慘痛經驗，如出一轍地愛上那種只會加深她內心創傷的男人。哈樂蒂自己說過：沒有人用她那種方式唱「飢餓」那個字，或者唱「愛」。

酒與男人之外，糾纏哈樂蒂一生最烈的惡魔即是毒品。她十幾歲開始抽大麻，而後跟著男人們吸食鴉片、嗎啡。一九四七年五月她自願戒毒，被判拘留於奧得森聯邦女子感化院一年又一天。長期吸毒、酗酒，使她的健康惡化、音域變窄、音質變壞。一九五九年七月她病死醫院，臨終前還因持有毒品遭警

方在病榻上逮捕。

　　許多人在聽過哈樂蒂晚年（她只活了四十四歲！）的演唱錄音後，覺得她的聲音只是她昔日極盛期的陰影，再沒有早期錄音的靈活與光輝；她的聲音又粗、又破、又老，然而即使如此，她的歌聲依舊存有魅力。要欣賞春日粉紅翠綠的光彩並不困難，但要領略灰褐、橙黃的秋日之美，必須要有一對親睹夏日逝去的眼睛以及傷痕累累的心靈。聆聽哈樂蒂五○年代的錄音是一種奇特的經驗；當聲音、技巧、柔韌離她而去時，她仍有精神的創造力與表達力支持她成為偉大的藝術家。

　　比莉‧哈樂蒂，奇異的果實，在生之喜悅與生之苦痛兩個極端間懸掛、擺盪，等待採擷。

從一朵花窺見世界

　　十幾年前，剛上大學不久的我，在羅斯福路台大前面的現代書局顫抖地買到一套美國出版的畫冊。這套包容古今西東號稱「兩萬年世界畫集」的書，由六本手掌大的畫冊組成，每一本逾兩百頁，用銅版紙精印，每一頁介紹一幅名畫，圖文並茂，實際有效；每本定價美金一塊四毛五，雖然當時書店皆以美金定價乘六十換做新台幣售價的吃人方式售書，我還是如獲至寶地將之買下。其中有一本《十九、二十世紀繪畫》真的是被我翻爛了——就是在裡面，我第一次看到喬琪亞·歐姬芙（Georgia O'Keeffe）的畫。

　　那是她一九二六年作的《黑色鳶尾花》（Black Iris）。整張畫是一朵花的特寫，畫面中央花心部分是濃得化不開的黑，上方敞開的花瓣顏色微妙地在粉紅、灰、白間變化著；在某些地方，歐姬芙以極輕巧的筆觸捕捉住花心天鵝絨般柔軟的質感。這幅畫給當時的我很深刻的印象，因為我不知道她畫的到底是黑色的鳶尾花，或是眼球裡的虹彩（Iris 的另一個意思），或是女性的性器官——那細膩巧妙的色感與質感太容易引人做此聯想。這正是歐姬芙畫作的特色：把客觀的形象置於觀者眼前，讓他發揮想像力自由玩賞，感受更豐富的意義。歐姬芙奇妙地把簡單的自然的形式提升成為包容整個世界的象徵。她畫的也許是某個物體，但她把它放大到成為抽象的東西，讓我們不再能認出它原來的樣子——如此更能領受顏色、形式、筆觸所帶來的喜悅與奧秘。濃縮兩行布雷克（William Blake）的詩句，歐姬芙真的是讓我們「從一朵花窺見世界」。

歐姬芙於一八八七年十一月五日出生於美國威斯康辛州太陽大草原附近的農場。十歲起父母即請老師教其畫畫，老師們看得出她有才華，但常常不滿她喜歡把東西畫得比實際尺寸大。從小她即已一步步脫離對物象寫實的描摹，朝向用自己的眼睛和心靈感受事物。十八歲時她進入芝加哥藝術學校接受正式的藝術教育（1905-1906），一年後又入紐約藝術學生聯盟就讀（1907-1908）。

　　一九○八年她在紐約首次看到羅丹與馬蒂斯的作品，見識到迥異於學院內的創作方式。也許是對當時美國僵硬的藝術教育方式感到失望，她中止繪畫，改當商業畫家，在芝加哥為人畫廣告插圖。一九一二年夏天，她在維吉尼亞大學隨阿隆‧貝蒙（Alon Bement）修習藝術課程，重新燃起她藝術創作的興趣。一九一四年秋至一九一五年春間，她到紐約哥倫比亞大學教育學院隨亞瑟‧道（Arthur Dow）學習，這位思想自由的藝術老師強烈影響了這個時期的歐姬芙。

　　一九一五年秋，在南卡羅來納州一所小學院任教的歐姬芙突然大徹大悟。她決心揚棄過去所學的僵硬的寫實主義，遵循她自己的本能：「再沒有比寫實主義更不真實的了，那些瑣碎的細節叫人困惑。唯有透過選擇、透過剔除、透過強化，我們才能抓住事物真正的意義。」她畫了一些不同形狀和尺寸的黑白的半抽象畫，開始孕育她獨樹一幟的風格。

　　她把其中的一些畫作寄給紐約的一個朋友，囑咐她不要給任何人看。她的朋友看了大為感動，不顧她的囑咐，將這些作品拿給史提格利茲（Alfred Stieglitz）──著名的攝影家及現代藝術提倡者。史提格利茲一見大喜，未知會歐姬芙就在他自己的「291畫廊」展出這些作品。歐姬芙怒氣沖沖地跑到紐約要

求取下畫作，經過史提格利茲一番勸說，歐姬芙終於相信自己這些作品的品質並且允許繼續展出。史提格利茲肯定歐姬芙的才華，認為她的畫未受歐洲流風的感染，具有一股直接、清晰、強烈，甚至野性的力量。一九一八年六月，在長她二十三歲的史提格利茲的感召下，三十一歲的歐姬芙終於放棄教職，搬到紐約，專事繪畫。他們隨即同住在一起，並且在六年後結婚。

史提格利茲無疑是成就歐姬芙藝術生命的最大功臣。他是她的知音兼良師，提供她展覽的場地，像父親一樣保護她支持她，使她信心十足地追求她藝術的理念。他也是她形象的塑造者，為她建立獨立、神秘、堅毅又帶幾分冷漠的藝術家形象──終其一生，這個形象一直留在世人心中。他為她拍攝了許多美麗而富個性的照片──黑色的衣服、犀利的眼神、後梳的頭髮，以及女神般修長的藝術家的手。

一九二九年，歐姬芙初次到新墨西哥旅行。厭倦了紐約人造的城市景色，新墨西哥截然不同的風光對她而言是無窮盡的自然奇觀，提供她豐沛的創作靈感。此後二十年間，她幾乎每年做一趟西部之行，花近六個月的時間在那兒孤寂地作畫，然後每年冬天回紐約，在史提格利茲的畫廊展出她的成果。一九四九年，也就是史提格利茲死後三年，歐姬芙定居新墨西哥的阿比丘（Abiguiu）；到一九八六年三月她九十八歲去世為止，新墨西哥一直是她畫作的題材和她的家。

歐姬芙把一生貢獻給藝術，然而她並不依附任何主義、流派，而只是孤獨、堅毅地走她自己的路。風景、花和骨頭是她最常畫的題材。為了捕捉事物的神韻和本質，她喜歡密集、重複地處理同一題材：「我會花很長的時間反覆處理一個意念，

就好像要認識一個人一樣，我不是那種很容易和人家混熟的人。」她每每花上數月甚或數年的時間，系列地探索同一主題——通常是三、四幅，有時則多達十來幅；前面提到的《黑色鳶尾花》即是同一系列中的第三幅。

歐姬芙一生創作了超過九百幅的作品，其中最容易讓人窺見她生命與藝術豐厚特質的，當屬兩百多幅以花為題材的畫作。這些畫作多數創作於歐姬芙生命中極突出且具創造力的一個階段：一九一八到一九三二年。這正是她和史提格利茲戀愛、結婚、共同生活的年月。一九二四年，他們結婚那年，歐姬芙完成了第一批大尺寸的花的畫作。當這些巨大的花展出時，觀眾的反應激烈且紛歧：有人怒罵，有人爭辯，有人敬畏。有位評論家說，面對歐姬芙畫的花，會使人覺得「彷彿我們人類是蝴蝶」。

許多觀眾看後都呆住了。這些畫的尺寸比實物大出許多——歐姬芙常取花的局部加以放大特寫。有人在雜誌上寫說：站在歐姬芙的畫前，「我們很像是喝了『變小藥水』的愛麗絲」；另外一個作家把這些花想像成「給巨人吃的花」。歐姬芙顯然刻意要造出這種驚人的效果。她說：「當你仔細注視緊握在手裡的花時，在那一瞬間，那朵花便成為你的世界。我想把那個世界傳遞給別人。大城市的人多半行色匆匆，沒有時間停下來看一朵花。我要他們看，不管他們願不願意。」

歐姬芙的畫不但比例驚人，用色也令觀者驚嘆不已。她大膽地組合色彩，營造強烈的明暗對比，美國畫家從無人如此。一如她喜歡選定單一主題，她也喜歡用純粹的顏色作畫——有時熱鬧多彩，有時又幾乎只用單色。歐姬芙說：「我不知道重點到底在花或在顏色。但我確知我把花畫得很大，以便把我對

花的體認傳遞給你們——我對花的體認，除了顏色外，還會是什麼？」

歐姬芙畫的花具有強烈且豐富的暗示性，常引發觀者不同的議論：有人認為它們是官能的，甚至是色情的；有人卻認為它們象徵貞潔的靈魂。據說有些父母還用這些畫教導孩子有關鳥和蜜蜂的知識；還有些牧師認為她所畫的尖尾芋是聖母瑪利亞「純潔受胎」的象徵。難怪史提格利茲宣稱歐姬芙的藝術是「新宗教的起點」。

跟新墨西哥時期的孤獨、隱遁做對比，畫花時期的歐姬芙顯然不吝惜展現她自己的情感。這些花是她自我的呈示，是一個情感飽滿、生命力旺盛的女人兼藝術家的自畫像。這些花述說著喜悅、美、神秘以及愛。它們讓我們窺見歐姬芙的世界，也窺見歐姬芙所窺見、揭示的世界。

有一個九十多歲的收藏家，她非常珍愛自己在二○年代買的一幅小小的、寶石似的歐姬芙的花。每天早上她睡到很晚才起床，然後一逕走過許多幅畢卡索和馬蒂斯，到達那幅歐姬芙——坐在那兒大半天，欣賞她的花。

當我們九十幾歲的時候，我們也許只需打開記憶——如果我們年輕的時候買過一本歐姬芙的畫冊——坐在陽光移動的窗邊，等候花開。

苦惱而激情的生命畫像

　　弗瑞達・卡蘿（Frida Kahlo，1907-1954）是二十世紀最富傳奇性的墨西哥女畫家。她非凡、悲劇的一生，跟她熱情、大膽的畫一樣，永遠是探新窺奇的世人最感興趣的對象。她的故事被拍成電影和紀錄片，她的傳記（如赫烈拉一九八三年寫成的《卡蘿傳》）一賣十萬本，連羅勃・狄尼諾跟瑪丹娜都動過拍片之念。瑪丹娜在一九八九年曾探訪卡蘿中學時代的男友，請其告訴她「有關卡蘿的秘密」，她寫了一張謝卡告訴他：「她令我著迷，是我靈感的來源。」一九九一年，卡蘿的一幅《散髮的自畫像》在佳士得拍賣會上以一百六十五萬美元的高價賣出，在國際繪畫市場普遍不景氣的今日，卡蘿的畫卻獨能掀起熱潮：這除了歸功於她畫作本身的特異性與優秀性外，更大的驅力也許來自隱藏於畫作後面她動人的生命故事。

　　卡蘿出生在距墨西哥城一小時車程的柯瑤坎（Coyoacán），父親是德國猶太人，母親是有印第安血統的墨西哥人。卡蘿六歲時得了小兒麻痺症，使她的右腿明顯瘦於左腿，她開攝影店的父親很疼愛她，時常帶她出外運動、照相，她也常幫父親整理裝備，並且學習洗、修照片以及上色等技術。也許因為腳疾，卡蘿比同齡的孩子晚進小學，大約就在此時，她養成了終身持續的兩個習慣：少報年齡，以及掩飾自己身體的缺陷──她照相時總是把右腳藏匿起來。

　　她十五歲進入墨西哥國立預校就讀，這是當時墨西哥最好的中學，同年級兩千名學生中只有三十五名女生。她很快地讓人知道她是大膽無比、愛惡作劇、愛開玩笑的叛逆學生：想像

力豐富，並且精通髒話。她對同學說她只有十二歲，宣稱她生於一九一○年——墨西哥革命之年，如是是一名「革命之女」。

她很注意自己的外表，極力想要引人注目，有時甚至著男裝或自己設計的大膽服飾。她的筆記簿塗滿了無聊時畫的素描。就在國立預校，她首次遇見了正在那兒繪製壁畫的墨西哥大畫家狄亞哥·里維拉（Diego Rivera）。她告訴她的朋友她願意付出一切，只要能為里維拉生個小孩。同學們都很驚訝，因為她們雖然仰慕他的才華，但在她們眼中他卻是一個肥胖、邋遢、突眼的有婦之夫。卡蘿常跟來校作壁畫的里維拉搗蛋，她還拿里維拉跟其他女人們的緋聞當面取笑他老婆。

卡蘿舉止早熟，她老喜歡向世俗的教條挑戰：小的譬如穿校規禁止的短褲上學，大的譬如跟一位比她年長的女子發生不正常的關係。家人、同學對她在性方面的狂放都大感駭異，但卡蘿自己卻不以為恥。她說：「我不在乎，我喜歡自行其是。」

十八歲那年，家境轉壞的卡蘿進入商校學習打字，後在一家雕刻店當學徒。同年九月十七日，與男友出遊，回家時所乘巴士被電車撞碎，扶手的鐵棒刺進卡蘿的身體。多年後卡蘿的醫生在病歷表上彙集了她這次意外所受的傷害：「腰部脊椎第三、四根挫傷；骨盤挫傷；右腳挫傷；左手肘脫臼；腹部重傷——由於鐵棒從左臀部刺進，自外陰部穿透而出。急性腹膜炎；膀胱炎，排膿數日。」但卡蘿卻喜歡誇大此次意外的災情，經常為自己補上新傷：譬如頸部脊椎以及兩根肋骨挫傷，右腿十一處挫傷，左肩脫臼。她總是告訴別人鐵棒刺進她的子宮，自處女膜穿出，她「因此失去童貞」。她也將自己不能懷

孕生產的情況歸咎於此次意外，雖然她還有其他一大堆解釋自己不孕的說辭。

憑想像修飾、捏造、變化自己的生命故事是卡蘿從小養成的特長，她企圖虛構自己的傳記，創造自己的神話和傳奇。

臥病期間，卡蘿開始畫畫。她的母親幫她定製了一個放在膝上的小畫架，她在床頂懸一鏡子，以便以自己的影像爲題材──這也是她後來爲什麼畫那麼多自畫像的原因之一。車禍輟學後的卡蘿開始與一些左翼藝術家、作家、知識分子交往，並且加入共產黨，也因此又碰到了里維拉；她請他看她的畫，里維拉頗讚賞她的才華，並且愛上了她。一九二九年八月二十一日，二十二歲的卡蘿和四十三歲的里維拉結爲夫妻，這是里維拉第一次的合法婚姻，雖然在這之前他曾娶過兩次老婆、碰過無數女人。

卡蘿和里維拉的婚姻是充滿矛盾、不協調的奇妙組合。纖小、美麗的卡蘿嫁給體重三百磅的里維拉被人形容成「一隻大象娶了一隻鴿子」。卡蘿曾說她一生遭遇兩次重大災難：一是讓她半身近乎殘廢、導致終身大小手術不斷進而借酒止痛、耽溺成癮的電車事故；另一則是里維拉。他們的結合既現實又浪漫：卡蘿需要里維拉爲她紓解她父母的經濟困境，她也需要里維拉的地位，使她有機會接觸國內外藝文名流，而同時里維拉本人也具有一種令她著迷的活力與親和力。

但里維拉是一位無可救藥的好色者，即使在婚後他照舊不斷追逐女人，甚至誘姦了卡蘿的妹妹。起初她還以她愛的男人不能沒有女人緣自我安慰，飽受嫉妒與冷落之苦後她開始反擊，開始和許多男人發生關係；她也和許多女人幽會──包括與里維拉有染者。這些戀情大多火熱而短暫，連俄國革命領袖

托洛斯基也成爲她入幕之賓。

　　卡蘿的報復雖使她對自己的魅力重獲信心，並且適度平衡里維拉帶給她的苦痛，但里維拉依舊是她的最愛。浪漫的激情一過，她依舊想要回到里維拉堅實的愛裡；即便她個性如何堅毅，她仍然需要里維拉來讚美她的才智和美麗。她常常誇大她的殘疾，以固守里維拉對她的關心。她有許多次手術是選擇性產生在她發覺里維拉另結新歡時。她雖然流產多次，並且期望別人以爲她因爲不能盡母道而苦，但實際上她已經把所有母性的愛灌注在里維拉身上：像對待嬰兒般對他說話，爲他洗澡，給他玩具在澡盆玩，爲他做衣服、準備飯食、整理文件，甚至整理出一個標明「里維拉情婦來信」的檔案。他們的婚姻分分合合：一九三五年他們分居，後又復合；一九三九年宣告離婚，次年底又重新結婚。終其一生，里維拉像一棵巨樹盤據在卡蘿不健康然而意志力強韌的生命之土上——這棵樹是她生命的重心，卻同時也投給她許多她必須不斷衝破的巨大的陰影。

　　卡蘿把身心所受的創傷全表現在她的藝術中，在健康不良和精神痛苦雙重的折磨之下，她創作出一幅幅撼人又動人的畫作。這些畫作悲凄善感地述說著她的故事和心事，也賦予她傳奇的一生新的血肉。具有自虐傾向的卡蘿喜歡把自己的悲苦命運和自我毀滅的癖好結合在一起。在她一系列自畫像裡，她的表情始終如一：犀利的眼睛流露出懷疑的眼神，幾分鄙夷地看著這個世界；冷傲倔強的唇邊浮顯出細黑的短髭；濃密的眉毛在鼻樑上方交合成展翅飛鳥之姿，經過妝扮的女性容顏散發出陽剛的氣質。令人悸動的是她頸間的風景——有時是鮮紅的髮帶繩索般糾纏於頸部，有時是濃密的髮絲巨浪般拍打於頸間；有時是灰黑的鐵環或獸骨傳遞出被奴役的訊息，有時是帶刺的

荊棘鮮血斑斑地刻劃出受難者的形象。她的畫是她的告白，是她的自傳，暴露出她的內心世界，強有力地傳遞出她的孤獨和悲苦。有人問她為什麼如此常作自畫像，她的回答是：「因為我孤單」。或許這是她尋求寄託的手段，是她求生存、克服病痛、孤寂和死亡的最終手段。她在寫給朋友（不論交情深淺）的信中，最常用的字句是「不要忘了我」。晚年，她把自己的照片大量分送給親朋好友，這或許是她企圖鞏固自己在別人心目中的地位的另一個手段。

除了繪畫，卡蘿於一九四四年左右開始她寫日記的習慣。她以充滿想像力及高度創意的筆觸，用鉛筆、彩色筆或水彩這些顏料，又畫又寫地記錄自己的心路歷程，宣洩她狂熱且豐沛的情感。她的日記在朋友間傳閱，有時她還會慷慨地撕下幾頁送給好友。這種赤裸、坦白暴露個人情感的作風，和她的畫風在本質上是相近的。儘管她的畫有超現實主義的味道，但她不喜歡別人把她歸類為超現實主義畫家，她說：「我從不畫夢；我畫的全是真實的自我。」

面對生命中的諸多缺憾，卡蘿選擇了面對，而非逃避。她喜歡把自己置於極端的情境，試探自己生存的能耐。她在柯瑤坎老家「藍屋」的書架上放了一個廣口瓶，裡頭裝著浸泡於甲醛的胎兒（她告訴訪客那是她死產的胎兒）。她在床頭掛了一個骷髏，每天早必先握住它的手，親切地問候：「嘿，你早，好姊妹！」然後她才開始一天的作息。在她的臥床的罩篷頂上還有一具更大的骷髏，平躺在兩個枕頭上。對卡蘿而言，死亡是生命的必然結果。她企圖面對生命真相，以接納死亡，以戰勝對死亡的恐懼。

或許因為參透了生命，卡蘿才能坦然地面對生命中的憂喜

悲觀，才能以如此蓬勃旺盛的生命力走完生命全程。晚年，她不良於行，臥病在床，但她並未與外界隔絕，她的臥房成了小型的沙龍，她把來訪者的名字用紅色顏料一一寫在臥房牆上，以感念他們的情義。一九五三年四月，他們為她在當代美術陳列館舉行回顧展。卡蘿在摩托車前導下，坐救護車抵達展覽會場。她病重無法站立，他們事先在會場中央架起她的床，讓她能躺在床上向觀眾致意。這次畫展所展出的不僅僅是她一生的畫作，也展出了她在病痛的百般凌辱下不妥協的精神和靈魂。她說：「我並沒有生病，只是有些破損。但是只要能作畫，我仍樂意活下去。」後來，她因腳部壞死，再度住院切除膝蓋下的右腿——這對她當然是一大打擊——但她仍和探訪的朋友談笑風生。她在日記上寫下了令人心疼的句子：「當我可以展翅高飛時，我還要腳幹嘛？」

　　卡蘿的激情和執著，不僅表現在她對里維拉的愛與恨中，表現在她對生活苦難的勇敢承受，也表現在她對政治的參與和對體制的反抗。她跟隨里維拉投身各種左翼政治活動。在托洛斯基被追緝時，她和里維拉出面將他接引到墨西哥。對公理、正義和自由的追求是她一生的理念。一九五四年七月二日，她撐著久病之軀，坐在輪椅上，手持「爭取和平」的標語，冒雨參加示威活動。回家後，她因疲憊過度而感染支氣管炎，十一天後死於肺血管阻塞。這種類似殉道者的死法，或許正符合卡蘿一生所追求的悲壯的美感。

　　她最後一則日記是一幅黑色天使的速寫，以及這樣的字句：「我希望快樂地離去，永遠不再回來。」死亡也許真的讓她快樂地脫離人世的苦難，永遠不再回來，但她苦惱而激情的生命故事，伴隨她留下來的畫作，將永遠活在人們心中。

冷酷的喜感

　　澳洲小說家彼得‧凱里（Peter Carey，1943-）在一九七四年與一九七九年出版了兩本短篇小說集：《歷史上的胖子》和《戰爭罪行》。一九八〇年，英國發伯（Faber & Faber）出版社將兩書精選成一冊，精裝印行，書名也叫《歷史上的胖子》；一九九〇年又推出平裝普及本。

　　這是一本充滿想像力與洞察力的奇書。任何人只要讀過其中的一篇，就會被凱里介乎寫實與超現實主義的表現手法所吸引，迫不及待地想翻閱其他篇。他故事的情節多半怪異迷離，誠如一位批評家所說：「在通讀之前，你無以猜測故事的發展，但一篇讀罷又令你讚嘆不已。」這些看似怪誕的故事，其實暗含深刻的寓意，他們將現實、將人類行為模式推至邏輯的極限，從而暴露其中的荒謬與矛盾。

　　有一篇〈剝皮〉，寫一對關係曖昧的男女。他們同住在一幢房子，女的房間裡擺滿了一大堆來自各處的洋娃娃。她將洋娃娃的頭髮扯光，眼睛挖掉，牙齒除掉，將它們全部漆成白色。她每週數次前來為男的洗盤子，受邀與他共餐。他們的關係像戀人，又不像戀人。

　　有一天洗完盤子，他們並坐在床舖上讀報，他讀徵人啟事欄，她讀死亡、出生和結婚啟事欄。女的問男的：「他們是不是該把墮胎的嬰兒名字也登上去？」他們越談越深，女的說她的工作是幫密醫做墮胎手術，在她手下死去的嬰孩數目比街上的居民還多，她相信那些嬰孩一定也有靈魂。男的伸手幫女的把身上的衣物一件件解下來：耳墜子、大外套、小外套、上

衣、毛線衫、上衫、內衣、胸罩、裙子、襯裙、褲襪、束腰
……，一直到只剩下左耳上的一個耳環。女的要男的不要動
它，但男的執意將它扯下。用力一拉，結果發現他居然像拉拉
鍊般把女子的臉、乳房、臀部都拉開。脫掉一層皮的女子如今
變成一位二十餘歲的男子，手撫陽具，右耳上掛著耳環。他出
手用力拉它，對方又脫了一層皮，從男身又回復女身，只是乳
房變小變緊些；他脫掉她身上的褲襪，她的腿居然隨著襪子的
褪落而消失。他碰觸她的頭髮，發現是假髮，底下是光禿禿的
頭。他摸她的手，碰到她的身體，它們居然逐一崩離，像打破
玻璃般發出刺耳的響聲。他俯身，看到碎片中有一具小小的，
無眼無髮，全身白色的洋娃娃……。

　　凱里的小說真的是在「剝皮」，剝開我們每日生活的表
皮，讓我們窺見人類的靈魂深處。

　　〈美國夢〉是另一篇融合嘲諷喜劇和安德森（Sherwood
Anderson）「小城畸人誌」心理描寫的佳例。

　　在日復一日夢想著財富、摩登樓房、大汽車的小鎮居民當
中，有一位格里森先生被大家視為頭腦有問題，他因為沉默寡
言，大家幾乎忘了他的存在。退休了的格里森先生在「禿山」
買了兩畝地，僱請了一些中國工人在上面築牆。大家都覺得格
里森先生瘋了，因為那禿山是不毛之地，唯一的用處是可以俯
瞰小鎮，他卻造牆將視線擋住了。牆壁蓋好後，鎮上人民競相
前往，看到的卻只是四面十呎高、上覆碎玻璃與鐵蒺藜，與其
他牆一樣平凡無奇的牆。有人好奇地站在木頭門前想偷窺內
部，卻被另一道死牆遮住，大家只好無功而返。

　　過了幾年，格里森先生死了，格里森太太找來那些中國工
人開始拆牆。鎮上人們重新扶老攜幼蜂擁至禿山，他們驚訝地

發現，在拆下來的牆壁後面居然是一座維妙維肖的小鎮的模型：每一戶每一家都在那裡，每一個人都可以在裡頭找到自己，他們甚至看到康太太和年輕的奎格·伊凡斯同睡在她家床上。大家都為發現自己所住的小鎮之美而感到狂喜、驕傲，也為以往對格里森先生的不敬感到歉疚。大城市的報紙大肆報導，並將模型與真實人物拍照併登。大批的美國遊客湧來參觀，他們在禿山上對照模型，透過架在那兒的望遠鏡望遠窺視，印證小鎮人民的生活。小鎮人們發了一筆小財，卻不堪一再被遊客要求照模型中的姿勢拍照⋯⋯。

凱里把仔細觀察得來的日常生活和經過巧妙扭曲的現實大膽融合在一起，產生出驚人的效果，這是他作品困難之處，也是他作品令人著迷之處。我們可以很快地從他的作品中找到和我們經驗相通之因子，但我們同時發現自己被推進一個我們不太敢面對的世界。

在〈你愛我嗎？〉一篇，人們活生生地從大街上、從客廳消失，因為據說「每一樣不被人所愛的東西都將從地球上消失」；在〈戰爭罪行〉一篇裡，我們看到現代企業以及現代企業社會中人的野心比戰爭更殘酷地吞噬著人性；標題故事〈歷史上的胖子〉則是一篇以六個胖子和一個綽號「南丁格爾」的女人為題材，描繪人吃人慘劇的怪異的政治寓言。

有兩位畫家的畫頗適合拿來當作這本書的封面或插圖：哥倫比亞的博特羅（Botero）以及德國的迪克斯（Dix）。博特羅筆下的胖子比例怪異，令人看了莞爾，這是透過想像、對日常世界做的詩意的扭曲；迪克斯則以接近諷刺畫的冷酷筆法畫了許多以殘障者、妓女等為題材的肖像畫。凱里的作品似乎兼有二人之長，在冷酷中散發荒謬的喜感。

奧登的柏林之戀

　　牛津大學出版部最近出版了一本由巴柯妮爾與傑金斯編的《奧登：「我青年時代的地圖」──早期作品，友人，及影響》。這本書收集了奧登（W. H. Auden， 1907-1973）早年的信札，評論文字，著作目錄以及六首奧登以德語寫成，以前從未披露，現由康士坦丁譯成英語的十四行詩。這些十四行詩是青年奧登的秘密情詩，並且是寫給他男性的愛人的。

　　眾所周知，奧登是二十世紀諸多有同性戀癖的作家之一。一九二八年秋天，二十一歲的奧登來到柏林，他剛從牛津大學畢業，訂了婚並且準備要結婚。雖然大學時期的奧登以詩人的身分招惹了一些人的側目，但牛津的日子並沒有帶給他什麼成就感。他得到了一個頗令人失望的三等英文學位，他的第一本詩集投到發伯出版社被艾略特（T. S. Eliot， 1888-1965）退回，而他對多位大學男士的追求也大都宣告失敗。他曾經試圖經由精神分析強化他異性戀的能力，並減少他的自卑感，但並無甚效用；他甚至強迫自己過了一年的獨居生活也未見成效。

　　柏林的生活帶給奧登新的刺激，他走出禁慾開始放縱自己。他寫信給友人描述那些被警察操縱的男妓院以及柏林街上、酒吧裡待價而沽的「男孩」。有一度他相信可借由滿足他同性戀的欲望棄絕同性戀，但近十個月大膽自由的柏林之旅帶給他的只是短暫的歡樂，而不是根本的轉變。他一九二九年所寫的日記顯示出他持續自我檢驗的結果，只是讓他更清楚地了解到自己的性傾向。一九二九年七月底他回到英國，解除了婚約。一九三〇年，他終於在蘇格蘭海倫斯堡的一所男校──拉

契菲學院——覓得教職。

　　奧登此後不時地回到柏林，一方面去看定居在那兒的他一生的摯友伊雪伍德（Christopher Isherwood），一方面去找那些「男孩」。一九三〇年七月他利用暑假第一次回到柏林，這次逗留太讓他滿意了，以至於回國之後他覺得痛苦異常。他懷念柏林的生活，懷念他跟伊雪伍德常去的一家同性戀酒吧「舒適角」，以及他的新歡——一位名叫韋利的男孩。他已經計畫在耶誕節假期間再訪柏林。而就在這兩次出遊之間——在八月以及九月——他寫下了六首德語詩。

　　這些詩的靈感來自奧登在柏林的戀情以及此階段他所愛慕的男孩。他已不再雜交，但同性戀的罪惡感驅使他不斷地尋找新的愛人。他一九二九年的日記曾記載他喜歡受苦，他認為苦痛和他的藝術家身分是一體的。在日記中他同時提到，同性戀之所以令他著迷的原因之一即是它帶給他折磨；他把彼此相愛和絕望視為一體之兩面。這些德語詩觸及不忠、生命無常和孤寂這類主題，同時反映出他對無結果的單戀的獨特的癖好。其中有一首詩述說他滿心歡喜地盼望自己能重回男孩的懷抱，但語調卻是憂鬱，不存幻想的，甚至帶有幾分尖酸。每一個人都是商品，愛情是自私的，有時殘酷野蠻，並且總是短暫。奧登在這些詩裡用了若干商業交易、工作和旅行的意象，和莎士比亞的十四行詩在風格上頗為相近，其中幾首還隱射三角戀情，這類主題在莎氏十四行詩中也出現過。

　　一九三〇年九月，奧登第一次正式出版的詩集問世（約當他這些德語詩寫成期間）。這本詩集晦澀難懂，廣受批評，但他的德語詩卻出奇地直接坦率，這或許是因為奧登原先並無意出版這些德語詩作。而且，用外國語寫作是一種挑戰，也是一種掩

飾，使他敢於更坦直地去處理那既困難又生生不息的愛的主題。

底下是其中四首德語詩的翻譯：

1

我生活在怠惰，無理性的愚蠢中

因為你不在，我什麼也不能做。

我無法學習，除非你教導我

而我只跟你一人有生意往來。

我從來不需要賺錢謀生。

別人供養我。我一向是自由之身。

但如果你要傭人的話，我保證將

無半句怨言地做你的傭僕。

儘管跟有錢、有才華的人們尋歡去吧。

把繁重的工作留給我。我將鼓舞你的東西。

我將為你搓洗，清潔。我若有幸

供你差遣，我心已足。

因為當你看著我時你讓我感覺到

我擁有整個魯爾區的煤礦與鋼鐵。

2

我知道你已離去，我單調如植物人，

空洞的生命讓我愈來愈覺得厭煩。

這兒的鄉下人整天忙著交媾。

我們的地方英雄坐著靈車旅行。

但如今你的身體在做什麼我不知道，
也不知道爲什麼今天時間會慢下來，
不知道今夜何時我夢中的你會和
你夢中的我在半路什麼地方相會。

不要害怕：時間不會遺棄你，
不確定的事務確然都會過去。
你的窄床足夠容納我們兩人，
戒絕許久的親吻將失而復得。

而那時我將知道你在我的身邊，
不必管什麼時候你會再度離去。

3
過去可以被我們稱爲愛的時光已然消逝。
你擁有的愛已至飽和狀態。
我們共用一個男孩，他沒有任何朋友。
只是隨著出錢要他的人來來去去。

他擁有的禮品和名銜都不屬於自己。
他介入其間，我們愈來愈疏遠。
雖然他親吻我們，我們未接納他。
我們既不算結合也不算分開。

我們無愛可奉獻。他該走了。
在他潦倒之際我們無能為力。
我們給他的吻是禮貌上的表示，
我們呼叫名字卻未動真情。

我們無法結合，除非我們知道
我們孤獨無依，無處可去。

4

蘇格蘭的雨落在我的身上。
我正在一個你從未到過的地方，
週末文人雅士在此清談。
我又回到了家。我已不在柏林。

但這種事情總是結局相同。
我們已永遠說「再見」了，我知道。
事情無法挽回，這不是你的錯。
別老在午夜後才入睡，我不知道

星期天當你們會合趕搭
當地小火車，準備
登上車時，是否會轉身注視
那正要離站的橫跨大陸的大火車？

但在這個時候：跟著親吻你的男士去吧。
我尚未付款。去做你必須做的事吧。

詠嘆調
Ⅰ：夏夜微笑

1

在音樂廳聽克里夫蘭弦樂四重奏，舒伯特，莫札特，德弗乍克，近乎完美的聆賞經驗。而我不曾想過要把這美好的一夜濃縮成一張 CD。我只想把它停格成一張照片，一張你的照片，因爲你和音樂一樣美好。

2

閱讀約翰．巴斯，一個勇健而充滿實驗精神的創新者。他說一般人以爲實驗只是冷冷的耍弄技巧，但他覺得藝術創作的技巧其價值一如性愛的技巧：有心而無技跟有技而無心一樣是不足的；我們要的是深情的妙技。

困難的小說，讀起來卻不覺有礙。因爲你正在閱讀約翰．巴斯。

3

武滿徹，沉靜中飄動香氣的音樂，單純而詩意的流動：

「仰視藍天，雲朵如棉絮飛過，負載哀愁。憶及童年的我，因頑皮而受責，我哭了……」「地球是圓的，蘋果是紅的，沙漠是大的，金字塔是三角形。天是藍的，海是深的，地球是圓的，它是一顆小星星！地球是圓的，蘋果是紅的，俄羅斯是巨大的，俄羅斯的三弦琴是三角形……」

「別了，結霜的窗玻璃上孤寂的臉孔……莎喲哪拉，在你身體某個深處，愛情顫抖如枯樹。莎喲哪拉，隱藏髮中的手指羞紅動人如石頭。莎喲哪拉，我在你裡面，你在我裡面。莎喲哪拉，在你裡面我繼續我無止盡的尋覓，尋覓一個房間……」

圓形與三角形的歌，紛紛開且落的櫻花。

4

你穿過我正在閱讀的小說走進我。它們變成一堆不相關的紙。連結它們的如今是夢一般的情節，虛構的你身體的輪廓，虛構的你呼吸的聲音。我小心翼翼地翻移新寫好的書頁，看到你繼續行走在密集的字裡行間，用一根頭髮串起整頁的字母，用一聲嘆息換取所有的驚嘆號。我知道我正在閱讀創作中的你，正在思索你書寫的顏色、氣味，像一條河從一頁流到另一頁，像一樹花在夜裡次第開放。我知道我正在閱讀我們自己的小說，虛構的你身體的輪廓，虛構的你呼吸的聲音。我知道你在那裡：一本你和我共同創作的時間之書。

5

你，遙遠而親近的你啊，你究竟存在於夜的哪一個角落？

何種色澤的香料或巧克力醞造你慾望的額頭？

你是書寫者或被書寫者？

你是閱讀者或被閱讀者？

你是食慾或是食物？

你是歌者或是歌？

6

三個樂念貫穿這首以渴望和猜疑為主題的詠嘆調：玻璃杯，火車，車牌號碼。

你摔破玻璃杯，耐心地把飛散四處的碎片從房間的每一個角落撿回來，鉅細靡遺，如同收拾一顆破碎的心。你穿過擁擠的車廂，尋找所愛的人的身影，穿過城市的大街小巷，尋找潛在的情敵的車牌，如果不幸地，像彩券中獎般你遇著了，握在手上的仍將是一個不忍捨棄的玻璃杯。

一個碎玻璃杯，照見愛，也照見嫉妒，迴旋閃爍如魔術燈籠。

7

吹掉地圖集上的灰塵，跨過夢的邊界，讓我們走入夏夜的微笑：「遠去吧，悲傷與煩惱，憂慮與不安，這裡是只有慾望之所，隱藏著戲耍與愛。在這裡只要享受人生，遊樂是我們唯一的工作。只有頭腦的愛，全是形式。若不墮入情網，哪裡還有人生？」

「夏夜的微笑有三次，」柏格曼在電影裡如是說。在微笑與微笑間，行將老去的年輕戀人，歌唱行樂吧。

8

青春與愛的音樂，致命的浪漫主義——蕭邦第一號鋼琴協奏曲。

從十幾歲到現在，不知道聽過多少回相同與不同的演奏家年輕時錄下的此曲的唱片或錄影帶：阿赫麗希，波里尼，崔瑪曼，布寧……但這一次，猝不及防地，在午後的小耳朵上，聽

到熟悉親密的旋律晶亮地流瀉出，驚顫之外，只能竊喜。一個我全然陌生的年輕的女鋼琴家。她的琴音，清麗中包含無限的幽怨。素樸而不造作的表情，更襯托出音樂的純粹力量。

安娜‧瑪麗可娃，一九九三年慕尼黑音樂賽鋼琴首獎，來自俄國，猝不及防地把我帶回對你的思念。

9

為了剪輯幾首教過的歌給學生們看，重新拿出 Peter, Paul & Mary 成立二十五周年的演唱會錄影帶。他們從招牌歌〈Puff, the Magic Dragon〉唱起，歌本身的意涵加上歲月添加進去的意義，使得動人心弦的詞曲變得更加動人心弦。當年的少者、壯者，現在變成壯者、老者，坐在觀眾席上一起聆賞歌唱。Peter 跟大家說，說話的語字有時會說謊，但歌唱的語字不會。他希望總統候選人以唱歌代替競選演說。

那是八年前的錄影；歌裡頭那條象徵童真的神奇龍一直活在我的心中。

你第一次聽他們的歌時，也是十五歲嗎？二十五年後，今天在課堂上聽我放這些歌的國中生將是我現在的年紀。

10

回到純真。

幾年前給你聽呂炳川、許常惠採集的台灣原住民音樂，你似乎不覺特別感動。但現在一個叫 Enigma 的外國樂團，把其中一首阿美族歡聚歌搖滾成他們的新歌，並且拍成 MTV 闖進歐洲流行歌曲排行榜後，你突然覺得那音樂動聽極了。

阿美族音樂樣式之繁富，旋律之多變化，實為島上各種族

之冠。他們有許多漢族所沒有的卓越唱法，其中最迷人的是自由對位的複音唱——這首以虛詞母音唱出，二聲部自由對位的歡聚歌即是一例。這首歌本來收在許常惠錄製的膠質唱片《阿美族民歌》裡，絕版多時後，赫然出現在法國世界文化之家出版的 CD《台灣原住民的複音歌曲》裡，又忽然東冠西戴，舊曲新唱，回流台灣。

Return to Innocence。

有些東西似乎要經過一番翻轉，才會體會到它們的好處。音樂譬如是，愛情譬如是。

11

渴望的秘密在於不確定地擁有——或接近——喜悅的事物。秘密的渴望，朦朧的慾望。在似有非有之間，在似懂非懂之間，逐漸接近、獲得神秘的喜悅。並且是孤獨地。而非光天化日之下與眾人共食分享習慣的事物。

在小耳朵播出他之前，我根本不知道有帕拉傑諾夫這個人。這位用影像寫詩的俄國導演。連續三個子夜，我在螢光幕前讀他的影像，不管聽不懂的俄國話或者猜不透的日文字幕。我喜歡他，喜歡他打破陳規，前衛而古老的呈現方式。《石榴的顏色》說的是亞美尼亞詩人莎雅汀的故事。《阿錫柯萊》說的是另一位行吟詩人的故事。但這些電影裡並沒有很多劇情，我們看到的是充滿民俗與魔幻色彩的詩的影像。帕拉傑諾夫自己就是一個詩人，一顆石榴，飽滿而豔麗地噴出多彩的流汁。

12

此時最合適的也許是魏本的音樂，精簡、凝聚，點描的音

畫，或者音話。如他的老師荀白克所說：「把整部小說，化做一個姿勢，把喜悅，化做一聲嘆息。」

我們的故事需要一整部小說來說它。但此刻，我只想把它化做一聲嘆息。你要選擇什麼作品？我選擇作品九，《弦樂四重奏六短曲》：第一曲41秒（根據茱利亞弦樂四重奏的錄音），第二曲27秒，第三曲23秒，第四曲49秒，第五曲1分15秒，第六曲35秒。你要問這本小說的主題嗎？那你就聽無編號的《爲弦樂四重奏的徐緩樂章》，魏本一九〇五年後期浪漫主義如夢似幻的少作。

13

說說荀白克吧。

如果只能選一個作品的話，我自然選作品十，有女高音獨唱的《第二號弦樂四重奏》。這是一首劃時代的作品。不只因爲它第一次在弦樂四重奏上加上人聲，更因爲它打破了兩百年來的調性傳統，在終樂章出現無調的音樂語言。荀白克把這首曲子獻給移情別戀，又重回懷抱的妻子瑪席爾德。

我要你聽的是根據葛俄格的詩〈連禱〉與〈忘我〉譜成的三、四樂章。特別是第三樂章。我曾經在絕望的早晨一遍遍聽它，發現它甘美如泉水。這首歌祈求解脫激情，殺死渴望：「深深的憂傷包圍著我，主啊，我再度進入你的屋宇……借我你的冰涼，弄熄火燄，滅絕一切希望，賜我你的光……殺死我的渴望，關閉我的傷口，帶走我的愛情，賜我你的和平！」終樂章〈忘我〉第一句詩說：「我呼吸到另一個星球的空氣。」說的是無調音樂的新世界嗎，或者是激情死滅後新生的清明的狂喜？

荀白克想要成為創新者，而不是追隨者。

14

對於「新維也納三傑」剩下的一位，你的選擇又是什麼？

貝爾格的歌劇《伍采克》自然很偉大，融表現主義的狂亂、荒謬與不因無調音樂走失的感性、悲憫於一爐。悼念馬勒遺孀可愛的女兒曼儂的那首《小提琴協奏曲》，聽後也是讓人驚動不已。但為了你的緣故，我要一遍遍播放《抒情組曲》。貝爾格在這首弦樂四重奏中使用十二音技法，早為世人所察知。但一直要到一九七七年，此曲寫成半世紀後，人們才從重見天日的手稿及貝爾格親筆加註的一份樂譜上，發現它原來是獻給一位已婚女子韓娜‧傅克絲的愛的宣言。

這份宣言是由巧妙的音樂密碼構成的。貝爾格秘密地把兩人姓名的開頭字母 H. F. 和 A. B. 嵌入音樂中，並以韓娜的數 10，貝爾格的數 23 為基底，建構樂曲。六個樂章的小節數都是 10 或 23 的倍數，第五樂章為兩者的倍數，到處所見的速度指數亦同。貝爾格的學生兼友人阿多諾稱此曲為「潛在的歌劇」，因為它實在是高度戲劇性、極度內省、情感濃烈的作品。最後一個樂章據波特萊爾《惡之華》中〈來自深淵的呼喊〉一詩譜成，貝爾格抄在譜上的是葛俄格的德譯：我向你求憐，我唯一所愛的，從我心陷入的陰暗深淵……

貝爾格把這份加註的樂譜交給他生命中最後十年的秘密戀人韓娜，在樂譜上他寫著：「願它是偉大愛情的小小紀念碑。」

我反覆播放《抒情組曲》，願它是偉大愛情的小小紀念碑。

15

夜是我們的紀念碑：

我給你水，因為夜像一個瓶子。

我給你陰影，因為無限光滑的夜的肌膚。

有人（神嗎？）拔開瓶塞，一次喜悅的驚嘆。

有人以夢探路，顫抖，在陡峭而冷的瓶的表面。

有人攀緣瓶口，呼喊，虛空。

有人循聲張望，失足，到夜的瓶底。

我給你繩子，因為存在不附送階梯。

我給你回聲，因為孤寂沒有瓶頸。

16

但夜也可以像鍋子，一個遼闊無邊的平底鍋，不然我何以輾轉煎熬，反側難眠，直到成為一尾全焦的魚？

17

瓶中稿：

「我對你的愛一定是被上天所眷顧的，因為它們常常發出聖潔的、狂喜的聲音與光輝。

在夜半醒來，一種聲音在呼喚我，寧靜而親密，不似這無眠的日夜裡嘈雜、繃裂的腦的騷動。我穿過二分之一沉睡的城市，到達你的所在。偉大的夜。我到這兒是為了察覺那無所不在的愛的呼吸的。你站在那兒，一身畫片裡明豔欲滴的赭紅。在一夜的工作後，也許你累了，但那赭紅的存在依舊是這夜的中心。讓全世界疲倦的人先歇息吧，歇息，然後用更新的、更鮮活的虔敬讚美你，接近你。

我對你的愛一定是被上天所眷顧的，因爲它們不只是勇敢的，它們還是人性的（雖然它的巨大許多人必須退得遠遠才察覺到），神聖的，曠久持遠的。隨著每一個日子，不斷湧現新的力量。

親愛的，如果曠久持遠四個字令人想哭的話，你就哭吧。因爲我們的愛一定是被上天所眷顧的，巨蓮般穿過污泥，升出水面。」

18

佛拉明哥，愛與悲苦的歌舞。西班牙詩人羅爾卡說它是從第一聲哭泣和第一個吻中產生的。羅爾卡的詩，幾十年來不斷被安達魯西亞的歌者傳唱著，從佛拉明哥來，又回到佛拉明哥去。

佛拉明哥大致分爲兩類：描寫死亡、痛苦、絕望或宗教信仰題材的「深沉之歌」，以及描寫愛情、鄉村生活或歡樂的「輕鬆之歌」。「深沉之歌」的歌詞簡單，旋律自由變化——或藉固定形式，或藉富變化的複奏，伴隨眾多的裝飾音與多變的節奏——凡此種種皆需技藝圓熟的歌者方能勝任。因此在充滿戲劇性與表現力的「深沉之歌」裡，歌聲的重要性勝過吉他的伴奏。這點與基本上較簡單的「輕鬆之歌」不同。

聽歌手查諾．羅巴多演唱「塞桂里亞舞曲」（他從小就喜歡唱跟跳羅爾卡的作品），簡單的歌詞，古老的節奏，反覆吟詠，一唱三嘆：

你毫無悔恨地離開我的身邊，
你如今爲什麼又來到，爲什麼又來到，

跪著請求原諒？

唱片裡舞者頓足、擊掌、搖動響板，熱烈悲情的氣氛，歷歷在目。

深沉之歌，發自生命深淵，內心深處的愛，死亡與痛苦之歌。

19

然而我爲什麼回想起許久前你寄給我的問候，一張印有巴哈《平均律鋼琴曲》主題的 B4 的影印紙？

「巴哈的平均律：平而且均」

那是你寫在上面的所有的字嗎？

平

而

且

均

。

20

然後他們問我對「家」的看法。

我說「家」就是一頭豬在一個屋頂下。我覺得從小自己就是那頭豬，而我的父母就是那個屋頂。然而當我長大以後，當我行將，或者已經，爲人夫，爲人父時，我仍然覺得自己是一頭豬。而不是屋頂。

你也是一頭豬嗎？

那我們是兩頭沒有屋頂的豬了？

21

「以 x 為屋頂」的幾種解法。

x＝別人的屋頂；＝愛；＝包容諒解；＝一時之歡；＝旅社或飯店；＝天空；＝無法無天；＝苦盡甘來；＝陰影；＝不安；＝永恆的等候；＝死亡；＝痛苦；＝渴望；＝心甘情願；＝激情；＝藝術的感動；＝天長地久；＝時間；＝金融卡及信用卡；＝謊言；＝現在；＝未知；＝家；＝我們。

22

海枯石爛的幾種變奏。

英國詩人彭斯在〈紅紅的玫瑰〉中唱說：「我將永遠愛著你，親愛的，直到所有海水枯竭……直到岩石被太陽熔解……」這是異曲同工的盟誓。差別是，詩人所在的蘇格蘭，太陽也許大一些。

樂府〈上邪〉中的女子說：「上邪（＝天啊），我欲與君相知，長命無絕衰，多雷震震，夏雨雪，山無陵，江水為竭，天地合，乃敢與君絕。」海枯變成江枯，但爛的不只是石頭，而是整座山。

有一首客家山歌說：「坐下來啊聊下來，聊到兩人心花開，聊到雞毛沉落水，聊到石頭浮起來。」石頭會浮起來，一定是裡面都爛空了。這是抗拒「地心引力」的神聖之愛。比利時畫家馬格利特的畫裡，石頭也浮起來，但不是浮在水面，而是浮在天空──一個以城堡為額的漂漂的巨石。

下一次，在你的窗口，看到一顆石頭浮在天空，不要害怕。它們因我不斷上揚的思念而升起。

23

　音樂三要素：節奏，旋律，和聲。

　貝多芬第七交響曲第二樂章開頭的主題，旋律讓人印象深刻，但你沒想到它一點都不「旋律」：開頭的音在同一個音高上重複十二遍，爬兩階後又原地踏步。變化的只是音長，四分音符與八分音符兩種音符。這只有節奏而沒有旋律的旋律，照樣可以撩起人波盪不已的情緒。

　布農族的音樂在台灣原住民族中是極特殊的。因爲他們內省的、閉鎖的、著重集體行動的民族性，他們的歌幾乎都是集體的合唱，少有獨唱的方式，內容以農耕、狩獵爲主，少有愛情的題材。在構成音樂的三要素中，布農族只重和聲，不重旋律、節奏。聽他們的歌謠並不是聽取旋律，因爲每一首歌唱起來幾乎都一樣，也沒有什麼躍動的節奏。他們的音樂之美在於和聲，單純連續的協和音程，聽起來卻宛如天籟：圓滿，和諧，虔敬而和平。

　如果愛情像音樂，我願意我們的愛只有簡樸的和聲，不必有起伏的旋律或變化的節奏。一種心境：平行四度或平行五度的親近，寧靜、淡遠的協和。

24

　李歐納・柯恩，加拿大歌手，詩人，小說作者。他的歌聲低迷，慵懶，無可救藥的頹廢。但它們曾經像膏油般給陷在痛苦中的我慰藉。能治療頹廢的頹廢的歌聲。特別是那一首〈慈悲的姊妹〉：「噢，慈悲的姊妹，她們不會分手或離去。當我以爲我再也撐不下去時，她們帶給我她們的慰藉。而後，她們帶給我她們的歌。噢，我希望你遇見她們，長久飄泊的你啊

……」吉他的伴奏簡單而動人，逐漸加進來的鐵琴聲、刮響器以及手風琴，讓整首歌迴旋如旋轉木馬，緩緩旋動發條的音樂盒子。我甚至聽到整個馬戲團在上面旋轉：小丑，大象，破涕為笑的女走索者……

「她們躺在我的身邊，我向她們告解。她們輕觸我的雙眼，我碰到了落在她們布邊上的珠淚。如果你的生命是一片被歲月扯下、磨難的葉子，她們將用慈悲翠綠如葉梗的愛繫住你。」「當我離去時她們仍在睡眠，我希望你很快地遇見她們。不要把燈打開，你可以借著月光讀出她們的地址。我不會嫉妒，如果我聽說她們甜蜜了你的夜。我們並不是那樣的戀人，況且這本來就無所謂。」

詩與音樂，慈悲的姊妹。

25

詩，音樂，愛情，三位一體的信仰。

欺瞞，虛假，背叛，三位一體的夢魘。

集我的信仰與夢魘於一身的你啊，你如何以方寸之巾，潔淨你龐大而無法分割的一體之兩面？你如何在擦拭你的頸項時，不致讓落下的謊言污染了夜的眼睛？你如何，在一次次卸下又裝上你多零件的器官、德行後，面不改色地維持它們的優雅、機巧？

施予者。掠奪者。

起始者。終結者。

慈悲的姊妹。

邪惡的女神。

26

很多年前你的筆記：「我只有一個請求，我只希望當故事結束的時候，X 能告訴 K，否則留 K 一個人沉迷在故事裡，那是不公平的……」誰是 X？誰是 K？現在反而是 X 留在故事的迷宮，留在一大堆不足爲外人道的符號、秘碼、儀式裡。

什麼是 777？什麼是 2323？什麼是 051 393？什麼是 365 060？

誰知道這些是歡愉與哀愁的化身？誰知道這些是時間與空間的交合？

你寄給我的《貝多芬〈快樂頌〉主題狂想曲》（四手聯彈，for two sheep）是什麼意思：

3 3　4 5　5 4 (pp)　3 2　1 1　2 3 (ff)　3 2　2 0

3 3　4 5　5 4 (pp)　3 2　1 1　2 3 (pf)　2 1　1 0

誰知道那是最大膽，最有創意的情詩？

我留在故事的迷宮，什麼東西留在你記憶的迷宮？車輪？喇叭聲？腳踏車？電梯？茉莉蜜茶？即使現在——雖然不知道你身在何方——我仍然不敢輕易觸按喇叭，深恐激響深埋在你頭腦裡的千千萬萬個喇叭。

什麼東西留在我們記憶的迷宮？

27

愛帶給我們精力，也浪費我們的精力。

28

所以很多年後，也許會收到你的一封信，發自異國：

「讀你的書時，我正陪孩子上第一堂小提琴課。午後的暖陽照在不斷延伸堅實的橘木地板，伴著輕揚溫柔的琴。我讀你沉重的近作，並且為你擔憂。

這些年，我努力縮小自己、平凡自己，在忙碌與不忙碌的日子裡簡單地做個盡責的母親。這些生活裡簡單重複的步驟幫助我固定思緒。塞尚的海，因為固定，使地活了。

對你，我一直不敢平起平坐。我也許太古式，太陳腐。但我敬你、尊你，並在生命的每一站回首，確定你獨一的位置。

『一隻單純而美的昆蟲別針／在黑暗的夢裡翻飛／在抽走淚水與耳語的記憶裡攀爬／直到，再一次，我們發現愛的光與／孤寂的光等輕，而漫漫長日，只是／漫漫長夜的攣生兄弟……』這些句子一併如貝多芬的〈快樂頌〉，令人哽咽。我深知你已逐步邁向圓熟的藝術之境，並且相信，你能再一次處理生命中迭次而來的瓶頸。

繁複的四季，簡單的家居，是一種福祉。我的生活地盤一向極小，我也只能應付極少的人。唯有對馴服心中的孤寂的猛獸，我須更多的修行。

常常想及你。及其他的人。像死去的人夢見生前遇見的幾朵金水仙，在黑暗的心室閃閃發光。」

29

或者：

「午後。沉厚的雨，沉厚的綠蔭，與大片清涼的空間，一起映在窗前。窗前樹。這些忙碌的樹。才剛發芽，茂密，開

花，長果，又爲著即將來到的腐朽恭謹垂首。它們熟知儀典的每一個細節，仔細如鋼琴師的手指，遵守每一個樂符的長短、強弱、剛甜。並且沒有困惑地在每一個休止符，停頓。那些樹的附生者，火紅、靛藍、棕色與黑白，飛來飛去，築巢，廢巢，愛，憎，怨，離，直到深多的雪帳沉睡一切顫動……」

30

而我們都老了：年長的我非常非常非常老，年輕的你非常非常老。留下來的是不老的音樂，詩，畫，還有，也許這些。嫉妒是火爐邊靜止的灰塵。愛跟恨一起在屋角和平地結網，柔弱的蛛絲。而也許我們都還能翻書寫字，非常非常非常老的我拿著年輕時你送的鋼筆，非常非常老的你讀著初認識時我們一起買的《占星術》。而世界在哪裡？而時間在哪裡？

詠嘆調
II：音樂精靈

1

Big my secret.

「你為什麼對我好？」

因為一個聲音向著另一個相同的聲音說話。因為靈魂找到孿生的靈魂。

這段 2 分 51 秒的音樂，今天已重複放了一百零三遍，在我書桌旁的小 CD player 上。一波波由深藍轉淺藍轉粉紅的浪，以靜妙的身姿，流自信仰的海。

我深信它們的源頭是你。它們在複述、演繹你的情感——流自你的指尖——在早晨，陽光映照的鋼琴前，你和你的音樂精靈。你專注的神情令我心動。你和你的音樂精靈在說話。用風的語言，用花的語言，用星的語言。當你纖巧的右手，張開、觸及那最高處的升 F 鍵時，我聽到一顆星墜落了。一顆紫色的星，喜極而泣，墜落在粉紅色的大海，幻化做群花群樹的眼淚。

Big my secret.

而我只能做潮濕的岸。

詩為什麼對音樂好？

鋼琴師和她的阿拉貝斯克戀人。

2

阿拉貝斯克，我們的國名。

在周而復始的音樂之浪拍打的岸邊。起始於夜。你和你的姊妹，在黑暗的沙灘，手牽手，用虔誠的詩的朗誦升起我們的國旗：「莎孚克利斯許久以前，在愛琴海聽到這歌調，將人類苦難溷濁的潮汐帶進他心裡；我們在這遙遠的北海聽到它，也生出一種感想……」然而你們的聲音是無邪的，在這島嶼北部的海邊，穿過亙古憂鬱的大海的音韻傳遞給世界一個單純的字：愛。是的，愛音樂，愛美，愛生命……。我們坐在一百多年前阿諾德在另一個空間坐過的海邊，交換我們的身分證號碼。德布西是我們的最愛，而阿拉貝斯克，最愛中的最愛。阿拉貝斯克第一號，優雅明快的琶音，如雨後閃耀於綠葉上的水珠，如午寐的少婦胸前的項鍊……。你們給憂鬱的人生明亮的腰帶，愉悅的裝飾，精巧的阿拉伯風。

阿拉貝斯克第一號，我們共同的身分證號碼。

3

然後自然是蕭邦。你說，說說各自的最愛。我說，第一號鋼琴協奏曲除外（啊，那一定是我們共同的首選）。你說，敘事曲第一號，夜曲第八號，作品 25 之 1 練習曲，幻想即興曲，第二號鋼琴奏鳴曲，英雄波蘭舞曲……噢太多太多了。我說，讓它們並列第一吧，讓所有美好的事物都並列第一。美好的事物是永恆的喜悅，你說，是濟慈說的。我說，你最喜歡第一號鋼琴協奏曲的哪一個樂章？你說，第二樂章，甚緩板的浪漫曲，紫色的夜曲，好多星星在裡面掉下來。我說第二號鋼琴協奏曲第二樂章掉下來更多星星。你在沙灘上即席演奏起敘事曲，用手指加歌聲，說這逐漸推移的律動好比層層湧來的海浪，在最高潮處化為繁華的琶音，就像此刻，坐在灘上等流星

雨劃過夜空的我們。我說，我特別被他作品 33 之 4 ，風情萬種的第二十五號馬厝卡舞曲所吸引，還有他的大提琴奏鳴曲也很珍貴，因為蕭邦是鋼琴詩人，要讓他碰其他樂器多不容易啊。你說，蕭邦是個天才，是個可以讓我們徹夜不眠的天才。我說，他也希望人們入眠，想想，每天早晨在他的練習曲聲中醒來是多棒的一件事，特別是舒曼所說像「風鳴琴」的那首作品 25 之 1 。你說，啊作品 25 之 1 ，雨過天青，萬物慢慢甦醒過來的作品 25 之 1 ，讓我們入眠吧……

4

這個時候，應該聽瓊‧拜雅唱拜倫的〈那麼，我們不要再遊蕩了〉。瓊‧拜雅，天籟似的歌聲：「那麼，我們不要再遊蕩了，如此晚了，這夜已央，雖然心還是一樣戀著，而月光還是一樣明亮。因為劍會把劍鞘磨穿，靈魂也會磨損胸膛，而心應該停下稍喘，愛情自身也須休養。雖然夜本就為愛而設，而白日回來太匆匆，但我們不要再遊蕩了，在月光的映照中……」

5

醒來後，我坐在窗前，信手翻閱書架上自己的舊作。我流出淚來。我沒想到我二十二歲時的作品是為今日而寫。為許許多多已過或未至的今日而寫。為你而寫。

6

塞尚說「莫內只是一隻眼睛，但天啊何等的一隻眼睛」。你們也只是一隻眼睛，一隻純潔、無邪、直觀的眼睛，一顆心。察覺所有美好的事物。察覺所有事物之美好。你們和一棵

一棵樹說話，吸納它們的呼吸，呼叫它們的小名，擁抱它們。你們永恆地珍惜一朵花，一片葉，當它們在枝上，在瓶中，在夢中。啊，甚至當它們一瓣瓣枯萎，掉落在地上，你們把它們纖小的軀體輕輕移進你們的筆記簿，移進你們的藝術史課本，成為新的插圖，成為感情的月曆。你們讓美在你們體內滋生利息。

你們自己就是美。

7

幾種音樂的行書。

巴哈《無伴奏大提琴組曲》，運弓如筆，行雲流水的線條遊戲。自在的行書。圓熟醇美者，傅尼葉，力足神馳，王羲之〈蘭亭序〉或可比擬：天朗氣清，惠風和暢，仰觀宇宙之大，俯察品類之盛，所以遊目馳懷，足以極視聽之娛⋯⋯。浪漫纖美者，馬友友，如歌詠，如崖岸溪流，轉折迴演，處處風景，試看董其昌〈赤壁詞〉卷：予夢久矣，須臾得寤，悄然而悲，肅然而恐，何翅風流過？跨鶴歸來，赤壁望中如顧⋯⋯行草之間，美麗的哀愁。至於自由奔放如卡薩爾斯，則近草矣。

貝多芬有兩段音樂令我心醉神迷。第五號交響曲第二樂章以及第九號交響曲第三樂章。這是御風而行，縱浪天體的音樂。第五號交響曲第二樂章，稍快的行板，自由的變奏曲：中提琴與大提琴緩緩齊奏出優美、沉靜的主題，伴之以低音大提琴的撥弦奏，第一變奏由第五十小節開始，在小提琴與低音大提琴撥弦伴奏中，中提琴與大提琴以十六分音符奏出主旋律，這是以舞蹈之姿，在地上模擬天上的飛行，第二變奏自第九十九小節起，中提琴與大提琴以三十二分音符──加倍的動力──奏出飛升的旋律，小提琴與低音大提琴以撥弦伴之，彷彿

鼓動風的翅膀，八小節後，旋律更上層天，轉由小提琴接手，中提琴與大提琴撥弦伴奏，低音管與豎笛以忽低忽高的音型推波助瀾，斷奏的音彩彷彿點描，這是御風而行，神妙狂喜的八小節。這十六小節是第五號交響曲中的天梯，讓塵世的我們上達「天聽」，聽到天國的音樂。

在第九號交響曲第三樂章，如歌的慢板，這天梯伸得更長。同樣是雙重主題的變奏曲，此處的旋律卻更加精巧、動人。崇高、清明而抒情的第一主題由弦樂器奏出，豎笛與低音管回聲般在每個樂句末複述最後幾個音符，彷彿說：「豈不美哉？」前後兩次出現的第二主題——第一次由弦樂奏出，第二次由木管變奏——是貝多芬寫過的最動聽的旋律之一，充滿感情地唱出對愛情的憧憬，對天國的想望。第一主題在曲中有兩次華麗的變奏，並且在尾奏的部分再現風情。在第一變奏中，小提琴像波浪般在豎笛的曲調旁彩飾著，以款款深情向心靈傾訴天上之美好，在第二變奏中，小提琴御風而行，流瀉出一連串如癡如醉的十六分音符，旋律極盡工巧之能事，伴以多層的管弦音彩，彷彿推移、伸展著華麗的天國之梯。這是所有音樂中，最令我珍惜的——因它無可匹敵的綺麗的音色，因它融化一切抗拒的純粹、優美。華格納說：「對於意外享受到的、極為純眞的幸福的回憶，在這裡再度甦醒了。」

幾種音樂的行書。因為你說書法像舞蹈。

8

翻閱日本二玄社印的張旭的《古詩四帖》與《肚痛帖》，忽然覺得應該找一張爵士樂的 CD 來放。我拿出 Sonny Rollins 的《薩克斯風巨人》，對照聽閱，覺得妙哉。即興演奏、爆發

力極強的草書的爵士樂，以及落筆如雲煙、神在形先的爵士樂的草書：忽肚痛，不可堪，不知是冷熱所致，欲服大黃湯，冷熱俱有益如何……

9

好的詩人在詩裡讓我們聞到花香，也聞到植物病蟲害，給我們綠葉，也給我們樹的陰影。好的作曲家也是如此。

10

所以，莫札特最令人著迷心動的，並不是那些汨汨而出的甜美的旋律，或者華麗炫目的作曲法，而是在甜美明亮的旋律間不時滲透出的陰影。他晚期的作品時見幽暗的色澤，深邃的情感，這些每每透過半音階樂句，以及在大調音樂中插入小調樂句達成。他常常在表現歡愉的樂段中嵌進半音階樂句，造成獨特的明暗並置效果。這種半音階效果有時巧妙地隱藏著，在半音間插入一兩個全音，但內在張力仍然可感。試聽他 K.491、K.466 兩首小調鋼琴協奏曲，裡頭有許多動人而富感情的組合：抒情與戲劇的對比，沉思與激動的對比，悲觀與平靜的對比；或者 K.488 第二十三號鋼琴協奏曲，單純明快然而又充滿詩意的暗示、瞬息變動的色彩——對於第一樂章中流露出的春日照射下的微妙陰影，愛因斯坦曾喻之爲「透過彩色玻璃窗所見」，終樂章是活潑而生意盎然的輪旋曲，卻幾度場景突變，插入小調樂句，讓陰影的威脅增強樂曲的歡樂氣氛。

莫札特是深諳對比之妙的作曲家。

11

然而，你們的聆賞是「無陰影」的。並不是不覺陰影之存在，而是不知其爲陰影，照樣領受其與光嬉遊之美，如共坐忽輕忽重，此起彼落的蹺蹺板，不必問何端爲喜，何端爲憂，或置身急旋的旋轉木馬，因過度的興奮，鯨吞一切來不及分辨的共生的感覺。

12

「Big my secret」就是愛的氣味。

13

你聞到琥珀色的孤獨的味道了嗎？在杜巴克年輕而古老的歌裡。杜巴克（1848-1933）———一生只寫了十七首歌，卻在藝術歌曲世界穩據大師的地位。他所有的歌都是在二十歲至三十六歲這十六年間寫成，之後到八十五歲死時爲止，再不曾寫過一個音符。這十七首歌幾乎是他一生所有的音樂創作，完美主義的他一再修改、毀棄其作品，除了歌曲之外，只留下一首交響詩、一首管弦樂夜曲以及一組（五首）鋼琴曲集。

杜巴克是極度敏感的作曲家，對文學、美術、音樂都具有超前於時代的不凡品味。他崇拜但丁，擁護波特萊爾、魏爾崙，喜歡托爾斯泰的《戰爭與和平》、易卜生的戲劇、法國的素樸繪畫以及東方藝術——日本的浮世繪、能劇以及柬埔寨的舞蹈。他的歌氣質獨特，纖巧、細緻，又具有豐盈的表情和深邃的情感——特別是一種動人肺腑的迷人的鄉愁，讓人聽後久久難以自已。他受到他的老師法朗克以及華格納的影響，但他創作旋律的天賦以及體現詩境、嚙合詩與音樂的能力是獨一無

二的。他的歌是豐富自足的小宇宙。聽聽他譜的波特萊爾的〈邀遊〉（波特萊爾在《惡之華》出版時，曾希望有音樂奇才將此詩譜成曲並且獻給他所愛的女子，二十二歲的杜巴克所作正是如此——他將此曲獻給其妻），或者二十歲時譜的拉奧的〈憂傷之歌〉或〈嘆息〉，即可知道他為什麼躋身法國最偉大的歌曲作者之列——羅蘭‧巴特在《戀人絮語》裡說拉奧的詩是「糟糕的詩」，但敏銳的杜巴克將之轉化成節制而深情的歌唱。

正是這種敏銳，極度的敏銳，讓杜巴克在三十六歲那年精神崩潰，停止創作。然而他並沒有發瘋，雖然接著他又失明了。他安靜而虔誠地度過餘生。他說：「對於形色之美，我難道不是愛得太多了嗎——上帝難道不是希望我從今而後過一種與祂單獨相處的更內在的生活嗎？」「音樂的喜悅，比之上帝給我的和平，實在不足為道。靈魂之眼比肉體之眼從更高的層面看東西……」

杜巴克，讓我們從低處仰望的狂喜、美絕的孤峰。

14

在你們的美術館看布爾代勒的雕塑。

站在高一公尺半的伊莎朵拉‧鄧肯雕像前。然而更吸引我的卻是七步外一座名為〈甕〉的直立的裸像：一個女子高舉、握合雙臂，如一容器。〈甕〉高不及一公尺，但天花板上的燈光，清晰而巨大地把它的影子投射在身後白色的牆上，環握的雙臂圓周更大，更優雅。

影子是甕的心事。像此際，站在距你不遠處的我。

來到甕底，便知道我的心事。

15

夏天在一個熱帶的漁鎮，在一個十六年前駐足過，在春天晚上吃過一碗一碗冰豆花的熱帶的漁鎮，我和我輪胎突然被鐵棒戳入，進而癱瘓在公路上的車子，等待回到記憶的軌道。

車上的CD正播著莎士比亞的十四行詩，第三十首：「當我召喚往事的回憶／前來甜蜜默想的公堂，／我為許多追求未遂的事物而嘆息……」

在正午的炙陽下，打開後車箱蓋，搬開剛買的好幾冊厚重的畫集，取出千斤頂、備用胎。CD繼續播著：「我為已往的悲苦而再感悲苦，／把以往的痛心的事情／一件一件的從頭細數，／好像舊債未還，現在才償清……」

16

車行十餘公里，一大片有別於島嶼東岸的鮮藍，介於藍與綠之間的閃亮的海。海的對面是山。山的上面是樹，以及葉的波動。風吹時翻白，風定時呈綠色的陽光的樹海。然而沒有兩片葉子同時靜下來，所以你有千千萬萬變化不已的色浪。

17

經過卑南族的村落。卑南，Puyuma，多麼異國情調的名字，然而我卻像回到了家。我心中響起他們的音樂：emaya-hayam，parairau，temilatilau，婦女唱的〈除完小米草後聚會歌〉，成年男子唱的〈年祭之歌〉，老人唱的〈傳統年祭歌〉……。卑南族與阿美族一樣，慣用五聲音階，音域相當廣，兩族旋律之豐富、優美，殆為島上其他各族所不及。但阿美族的歌謠較熱情而富活力，卑南族則較抒情、平穩而幽雅。卑南族

的二部複音合唱，以齊唱的頑固低音答句和八度及自然和弦音的長音對位於領唱的單旋律，雖不如阿美族多聲部自由對位唱法生動多姿，但另有可以媲美布農族的和聲之美。

抒情、平穩而幽雅，如驅車行過卑南濃蔭遮覆的綠色隧道。

18

看NHK早晨十點的「古典音樂時間」。今天播出埃及「光與希望協會」管弦樂團一個月前在東京的演出。這是由全盲的少女組成的樂團。習慣性地打開錄影機，邊看邊錄。她們演奏莫札特、比才、聖桑的音樂，演奏埃及作曲家的作品，也演奏快節奏的哈察都量的〈劍舞〉。相當整齊而感人。但我卻想關掉錄影機。她們的演出對我是太大的負擔。她們千里迢迢帶著樂器到異國演出，讓別人看到她們。她們是悲憫的風景，嵌進了別人的心窗，但異國風景如何裝飾她們的失明的夢？她們如何看到遠東與近東掌聲的不同，善意的殊異？節目很快進入尾聲，安可的曲子是日本民歌集錦，當管弦樂奏出前奏後，台下馬上響起合唱聲：〈夕燒小燒〉，〈七つの子〉，〈故鄉〉……，觀眾們用母語唱出日本。這些埃及女孩微笑了，她們看到了異國的風景，她們看到了異國的光。

19

所以我知道爲什麼你在聽完音樂會回來後，會急著向你的小狗講述內心的感動，你在傳你的教，傳愛與美的福音。十三世紀義大利僧侶，阿西吉的聖方濟，在森林中對鳥兒傳教，作曲家李斯特將之譜成鋼琴曲《兩個傳說》中的第一首。即使你是懷疑論者，只要你聽過李斯特音彩閃耀、高貴簡樸的音樂證

言，你也會相信奇蹟。

20

自然是最大的奇蹟。飛花落葉，小草露水，風的吹拂……

你說曾經讀過一首詩，十分震撼——一個人以堅定自信的口吻告訴人們：「我的籍貫是～～宇——宙——！」你為他廣博的襟懷感動許久。如今，從林中歸來，你想說：「我的籍貫是～～自——然——！」不，是「我們」的，你說。

21

德布西的牧神是和你們這樣的精靈一起嬉戲的嗎？因為風的拂動，而有旋律。因為光的晃漾，而有和弦——或者說，不協和弦。因為你們的假寐，而有休止符。

音樂的野宴，牧神的午後。

22

葛利果素歌，赤足行走過及膝的水上，用清風丈量天的藍度，用濕意丈量神。

23

梅湘一生用音樂頌讚神，頌讚自然。這位活了八十四歲的作曲家，到八十歲時都還是巴黎聖三一教堂的風琴師——他兼任這個職位長達五十八年。他寫了許多風琴曲，《天國的筵席》、《主的誕生》、《光榮的聖體》、《風琴書》、《聖三位一體神秘之冥想》，以及其他許多天主教、基督教題材的音樂——鋼琴曲《阿門的幻想》、《注視幼兒耶穌的二十種眼光》，

管弦樂《昇天》、《為神降臨的三個小禮拜》、《天堂的色彩》、《期待死者復活》、《主耶穌基督的變容》，但這些並不是為教堂儀式而作的教會音樂，而是放在音樂廳演奏，寓信仰於象徵，極端個人化的宗教音樂。在這些作品裡，梅湘大膽地融入異教及異國的元素：古希臘的詩歌韻律，十三世紀印度的節奏模式，爪哇的甘美朗音樂……，這些並無損於他對天主教的信仰，因為他認為上帝的手觸及萬物，萬物皆可用來回報上帝榮光。

　　對於神秘主義的梅湘，自然和神一樣奧妙。他從十五歲起就著迷於形形色色的鳥鳴，並且用他的耳朵和傳統的記譜法將它們記錄下來。他是好幾個鳥類學會的會員，終其一生，他不但為每一種已知的法國鳥記下聲音，並且遠赴南北美洲、非洲、印度採集鳥鳴。他奇妙地把鳥叫化做他的音樂，除了直接以之為素材的長笛小品《黑喜鵲》，管弦樂《鳥兒醒來》、《異邦鳥》、《時間的色彩》，以及為鋼琴的《鳥誌》和《花園的鳥鳴》外，鳥叫的弦律在他的作品裡隨處可聞。

　　這樣的敬神愛鳥──難怪他唯一的歌劇是兼容這兩大主題的《阿西吉的聖方濟》。這部寫成於七十五歲的靜態的歌劇，規模宏大，動用了一百二十人的管弦樂團（包括三台單音電子琴──ondes Martenot──梅湘作品裡特見的一種具有顫抖的音效的樂器），一百五十人的合唱團，外加獨唱者。這部三幕八景的歌劇總結了貫穿梅湘一生作品的幾條主線：狂喜的神秘主義，鳥叫，以及取法東方的配器法和節奏模式。梅湘的學生，作曲家布列茲說梅湘「教我們觀察周遭事物，並且悟出『萬物』皆可成為音樂」。

　　梅湘的音樂是造化之美的客觀體現，來自萬物，又回歸頌

讚那創造萬物的神。

24

梅湘也歌頌男女之愛。

一九三六年，二十八歲的梅湘寫了歌曲集《給咪的詩》，獻給結婚四年的妻子小提琴家黛博絲（咪是她的暱稱）。梅湘的父親是有名的莎士比亞法文譯者，母親是詩人。梅湘的歌用的幾乎都是自己的詩，他說：「我寫詩時心中總是響著音樂，大部分時候是同時產生的。」詩與音樂對梅湘是二而為一之物。九首《給咪的詩》頌讚夫妻之愛，並且以之反映耶穌與教會、神與人的結合。

在一九四五到一九四九年間，梅湘寫作了三件以愛與死為主題，他名之為「崔斯坦與伊索德三部曲」的作品：《哈拉威》，《圖蘭加麗拉交響曲》和《五首疊唱》。《哈拉威》即秘魯印第安蓋楚瓦語「愛與死之歌」之意，是將崔斯坦傳奇移枝於秘魯神話傳說的聯篇歌曲集，用了許多秘魯的歌謠以及鳥聲做素材（梅湘曾說世上最美的旋律蘊藏於秘魯。）梅湘所寫的詩充滿強烈的超現實味道，他還添加了擬聲字，模擬舞者腳鈴以及咒語的聲音。梅湘頌讚戀人們的激情，也將之提昇到與天地同寬。

《圖蘭加麗拉》一詞則來自梵文，結合「圖蘭加」（時間之逝）與「麗拉」（愛的過程；創造，繁殖，毀滅）兩字，梅湘自己表示含有「愛之歌，對喜悅、時間、運行、節奏、生與死的讚歌」等意思。這首以印度節奏為本的交響曲，長八十分鐘，共十樂章，由環環相扣的戀歌組成，龐大的管弦樂團包括鐘琴、電顫琴、鋼琴與單音電子琴，氣勢磅礡，彷彿要吞納整

個世界，是一首頌讚性愛，充滿豐盈色彩與感官之美的樂曲。禁慾主義者如布列茲甚至稱之為「妓院音樂」。這首交響曲對年輕聽眾深具吸引力，最好的演奏錄音也往往出自三十幾歲的指揮家之手。梅湘不曾寫過芭蕾音樂，但這首曲子在一九六八年被編成芭蕾在巴黎歌劇院演出（另一首被編成芭蕾的則是《異邦鳥》！）。

三部曲最後一首——為無伴奏合唱團的《五首疊唱》，也是據印度節奏寫成，是送給他的學生，鋼琴家羅麗歐的情歌，歌詞除了梅湘自己寫的法語詩外，還包括梅湘用自己發明的語言寫成的詩行。梅湘的妻子因精神病入療養院，至逝世為止。羅麗歐後來成為他的第二任妻子。她也是梅湘音樂最忠實的詮釋者，構築「彩虹」音響的音樂精靈。

25

象徵主義詩人藍波說：「我發明母音的顏色——Ａ黑色，Ｅ白色，Ｉ紅色，Ｏ藍色，Ｕ綠色。」抽象主義畫家康定斯基一本正經地把顏色和形狀之間的關係科學化：與 30°角對應的顏色是黃色；60°角，橘色；90°角，紅色；120°角，紫色；150°角，藍色。他認為正方形兼容冷熱的特質，使人想起紅色——一種介於黃藍之間的顏色。而等邊三角形有三個活潑、剛強的角，使人想起黃色。銳角具攻擊性，是熱的黃色，角愈趨向紅色直角，熱度就愈低，之後愈來愈趨近冷，直至到達 150°這個鈍角——一個具有曲線意味，終將趨於圓的典型的藍色角。

梅湘從小就具有色聽的感覺，聽到聲音就會聯想到顏色，這使他在二十幾歲就發展出他特有的「移位有限的調式」，每

一類蘊涵不同的顏色，譬如他認為第二類調式「在某些紫色，某些藍色，以及紫藍色間流轉，而第三類調式對應的是一種帶有紅色與黑色味、且帶有些許金色的橘色，以及一種像蛋白石般發出彩虹光澤的乳白色」。在《天堂的色彩》這首樂曲，他甚至明白地把各種色彩的名稱標示在總譜上，以便指揮有此幻想，將之傳達給樂手──真是神秘的象徵主義者！

你也有你自成一套的感覺共鳴。你說你的老師 N 是不規則形的塊狀，且每塊顏色都不一樣──色彩非常鮮豔，偏向紅、綠，非常活躍地組合在一起，而你的朋友 F 是柔和的粉紅、粉黃、粉橘色的組合，上面有線條柔軟的花兒，且帶有淡淡的香味。你呢，你自己呢？你在德布西《牧神的午後》裡聽到褐色、黃色及綠色，在《阿拉貝斯克》第一號聽到由河流中浮出，五光十色，互相穿叉、層疊的彩色泡泡。

那我們的國旗是不斷變換、幻化的夢的圖象了？

26

聶魯達在他的《回憶錄》裡，如是描述他所居住的南太平洋黑島的春天：

「春天以蔓生的黃色展開它的行動。萬物都覆上了不可勝數的金黃的小花。這矮小、火力十足的作物開滿山坡，爬過岩石，一直向海邊挺進，甚至冒生於我們平日行走的小徑中央，好似向我們拋下戰書，以證明它的存在。那些花長久忍受隱匿的生活，貧瘠的大地棄絕它們，讓它們寂寥地久藏地底，而今它們似乎找不到足夠的空間去安頓那豐沛的黃。

這些淡色的小花很快地燒盡，被另外一種濃烈的藍紫色的花取代。春天的心由黃轉藍，又轉紅。這些數不清的、細小的

無名花冠是如何交互興替的？風今天抖開一種顏色，明天又吹醒另一種顏色：春天在這寂寞的山坡不斷地變換國旗——各個共和國輪流以入侵者之姿誇示它們的旗幟……」

春天的國旗沒有固定的顏色。

27

聽蔡小月唱南管，御前清音，嫋嫋流自異國製的 CD，散入尋常百姓的我家。宛轉甜美，如其名，小月之姿，在今夜，懷君未眠的秋日今夜：「風落梧桐兒，惹得我只相思，惹得我只相思怨，忍不住苦傷悲。阮不是，不是惜花春早起，只是愛月夜眠遲……」

28

買到一張令人驚奇的 CD：德布西彈德布西。留聲機發明前的錄音，錄於再現鋼琴打洞紙卷上，一九一三年，德布西五十一歲時。相信這是現今唯一找得到的德布西的獨奏錄音。經由「再現鋼琴」再現出來的琴音，相當真實，細膩而乾淨，真難想像是機器的自動演奏，而不是手的演奏。唱片的第一曲是〈特耳菲的舞姬〉，德布西《前奏曲》第一卷第一首。我忽然想到年少時曾經用德布西的標題寫了幾首詩，有一首就是〈特耳菲的舞姬〉——但不曾收在詩集裡。我現在用再現鋼琴的情緒重現這首少作：

在那裡遊蕩一個背魯特琴跟詩的少年
在那裡，那株掛著月亮的桂樹底下
特耳菲的舞姬們把酒洒了一地

跟著恍恍惚惚的月光

愛說謎語的都拖著長髮，不停不停地甩頭

並且除了憂鬱跟又深又黑的眉毛什麼都不想

但他怎麼知道

他怎麼會懷疑那些婆娑的桃金孃常青藤不是身體

他怎麼會？那般細膩逼真的描寫

微笑，浮雕，種種神秘的事端

在那裡特耳菲的舞姬們把酒灑了一地

在那裡，一個少年他的魯特琴跟詩

29

詩，音樂，愛情。周而復始的輪旋曲主題。

少年聽雨歌樓上（雨滴如彩色玻璃珠滾動於紫水晶輪盤）；中年聽雨客舟中（雨滴如夜半鐘聲穿過記憶的玻璃色紙滲透入夢)；而今聽雨僧廬下（雨滴如午後蜻蜓點水飛過教堂彩色玻璃）。

聖三位一體神秘之冥想。

30

蘭嶼雅美族的歌謠相當原始，基本音階是大二度加大二度的三音旋律，以及大二度或小二度的二音旋律，音域極窄，最多只在四度之內移動。也就是說，他們的音樂「跳格子」遊戲，最多只有四格，但常常只用到兩、三格，並且很多時候是原地跳躍，久久才移動到上面或下面的格子。這種單旋律吟誦式的唱法，既無大跳動的旋律，也無複雜的節奏變化，外人聽之或覺單調，但對雅美族人而言卻寬如天地，可以隨歌詞的改

變形成各種類的歌：捕魚歌、農耕歌、放牧歌、船祭之歌、粟米豐收祭之歌、新屋落成歌、情歌、搖籃歌……

簡單的豐富：小島大海，執一馭萬的極簡藝術。

31

音樂的黎明：

我是魚，我是鳥，

翻身變形，

在空中拆解

黑暗的海的紗布。

32

Big my secret.

揭開它，如同揭開秘密的香氣。

如果你是夜，如果你是瓶子，蘊藏在裡面的是整座海洋的慾望與記憶。

如果你是風，如果你是鏡子，閃爍在裡頭的是整座天空的目光與睡意。

揭開它，如同揭開一層肌膚。

一層肌膚，隔離我們，也連結我們。

彈指即破——輕輕地——呵護它，也信賴它，因為它是精靈們秘密的禮拜堂。

因為它是夢的暗房。

Big my secret.

33

來到甕底，便知道我的心事。

女歌三線路

　　一九九六年春天，微雨，在島嶼邊緣花蓮閱讀、整理我的中學音樂老師郭子究一生的曲譜與傳記資料，逐漸體認到這位被譽為「花蓮音樂之父」的業餘作曲家既單純又駁雜的創作源頭。只有國小畢業，沒有受過正式音樂教育的他，從童年時聽到的地方戲曲，少年時離家跟隨的為宣導「皇民化運動」巡迴島嶼南北、演奏西洋樂器的文化劇團，以及每週上教會接觸的基督教聖歌等孕育了他獨特的歌曲風格。這融合西洋、東洋，台灣、大陸，無師自通，直覺而成的音樂道路，似乎是某種程度台灣音樂、台灣文化的縮影。這駁雜的「音樂三線路」，從日據時代伸延至今。特殊的也許是沒有人像郭子究這樣單純、自然、沒有負擔、不自覺地將之結合或並陳在自己身上。

　　一九九六年春天，雨後初晴，接到友人寄來的三位女歌者的音樂資料，在寒意猶在的假期裡反覆聆聽。潘麗麗，雷光夏，紀淑玲。背景相當不同的音樂工作者。然而在她們的歌以及別種音樂嘗試裡，我依舊看到一條自土地，自生活，自記憶蜿蜒而出，融不同柏油打造而成的的典型台灣音樂道路——在她們個別的歌裡，在她們合成的女歌三線路裡。

1　她是潘麗麗

　　她是潘麗麗，一個出了三張台語歌專輯的歌仔戲演員。一個在現實生活裡，似乎相當爽直而樸實的歌者。我見過她一次，前年在花蓮文化中心，她和詩人路寒袖一道來談唱台灣歌。過後大家共進晚餐，她笑語不停，但有一點不安，因為等

她種果樹的先生從梨山開車下來。她在陳明章一九九○年的專輯《下午的一齣戲》裡唱了一首〈再會吧！北投〉很讓我的小說家朋友 H 心動，認爲唱出了台灣人的某種生命情調。一九九二年她出了個人第一張專輯，標題歌〈春雨〉由路寒袖作詞，陳明章作曲。一九九四年第二張專輯《畫眉》一出，立刻引起大眾注目。這張號稱「台灣歌謠史以來，第一張以主題意識（一個女人的生活史）貫穿全輯的組詩」，的確令人耳目一新。全輯十首歌詞皆爲路寒袖所作，他親赴梨山實地感受歌唱者夫婦的生活情境，寫出了（我認爲）路寒袖創作生涯中最動人的一組詩。經詹宏達譜成曲的這些詩，不只反映了潘麗麗個人的生活故事，它們含蓄、眞摯的情感，靈巧、脫俗的意象，呈現了普遍性的生命情境，並且讓聽歌的人感受到極大的喜悅。從此潘麗麗的歌變成「路寒袖，詹宏達和潘麗麗三人合作的歌」的縮寫。一九九五年的《往事如影・冬至圓》即是最新的例證。

這三合一的新線路頗令人玩味。路寒袖寫作現代詩的經驗，爲他所亟欲再建構的「台語雅歌」傳統注入新血液、新感性。像〈思念二千公尺〉、〈汝對秋天倒轉來〉這樣的標題，或「咱厝倚踮天地個介門戶／時間若貓陌山路」（〈倒一杯酒來甲汝照顧〉）這樣的歌詞，是不太可能出現在以往的台語歌謠裡的。音樂科班出身，寄居在教會，教詩班、寫聖歌的詹宏達，在譜曲、編曲上毫不吝惜把台灣歌謠裡某些典型的情調倒進歌裡，〈畫眉〉一曲「那卡西風」強調電吉他、貝斯、電子琴一類音響的配器法很快就把路寒袖高海拔、略微孤高的歌詞拉回地面。潘麗麗清麗、濕潤、不做作的歌聲，平衡了任何（譬如編曲上）過分俗麗、商業化的衝動，偶而滲入的歌仔戲

唱腔尤爲一絕。整張《畫眉》成績相當出色。〈山路〉一首我認爲是最佳作品，音樂開闊動人，一如歌詞。編曲上同樣以鋼琴、弦樂爲主的〈風雲飛過全台灣介厝頂〉、〈大漢汝落知〉等也都清新而獨具韻味，像〈等待冬天〉，短短幾句「等待冬天／天恰地落閣作伙／涀無話，涀無話／千年萬世攏佇內底」概括了天地人間的愛與寂寥。兩首東洋味爵士風、放在整張專輯稍嫌突兀的〈倒一杯酒來甲汝照顧〉與〈逐暝一通電話〉是台灣音樂混血三線路在當代生活的延伸。

《畫眉》之後，要想攀爬到另一個海拔二千公尺的藝術高峰自然是困難的。《往事如影・冬至圓》一輯整個給人的印象是意念或教誨多於音樂，但前張專輯的典雅風味猶在。〈人生逐位會開花〉、〈夢咧震動〉等或欲以豪邁之情，或欲借童謠之風翻轉出新層面，企圖可察，但未竟其功。最令人難忘的還是〈阿媽介白頭鬃〉這樣清新、深遠的歌。

台灣詩人的作品能夠這樣入樂，是詩人的幸福，是歌者的幸福，也是聽者的幸福。

2　我不是雷光夏

我不是雷光夏，也不認識雷光夏。我和她有的關係可能是：雷光夏有一個爸爸叫雷驤，跟我一樣在寫作，但是不像我這樣沒名；我有一個女兒叫陳立立（今年已經十一歲），跟雷光夏一樣寫過一些歌，但是不像雷光夏這樣有名。我不認識雷光夏，但是我很早就聽過有關雷光夏的消息。多年前，我的小說家朋友 H 到過雷家，聽剛要升大學的雷光夏唱她自己作的歌，當天作曲家李泰祥也在場。

雷光夏的音樂讓我想到海，明亮、清澄的夏天的海。也讓

我想到俳句，用簡潔、明澈的意象捕捉宇宙、人生的喜悅。「在滾動的雷之後，明亮的光：啊，夏天！」我在太魯閣國家公園出版的《自然的禮讚》（1992）歌曲集裡看到她譜雷驤作詞的一首〈大地的孩子〉，發現她能用很簡單的旋律細胞分裂出循環不已的空邈感。《我是雷光夏》（1995）是她的第一張專輯，雖然她零零星星為一些紀錄片、影片作過配樂，包括為侯孝賢新片《南國再見·南國》作的兩首曲子——〈老夏天〉和〈小鎮的海〉。

《我是雷光夏》收集了她1984-1989，也就是十六歲到二十一歲間寫的一些歌曲。歌詞大致較青澀、飄逸，接近所謂的校園民歌。但雷光夏用音樂構造氣氛的能力相當強，即使只用單一樂器伴唱（鋼琴或吉他），聽者仍能鮮明感受其清新與空靈。清新是這些歌共同的名字，它們很清楚地告訴聽者：我是雷光夏。歌與歌之間的幾段橋樑音樂尤其令人珍惜，特別是〈時間（II）老電影〉，用電影放映機的轉動聲和簡潔的手風琴旋律，構築出幽遠動人的時間的鄉愁。我不知道雷光夏會不會成為名歌者，但我確定她是一個優秀的音樂作者。

雷光夏是年輕的老夏天，但是我知道，她已經開始在夏天聽到其他生命季節的聲音。《我是雷光夏》最後一首歌是她用國語譜唱的〈客家山歌〉，纏綿而新鮮。她未結集的音樂作品中，有一段紀錄片配樂〈布農與鳥〉相當可愛，寧靜淡遠地呈現出布農族人與自然的諧和關係。我最喜歡她在進入台北愛樂電台當音樂製作人後所作的幾個結合古典音樂與田野聲音的嘗試，尤其是一段標為〈盲笛〉的，收錄了盲人按摩師汪進瑞（？）一九九五年十一月深夜在北投街口拄著拐杖前進的聲音，以及他吹的短笛聲——先是用Do-Re-Me三個音符變化出

的、標誌他自身存在的信號曲，然後是他用自己的小笛子樸拙地吹出的莫札特《魔笛》中捕鳥人帕帕基諾的曲調，音樂接著溶接到管弦齊鳴的「正版的」莫札特原作——一次莊嚴而動人的音樂昇華！我非常驚訝，非常驚訝，因爲不久前自己也寫了一首異曲同工的散文詩〈笛聲〉：「爬上爬下的三個音符，黎明半醒的朦朧裡，因寒意而顫抖拉長，閹豬者清脆的笛聲。一根繩子冷冷地掛在腳踏車手把。一把銀亮的小刀。割整個花蓮港街活蹦亂跳的睪丸。割公豬公貓公雞多出來的大小雞雞……」

我不是雷光夏，我不知道她要如何打造她的音樂三線路，但我確定她會繼續給我們好的音樂。

3　誰是紀淑玲？

誰是紀淑玲？居然想用歌爲自己所居住的地方書寫地方誌。在《鵝尾山 e 眠夢》（1995）這張專輯裡，她如此恣意而自在地抒她的情，唱她的歌。

她唱〈濛濛滬尾街〉，平淡、甜美的歌後面是生活的憂傷。她生長在淡水，父母親生了八個小孩。父親送報，穿破舊的汗衫。小學時有同學笑她「瘋子的女兒」，她衝動得想殺人。師專畢業後申請到陽明山偏遠的平等國小當音樂老師，結婚，生子，一教十幾年。然後跟著李天祿學布袋戲。然後開始自己寫歌。

教室窗外，望過去就是鵝尾山，一首歌慢慢自心中升起。如果你嫌潘麗麗的台語歌用字太繁複、典雅，在這裡你聽到紀淑玲唱的是簡單而自然的歌：「遠遠 e 鵝尾山，親像眠夢／輕輕唱著你 e 溫暖／遠遠 e 鵝尾山，親像眠夢／輕輕唱著你 e 溫

暖／嗚嗚，風甲雨入夢，嗚嗚，你甲我 e 夢⋯⋯」簡單而自然的歌詞、旋律，反覆擺動，如搖椅，如搖籃，在生活的某個角落，搖你入夢，餘音嬝嬝。

她的歌不拘長短。譯自林登太老先生日文石刻的〈石詩〉只有兩行：「酒是目屎抑是吐大氣／心內 e 鬱卒欲丟棄 e 所在」這首歌和用另一首用平等里唸謠譜成的〈番婆甲鳥仔〉，都讓人為她取材之自由、隨意而叫好。周遭大小事物皆可入歌，螃蟹、蜈蚣、小綠鴨，一隻隻走進她的樂譜裡。

最好的一首歌我覺得是〈六月 e 花〉。這首送孩子們畢業的歌聽似平淡，卻蘊含豐富的音樂趣味。紀淑玲以薩替（Satie）「家具音樂」般，不帶感情的四個音符的反覆開始她的歌。仍然是不經意地起自生活的角落。一段不算短的口白：鋼琴彈出的旋律令人想起日本童謠〈海邊之歌〉。她說到不香、很小朵的黃色的相思仔花在山頭一起開花「彼款認真，彼款力量，乎山頭變色，乎我感動」的情境，聽了令人感動，可以媲美智利詩人聶魯達描寫春天的一段文字：「春天以蔓生的黃色展開它的行動。萬物都覆上了不可勝數的金黃的小花⋯⋯這些淡色的小花很快地燒盡，被另外一種濃烈的藍紫色的花取代。春天的心由黃轉藍，又轉紅。這些數不清的、細小的無名花冠是如何交互興替的？風今天抖開一種顏色，明天又吹醒另一種顏色：春天在這寂寞的山坡不斷地變換國旗⋯⋯」歌唱的部分先再現先前鋼琴的旋律，然後「搖擺」（swing）起來，搖散傷感的情緒，再回到原來的旋律。真是合多線路為一的細緻好歌。

相同的手法也見諸〈問田螺〉，可惜歌唱部分中段插入太戲劇性、太寫實的音樂描寫，失之太露，就像口白部分的結尾（「一個人的心能收留多少悲傷」等等）顯得有些煽情。〈樹林

ｅ風〉前段旋律聽起來像某首熟悉的西洋歌，寧靜而富情感，有聖歌味，但中段詞曲我覺得稍稍露些。

　　有原住民血統的紀淑玲小時候禮拜天早晨都在天主堂度過，長大後在教會擔任聖歌伴奏。她從居住的土地，從生活，從歷史的印跡搜尋歌的靈感。她的歌質地精細如籠罩著山（不管它叫觀音山，鵝尾山或美崙山）的霧的面紗或夢的屏風。她歌曲中的風琴或口風琴聲也許來自教室，也許來自教堂，也許來自童年家裡樓上。她的歌是記憶的歌，起動自內心深處，不同於比較市場化的潘麗麗，也不同於比較年輕、直覺的雷光夏。她是一隻腳長長的白翎鷥，乘著歌聲飛過故鄉的田園，讓我們看見島嶼飛行的新線路。

尋找原味的〈花蓮舞曲〉
——重唱郭子究半世紀名曲

　　郭子究（1919-1999）是相當傳奇的音樂人物。他只有國小畢業，卻憑著熱情與天賦，摸索出一條自己的音樂之路。他在花蓮中學擔任了三十四年的音樂老師，以其強調讀譜、視唱能力的獨特教法（花中學生音樂課都要先通過「La La La……」節奏視唱這一關），循序漸進引領無數學生進入音樂殿堂。又以身作則，以親譜的歌曲為教材，讓學生在親切學唱中自然領受音樂之妙。說他是「花蓮音樂之父」一點也不為過。他的學生畢業後，分佈各地，每愛傳唱他的曲子，他最動人的一些作品，譬如〈回憶〉，〈花蓮舞曲〉，〈你來〉……，遂由花蓮名曲變成凡有台灣人處皆得聞的台灣名曲了。

　　我在花中求學的六年（1966-1972），幾乎都在郭子究的歌曲聲中度過。初中時我喜歡用口琴、直笛吹奏《郭子究合唱曲集》中的曲調。升上高一後，這些歌和《世界名歌101首》中的歌，成為我和幾位沒事喜歡湊在一起三重唱、四重唱的同學們的最愛。高二，加入學校合唱團，一邊游走於各聲部，體會郭老師歌曲中之妙不可言的和聲，一邊練唱郭老師一節節新譜出來、準備做為我們參加省縣音樂賽「秘密武器」的新歌。我們那一屆郭老師譜的是〈山中姑娘〉，歌詞來自一本《世界名歌110曲集》中拉策羅（E. di Lazzaro）所譜的義大利名歌〈山村姑娘〉（Reginella Campagnola）的中文譯詞。高三沒有音樂課，但我清楚地記得，在面對聯考壓力的那些日子，郭老師優美的旋律不時穿過我的喉頭和心頭，給我極大的慰藉。在台北

讀大學那幾年，他的歌更成為我思鄉的解藥。我自己從中學起就喜歡聽古典音樂，並且狂熱地蒐集唱片和相關書籍，做其信徒、鬥士，迄今樂此不疲，執迷不悟，想來郭子究老師難推其責。

　　郭子究的作品中我對一九六七年譜成的〈你來〉情有獨鐘，覺得典雅清麗，委婉多姿，充滿詩意，是詞曲配合度最高、百唱不厭的一首傑作——「你來，在清晨裡悄悄的來，趁晨曦還未照上樓台，你踏著滿園的露水，折下一枝帶露的玫瑰……」——詞是花中當時另一位音樂老師，美麗高瘦的呂佩琳女士先寫的。譜曲時郭子究人在台中為人修琴，思家心切，寫信給其妻問「你來嗎？」心有所感，因以成曲。但對於另一首標著「陳崑、呂佩琳作詞」的郭老師的名作〈回憶〉，以及「林錦志作詞」的〈花蓮舞曲〉，久唱之後，總覺得詞曲之間不知道什麼地方不大對勁。初中時初學〈回憶〉，唱到「連珠淚和鍼黹繡征衣」一句，覺得歌詞好困難喔，一點都不像眼前這位前額微禿、隨和平易的台灣籍男音樂老師。旋律沒有問題，簡單易唱，非常非常好聽（好聽到多年後民間送葬的西樂隊把它拿來跟其他世界名曲一樣當做輓歌演奏），並且如作曲者所說「具有濃厚的鄉土風味」，但是歌詞文謅謅了些，很難讓人跟身邊的生活情境配合。小調、五聲音階的〈花蓮舞曲〉我初聽就覺得有花蓮的味道——特別是阿美族的味道——歌曲中間鋼琴間奏部分，分明是阿美族人跳舞、歌唱的姿態、節奏，難怪當年在口琴上一遍遍吹它，覺得很像把蘊藏在自己體內的某種力量很過癮地宣洩出，但是當歌詞裡出現像「當你離儂出征去，奴家的衷心誠意」或「儂在這裡，長祈禱」一類字眼時，就會讓身處花蓮的我懷疑：這是花蓮的歌嗎？

郭子究作品裡這種「不倫不類」的駁雜感三十年來一直困惑著我。一直到去年春天，有機會參與花蓮文化中心「藝文家建檔計劃」的工作，閱讀、聆聽郭老師自己剪貼的資料以及口述的錄音帶，並且幾次與郭老師深談後，胸中的謎團才獲稍解。

　　原來，目前為止大家耳熟能詳、國語發音的〈回憶〉、〈花蓮舞曲〉兩曲，並不是郭子究當初創作的原貌。出生於屏東東港，在牛背上長大的郭子究，年少時從姊夫吹的口琴及當送貨員時日本客戶有的一把吉他初識音樂之神秘，後又無師自通地從教會唱詩班的樂器學會了豎笛和小喇叭，以之吹奏聖詩。一九三七年，以西洋樂器鼓吹「皇民化運動」的文化劇團來到東港，初次見到小提琴、薩克斯風等樂器的郭子究，被悠揚的旋律迷住了，自願隨團學藝，巡迴各地。在打雜之餘，偷抄樂團師父樂譜，苦學得一些演奏和編曲技巧，並且寫作了一首做為宣傳劇插曲的〈防諜歌〉。這首處女作當時在島嶼南北被萬人競唱。離開劇團後，輾轉來到高雄，在酒家教唱、伴奏，隨後遇上了影響他至深的小提琴老師林我沃先生。一九四一年，郭子究參加了官辦的「新台灣音樂講習會」，結業後獲頒一紙「師匠」證書。一九四二年，他隻身抵達花蓮，先在一間酒家「東薈芳」教唱，後遇企業家林桂興，為他組織「花蓮港音樂研究會」，於一九四三年二月二十八日成立，請他擔任講師教授音樂。會員百多人，包括管弦樂隊、輕音樂隊、中西樂團、舞蹈團等。一九四三年八月十二日，郭子究在「花蓮港音樂研究會」於花崗山昭和紀念館舉辦的第一回音樂演奏會中發表了一首〈手風琴三重奏〉，以及一首日本詩人西條八十作詞的〈母の天國〉，由李英娥獨唱——這是今日大家熟悉的郭

子究歌曲中最早寫出的一首。這場音樂會，據當時日文《東台灣新報》形容，有近兩千名聽眾到場，「無立錐之餘地」，聽此歌後情緒如「甘美之坩堝」沸騰不已。〈回憶〉與〈花蓮舞曲〉則發表於一九四四年四月二十九、三十日研究會在太洋館（後來之花蓮戲院）舉辦的藝能演奏會上。〈回憶〉當時的曲名為〈思ひ出〉，並沒有歌詞，和另一首由郭子究編曲的台灣古謠〈百家春〉一起以「新台灣音樂」之名，在節目上半場由包括三弦、揚琴、小提琴、手風琴、鋼琴、吉他等中西樂器合奏出。這首曲子本來是為研究會會員講解附點音符，順手在黑板上寫出的一串音符，後來潤飾成曲，驚覺充滿思念家園與親人之情，因以為名。一九四八年，他請同在花中任教的國文老師陳崑填詞。福建來的陳老師把它填成充滿古典情懷的閨怨。一九六五年，為了學校合唱團參加比賽，又請呂佩琳老師就原曲後奏部分填入新詞。所以這首郭子究的招牌歌原來是在台灣風的曲調上披加了兩層外省腔的歌詞，聽起來有點像穿平劇或崑曲的戲裝唱歌仔戲，但它還是傳遍了海內外。

　　〈花蓮舞曲〉在節目下半場由研究會管弦樂隊伴奏，合唱團演唱，研究會女子部舞蹈演出，當時的曲名叫〈荳蘭の娘〉（〈荳蘭姑娘〉），唱的是日文歌詞，由會員張春輝（1922-1995，筆名「三和輝三」）所作。張春輝生於台中大甲，九歲時隨父母遷居花蓮，花蓮港公學校（今明禮國小）畢業後隨兄長經商，並自行研究有關攝影方面的技術，十八歲在黑金通（今中山路）開設三和照相館，為當時花蓮唯一由台灣人主持之照相館。他交請郭子究譜曲的詞以花蓮市郊荳蘭（今田埔）阿美族村落為背景，生動捕捉住土地的色彩、氣味，以及愛人遠行出戰的阿美族少女的豪情與思緒。藝名「星野峰雄」的郭

子究當時正任職於「農業實行組合」（農業合作社），奉命組織荳蘭年輕女子爲「女子挺身隊」，下田耕作，以免農田因男子盡皆應召出征而荒蕪。每天，郭子究和她們同作息，用音符把聽到的阿美族歌聲記錄下來，更用手風琴爲她們伴和。她們原是喜愛歌舞的民族，悲傷時歌舞，歡樂時也歌舞。鮮明的舞姿——躍上郭子究的腦海、樂譜，轉化成永恆的律動。他當時租住在市郊農舍，附近小溪蜿蜒，駐有部隊，郭子究每日被部隊起床號喚醒，水聲接著入懷，這也是爲什麼後來〈花蓮舞曲〉前奏中會出現號角聲似的三個音符，以及琤琤琮琮如水流的音型。郭子究大概在一九五〇年代初向花中國文老師林錦志講解〈荳蘭の娘〉日文歌詞，並且請他翻成中文。除卻前述「儂」、「奴家」一類用詞，廣東來的林老師中文歌詞相當簡潔，頗能掌握原詞的色彩形象，只是私自添加了一些「反攻大陸」時期習見的「愛國情操」（譬如結尾的「但願國泰年豐，且待凱歌歸來時，團聚融融」），把原來歌詞生動呈現出的阿美族人以達觀、熱情面對生命悲喜的情境扭曲了。因爲這個原因，我花費了相當的時間，向郭老師問得他原來覺得「沒有什麼價值」的〈荳蘭の娘〉原始曲詞，多方請教後，把日文原詞加上羅馬拼音整理出，並且不自量力，將之譯成新的、可以唱的中文：

　　囀る鳥の　なまめく羽を
　　微風輕く　撫でて行く
　　荳蘭の朝　ハイホハイホ　ハイホハイホ
　　君の征く日に　眞心こめた
　　祝ひの言葉　數數胸に
　　何故か震へて　遂に消え

檳榔の實の　熟れる薰りに
お月樣にやり　微笑む
荳蘭の夜　ハイホハイホ　ハイホハイホ
君の武運を　皆で祈り
乙女の汗で　今年も稔る
今宵は歌へ　うんと踊れ

吱吱喳喳鳴囀的鳥，明亮豔麗的翅膀喲，
在輕飄的微風中，舞弄飛動，
荳蘭的早晨。嗨湧，嘿喲，嗨洋，嘿喲。
當你離別的那一天，滿懷的真情誠意，
祝福你的話語，千千萬萬在心底，
奈何顫抖不已，終竟又消失無影。

檳榔的果實，成熟飄芳香，
月亮也露著微笑，
荳蘭的夜晚。嗨湧，嘿喲，嗨洋，嘿喲。
我們在這裡祈禱你，戰場上好運久長，
用我們少女的汗，換來今年也豐收，
今夜且盡情地歌唱跳舞。

　　我並無意否定那些從大陸來台灣的外省老師們的貢獻。他
們的存在給這個島嶼注入了新活力。我懷念在花中讀書時遇到
的那些外省老師：從青島來，教地理、國文，並且是我初中導

師的綦書晉老師（他曾經熱心指導郭老師準備國文，幫助他順利通過中學音樂教師檢定）；從山東來，教地理、歷史的張愛雲老師；從福建來，教國文的陳震華老師；在國文課兼教英文的張家輝老師；在公民課兼教音樂的林世鈞老師（他們兩位也為郭老師的歌提供過詞）；從海南島來，在學生作文比賽長一頁餘的得獎作品後面，品題上千言、七八張稿紙不能止，自署「海南王彥」的王彥老師……他們用各自的鄉音在太平洋濱上課、唱歌，唱新譜的海岸之歌。這種不協調的協調自然也是一種「族群融合」，一種混血、新生，一種無法磨滅的歷史的眞實。

我沒想到在離開花中二十幾年後會幫郭老師整理、重印他的合唱曲譜。這本訂名爲《共鳴的回憶》的新版郭子究合唱曲集，除了收入前已印出之曲譜，並且加入了他最近二十年的新作——包括他自己用台語作詞，紀念他岳父李水車傳道士的六首〈水車之歌〉，以及他抬愛我，在年初用我兩首短詩譜成的〈白翎鷥〉與〈童話風〉；集末還附錄了一首花蓮另一位前輩作曲家林道生囑我作詞，以大家熟知的「La La La……」節奏視唱開始，融郭老師七首名曲於一爐，向郭老師致敬的〈海岸教室〉——這些，連同新湧現的原版、新版曲詞，都將在一九九六年六月花蓮文化中心以郭子究爲主題的數場文藝季音樂會中演出。

〈花蓮舞曲〉是部分兩部合唱，〈回憶〉、〈你來〉是四部合唱。有人說這些歌是花中校友的識別證，但這句話只說對了一半。會唱這些歌其中一部旋律的，應該到處都是；會唱這些歌其中兩部旋律的，也不見得就是花中校友（像我的小說家朋友張大春，就常常假冒爲花中校友，跑到花蓮忽而第一部，忽

而第二部地和我們合唱）；唱這些歌時，上上下下，游竄於各聲部而自得其樂的，大概就是真正的花中校友了。

「回憶」的共鳴有多遠？許多人把〈回憶〉當做花蓮縣歌（雖然官定的〈花蓮縣歌〉的確是郭子究所作）；原住民教會把〈回憶〉的旋律採用為聖歌；在海外，異鄉，有人聞郭子究的歌而落淚。郭子究的歌自然是多元、駁雜的。然而，我想，當它們跟土地，跟生活，跟記憶緊緊相扣的時候，也就是它們最純粹、動人的時候。所以我試著把郭子究的〈回憶〉填入他母語的歌詞，在今夜——不管你是不是花中校友，不管你是不是花蓮人——請你打開喉嚨，打開回憶，一起來追尋、重唱原味的島嶼之歌：

　　美麗春天花蕊若開，乎阮想起伊。
　　思念親像點點水露，風吹才知輕。
　　放袂離，夢中的樹影黑重。
　　青春美夢，何時會當，輕鬆來還阮？

　　思念伊，夢見伊，
　　往事如影飛來阮的身邊。
　　（往事如影往事如影飛來阮的身邊）
　　心愛的人，你之叨位，怎樣找無你？

　　美麗春天花蕊若開，乎阮想起伊。
　　思念親像點點水露，風吹才知輕。
　　放袂離，夢中的樹影黑重。
　　心愛的人，何時才會，加阮再相會？

小城攝影家的愛情

　　翻閱張照堂著的兩集《影像的追尋——台灣攝影家寫實風貌》（光華雜誌社，1989），赫然發現下集介紹的第一位攝影家是來自花蓮的許安定（1931-）。許安定在花蓮的國小任教三十年，一九六〇年代前半我在花蓮市明義國小就讀時，我清楚記得，他是校中幾位愛攝影的年輕老師之一。在「沙龍主義」畫意攝影盛行的那個年代，許老師不時能撥開矯揉的沙龍風，從生活出發，留下一些質樸而富感情的庶民照。在花蓮文化中心出版的《許安定攝影集》（1991）裡，我們看到他許多以學童生活、學校活動為題材的作品，我甚至看到當年運動會時我低年級的女導師用力拔河的生動影像。但我覺得許老師最感動我的是那些五〇年代後期，他還沒有加入任何攝影學會，還沒有贏得任何攝影頭銜時所拍的街頭照片。這些記錄修鞋匠，賣棉花糖小販，戶外寫生的美術老師，雨後玩沙、廟前遊戲、遠足吃便當學童的照片，再不曾集中地出現在他以後的作品裡。

　　小許安定二十五歲的潘朝成，同樣在八〇年代初學攝影時有過一段在花蓮加入攝影學會，熱衷於畫意攝影的沙龍歲月。但潘朝成在得到攝影學會頒授的「榮譽博學會士」頭銜後，卻因接觸國外攝影著作，開始質疑自己的攝影作品並且和沙龍主義一刀兩斷。

　　出生於花蓮美崙東岸街漁村（這個漁村後來因花蓮港擴建而消失）的潘朝成，在高工畢業當兵回來後，曾經當過大卡車司機，重五金及鋼琴外務員。一九八二年進入花蓮基督教門諾醫院工作後，一度嗜賭的他，在妻子鼓勵下，開始學習攝影以

轉移賭的誘惑。他得到本地攝影學會湯昇、張繼福、張志遠幾位前輩的指導，很快地對攝影產生狂熱的興趣，並且相繼贏得一些從以「可愛寶寶」、「幸福家庭」為題到以「紀念總統誕辰」、「慶祝光輝十月」為名的攝影比賽獎賞。一九九〇年，三十四歲，對西方文學、藝術、攝影作品幾乎一無所知的潘朝成，偶然看到一張外國攝影家的作品，內心大為困惑——這張照片他後來才記住是布列松（Henri Cartier-Bresson）的作品，雖然第一次看到時他對布列松三個字幾乎全無感覺。他不懂這個和他自己供奉多年的沙龍攝影大異其趣的外國攝影家，怎麼會被許多人尊為大師。他想自己以前對攝影的觀念一定有所不足。他愈來愈厭倦自己以往只注重「表象之美」的沙龍作品，決定北上拜師學藝。在找了幾家攝影補習班後，終於進入「圖膽」教室，隨阮義忠學習攝影及暗房課程。十二月，潘朝成開始投入報導攝影，著手拍攝《異鄉人——台灣的外省籍榮民》系列。

此後的兩三年，潘朝成一有空，就帶著相機到花蓮美崙的榮譽國民之家，去觀察、了解他們的生活，和他們聊天、做朋友，然後為他們拍照。他一度非常疲憊，感覺很難按下快門，因為他發現自己走進的是一個充滿無奈、孤寂、期待、認命與絕望的現代史的療養院。但隨著拍照時日的增長，他接觸到更多層面，逐漸從表面的認識進入他們的心靈深處，在愁苦之外，也能感知、捕捉他們的喜悅、堅毅、達觀、幽默……。對這些外省籍榮民，他產生了愛。三十年前，初來到花蓮的這些年輕力壯的外省大兵，在窮苦漁村孩子潘朝成眼中，是威武、風光多過孤單、無奈的，他常常看到他們散步到他居住的太平洋邊的漁村附近遊玩。三十年後，潘朝成長成到他們當年的年

紀，卻發現當年的年輕人如今已變成老年人，並且逐漸由希望移向失望，由生移向死。他在他們身上看到自己——有一天，他也要成為被生、被世界遺忘的異鄉人。他感受到一種同體之情。他回想到二十三歲那年，擔任砂石車司機的自己，有一次在睡眠不足的情況下和另一輛車相撞，自己重傷住院，並且因過失罪入獄服刑一年餘，而對方有三人喪命，包括一名外省老兵。當年焦點模糊的場景，如今似乎有了比較清楚的意義。在為榮民拍照存影的過程中，他彷彿感覺自己企圖透過鏡頭為逝去的時日留住光影，為漸趨死亡的生命注入活力。他要讓橫死於記憶角落裡的某個集體生命，在黑與白鮮明的影像世界裡復活過來。除了美崙榮家，他也把懸諸心內的鏡頭對向美崙眷村以及散居東海岸的的榮民。

一九九三年一月，這些作品陸續出現在花蓮本地的雜誌上。七月，他以其中十五張獲台北攝影節第一屆「攝影創作獎」紀錄攝影首獎，讓北部攝影界驚訝地見到一個無藉藉之名的攝影者在島嶼邊緣寫下的情書。這是寫給土地以及生活其上的卑微人民的情書。從五十幾卷底片中挑洗出來的這些照片，風格相當平實自然，潘朝成以一種近乎靜默的方式述說著卑微的情事，卻令觀者領受到極大的撞擊與感動，因為他能從日常的事物中捕捉到人類存在的本質，讓我們看到真實的虛幻，從簡單的場景中看見整個時代、歷史、時間的影子。

在他的鏡頭下，事物往往呈現了在一般時空中普通人未及見到的面貌與意義：

——一個佝僂的老者，屈著身、拄著拐杖、拿著一包東西往前行走，從他的背後照過去，面對巨大天空的老者是一個沒有頭的人。如果羅丹的《行走的人》是一個大步向前、充滿大

無畏精神的勇者，潘朝成的則是一個宿命、謙卑、看不見自己未來的人。

——一群集聚於某個節慶場合、目光統一朝前的榮民當中，忽然有一位把頭移向另一個方向，讓我們錯愕地以為，是不是他們以往看待事物的角度或外界看待他們的角度一直都錯了？

——身穿夾克的老榮民，舒適地躺在午後兩張涼椅中休息，陽光溫暖地照著，映在地上的是比他的軀體更大、更沉重的黑影——那是不自覺抖落出的老者多年的心事，或是死亡巨大的身影？

潘朝成自然也揭示給我們許多原本已附著於物象內的符號、象徵：身上刺有「反共抗俄」、「國民黨萬歲」、「蔣總統萬歲」以及中華民國地圖，兩眼茫然不知投向何方的老戰士；幽冥的水銀燈下，天未亮即起，圍繞著蔣公銅像，或靜坐、或徐行、或慢跑、或推輪椅，彷彿合演一齣歷史舞台劇的幽靈般的榮民；頭戴斗笠，腳穿布鞋，健行歸來，唯恐雨水打濕國旗，將之揹在身上，藏在透明雨衣底下，彷彿日行一善的童子軍的老榮民；舉起殘廢、變形、無知覺的兩個腳掌，如舉起滿目瘡痍的中國現代史的榮民——這些照片敘說著歷史的荒謬，敘說著在威權體制下榮民們個人意志的淪喪以及對自身悲涼身世的隱忍。但潘朝成的鏡頭也讓我們看到這些歷盡滄桑的老兵如何化苦為甘或苦中作樂：在榮家靈堂外送葬花圈前露齒而笑的榮民，他夾著兩支拐杖的身軀有如花圈的支架，而一臉笑意和露出的兩隻犬齒，竟和花圈上的「奠」字有幾分神似——也許參加過太多次同僚的出殯儀式，觸慣了死亡的氣味和顏色，他在死亡的陰影下仍然笑得那麼自在開心！在另一張照片中，

我們看到一位臉孔比故國山河更加破碎的老者，舉掌附耳，努力傾聽、等候某樣渺茫、不存在的福音——彷彿他的頭是能收聽一切音響的魔術海螺！

這些雖是針對特定對象的報導攝影，但這些對象並非是全然不可置換的。在很多時候，潘朝成照片中的外省榮民也可以換做是其他身分、族群的人，因為他所呈示的是人類共通的情境：綠蔭下摺椅上午睡的男子，他的草帽、眼鏡、皮鞋，平整而明澈地排列在草地上，陽光穿過樹葉，在陰影的草地劃出一條細緻的光之河——照片中呈現出的清潔明亮，給人純淨的喜悅和秩序感，生命的優雅在無聲無息中浮現；在另一張照片中，我們看到三個老榮民分坐三張板凳，似乎正等待著參加某個活動，擦得發亮的皮鞋和他們老邁的身軀、茫然的表情適成對比，然而我們卻看到了，即便在孤寂、貧乏中，人性對尊嚴的要求；另有一張兩位老人立在樹叢前小便的照片，幽默生動地散發出生之力量，色澤鮮豔的樹葉，彷彿因老者的灌溉更加充滿生機。透過光和影、虛和實的微妙組合，潘朝成讓他的報導攝影更具普遍性。

布列松說過：「有些攝影者很偉大，有些只是在搜集事實，但光有事實不足以動人，動人的是拍攝的方法。」潘朝成頗能掌握布列松所謂「決定性的瞬間」，在「進行中的元素都呈平衡狀態」的片刻，恰如其分地按下快門。這樣的能力固然有賴長期積累的藝術修養，但若無對人類情境深厚的同情心，亦無以致之。

諷刺的是，這樣一位對所拍攝的對象懷抱同情心的攝影者，居然因為一張在榮家公共澡堂卸下義肢準備洗澡的榮民的照片，受到被拍攝者的控告，向法院要求判決賠償「侵權及精

神損害費」七十萬元。一張滿溢拍攝者對邊緣榮民悲憫與虧欠之情的照片，居然引發了比悲苦的榮民命運更無奈的誤解。這是多麼曲折而無力的愛啊！

　　然而，潘朝成仍繼續記錄他對土地及人民的愛，繼續在島嶼邊緣，用他的相機，用他的心，捕捉生命的千姿萬韻。

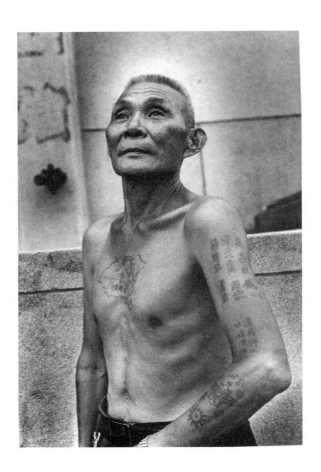

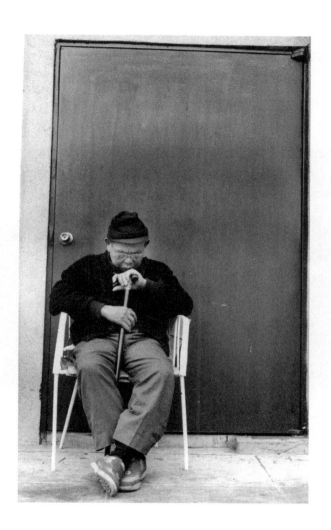

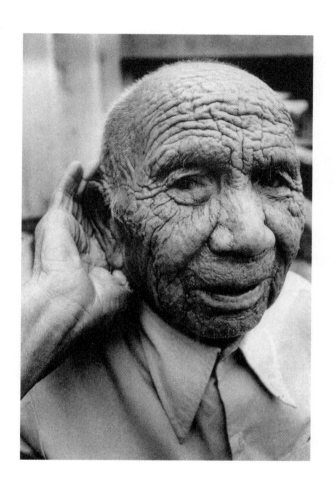

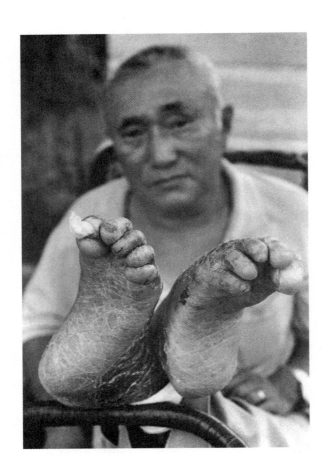

歐文‧柏林的音樂傳奇

　　每一年耶誕節，在〈平安夜〉、〈耶誕鈴聲〉之外，相信大家都聽過一首〈白色耶誕〉（White Christmas）：

> 我夢見一個白色耶誕
> 就像我昔日所熟知的那些，
> 群樹閃爍，孩童們傾聽
> 雪中雪橇的聲音。
>
> 我夢見一個白色耶誕
> 隨著我寄的每一張耶誕卡，
> 願你的日子明亮愉快，
> 願你的耶誕年年雪白。

也許很多人並不知道這首歌的作者叫歐文‧柏林（Irving Berlin），也許更少人知道活了一百零一歲的歐文‧柏林曾經寫過多達一千五百首的歌曲，包括知名的〈雙頰相依〉（Cheek to Cheek）、〈永遠〉（Always）、〈懷念〉（Remember）、〈藍天〉（Blue Skies）、〈海有多深？〉（How Deep Is the Ocean?）、〈天佑美國〉（God Bless America）以及〈娛樂至上〉（There's No Business Like Show Business）等。歐文‧柏林所譜寫的曲調風靡二十世紀美國將近八十年之久，他在三十歲時已是傳奇人物，而後又為十九部百老匯歌舞劇和十八部好萊塢電影譜曲。這位無師自通的音樂界巨人於一九一一年寫成他第一首成

名曲〈亞歷山大的爵士樂隊〉（Alexander's Ragtime Band）。「這首歌使歐文·柏林的音樂生涯永遠和美國音樂交織在一起」——小提琴家史坦因（Issac Stern）如是說。他又說：「美國的音樂在他的鋼琴下誕生。」一九六六年，歐文·柏林為重演的歌舞劇《安妮拿起你的槍》（Annie Get Your Gun）寫下了他最後一首歌〈老式婚禮〉（An Old-Fashioned Wedding）。在這五十五年當中，歐文·柏林的創作源源不絕，隻隻動聽，人人耳熟能詳：這些歌深入全美各家庭中，溫暖了每一個人的心房。

歐文·柏林的音樂天分使他成為千萬富翁，但他不會讀譜、寫譜，並且只能用升F調作曲。他寫歌時，以一個手指在鋼琴上找出旋律，而由助手在旁將之記錄在紙上。他的鋼琴設有轉調的裝置，以便利他創作升F調以外的曲子。

一九一六年，他與赫伯特（Victor Herbert）合作為歌舞劇《世紀女郎》（The Century Girl）譜曲，他強烈感覺自己專業技能之不足，他問赫伯特他是否應花點時間去學作曲，赫伯特對他說：「你對文字和音樂有與生俱來的才情，學習理論或許對你有些幫助，但也可能因此砸壞了你的風格。」

歐文·柏林的音樂本質單純且略微濫情，但卻觸動了數百萬美國人的心。一九一九年寫成，一九三九年才發表的〈天佑美國〉儼然是非官方的美國國歌。〈白色耶誕〉則一直是最暢銷的歌曲之一，單曲樂譜及唱片的銷售量突破一億大關。這首歌寫於一九三九年，但直到一九四二年，歐文·柏林將之置於電影《假日旅店》（Holiday Inn）的配樂中時，世人方得識之。

一如〈白色耶誕〉，歐文·柏林最流行的歌有許多都是樸

實而傷感的民歌，這些歌曲旋律十分簡單，不諳音樂者也能哼唱或以口哨吹之，歌詞也易懂難忘。發表於一九三二年的〈海有多深？〉即是另一個佳例，這首甜美的戀歌由一連串的問句與暗喻組成，沒有什麼深刻的思想或奇怪的語彙──淺顯的歌詞配上簡易的旋律，反而使它歷久彌新：

　　我愛你有多少？
　　我不會對你說謊。
　　海有多深？
　　天有多高？
　　我一天想你多少回？
　　多少朵玫瑰被露水沾濕？

　　我要走多遠
　　才能到達你的身邊？
　　我要旅行多遠
　　才能到達星星？
　　而如果我失去了你，
　　我將哭泣得多傷悲？
　　海有多深？
　　天有多高？

歐文‧柏林早年被公認是一個拙於言辭的寡言者，但他卻把他的缺點化為優點，用日常的語言寫出簡潔而直接的歌詞。他說：「我的志向是打動一般美國人的心，不是教養高的人，也不是教養低的人，而是廣大的中間群──他們是這個國家真正

139

的代表。」

　　歐文‧柏林於一八八八年五月十日生於西伯利亞邊界的村莊，父親是猶太教拉比兼唱詩班領唱者，家中共有八個小孩。在一次屠殺猶太人事件之後，他父親帶著家人來到美國，把最年長的兩個孩子留在俄國。在紐約曼哈頓下城東區長大的歐文‧柏林只受過兩年正式的學校教育。八歲那年，他父親過世，他有一陣子充當一位名叫「盲眼索爾」的乞丐歌者的領路人。他十四歲離家，後來在紐約中國城的一家酒館當歌唱侍者。一九〇七年他嘗試作曲，寫出第一首歌〈來自晴朗義大利的瑪麗〉（Marie from Sunny Italy），賺了三十七分錢。一九一一年出版的〈亞歷山大的爵士樂隊〉使他聞名全國，這首歌的單曲樂譜在短短的幾年內就賣了一百多萬份。他於一九一二年結婚，但妻子不幸感染傷寒熱，蜜月旅行歸來數月後便去世。十三年之後，再娶電報公司總裁麥凱之女艾琳為妻──麥凱為天主教聞人，以世俗及宗教理由反對此婚事，造成轟動。麥凱據說曾以斷絕父女關係做威脅，歐文‧柏林的答覆如下：「我並不是因為錢而娶你的女兒，如果你要斷絕父女關係，我只好送她兩、三百萬元的結婚禮物了。」歐文‧柏林和他的岳父及時修好。他的這段婚姻白頭偕老，並且生了三個女兒。

　　歐文‧柏林於一九一七年美國加入一次大戰時入伍，奉命寫了一齣輕鬆的歌舞劇。一九一九年，他以陸軍中士退伍，創辦了自己的音樂出版公司，並且和人合夥在百老匯近郊第四十五街建立歌舞劇院，專門演出他譜寫的音樂劇。一九二〇年代，他的音樂劇幾乎定期在此演出。經濟大蕭條初期，他的創作量銳減。他在三〇年代初期的某些作品中即反映了此時的社會情境。但他所寫的輕快歌謠卻成為那個時代人們躲避現實煩

憂的心靈慰藉。這些歌包括〈再來一杯咖啡〉（Let's Have
Another Cup of Coffee）、〈熱浪〉（Heat Wave）、〈復活節遊行〉
（Easter Parade）、〈雙頰相依〉以及〈這不是個可愛的日子
嗎？〉（Isn't This a Lovely Day?）等。其中最後兩首是金姬‧
羅潔（Ginger Rogers）與弗利得‧亞斯台（Fred Astaire）所主
演的好萊塢歌舞電影《高帽》（Top Hat，1935）中的插曲。這
是諸多由歐文‧柏林寫曲的歌舞電影中的第一部，由亞斯台主
唱的〈雙頰相依〉並為歐文‧柏林贏得第一座奧斯卡最佳歌曲
金像獎（第二次是由平‧克勞斯貝主唱的〈白色耶誕〉）：

　　天堂，我置身天堂，
　　我心跳急速，
　　幾乎不能言語，
　　我似乎找到我要的快樂
　　當我們一同外出，
　　雙頰相依共舞。

　　天堂，我置身天堂，
　　整個星期來
　　纏繞著我的煩惱，
　　像賭徒的好運
　　忽然間消失無蹤
　　當我們一同外出，
　　雙頰相依共舞。

　　我想爬山，

攀登最高峰，
那興奮卻遠不如與你
雙頰相依共舞。
我想外出釣魚，
在河上或者溪邊，
那樂趣卻遠不如與你
雙頰相依共舞。

與我共舞，
我想擁抱你。
你身上的魅力
將帶我度過難關，
直上天堂。我置身天堂，
我心跳急速，
幾乎不能言語，
我似乎找到我要的快樂
當我們一同外出，
雙頰相依共舞。

　　二次大戰前他又寫了四部歌舞電影的歌曲。大戰期間，他
全力寫作以軍隊為背景的歌舞劇《軍隊在此》（This Is the
Army）。這齣戲在美國各大城市，及歐、非、澳、南太平洋各
軍事基地巡迴演出，歐文‧柏林經常親自登場，並且擔任打
雜、搬換布景等的工作。
　　歐文‧柏林是個害羞而不愛出風頭的人。有一回畢卡索問
他對史特拉汶斯基的看法，他說：「我不知道，我對許多優秀

的音樂家都不熟悉。」他同時也是無可救藥的失眠者，天生不安、焦躁，無法安定下來。朋友曾和他打賭，說他無法安坐在椅子上五分鐘，結果歐文‧柏林輸了。戰後，歐文‧柏林繼續創作舞台及電影的歌舞劇，一九五四年的《娛樂至上》再創他事業的高峰，他本想從此封筆不寫了，但八年後又以七十四歲的高齡復出，撰寫歌舞劇《總統先生》（Mr. President）的音樂。這齣歌劇並未像他早期作品那樣地獲得好評，有些評論家批評該劇「陳腐過時，缺乏巧思」，但歐文‧柏林似乎不曾因此項批評不安過，他曾對訪問者表示：「如果歐文‧柏林的歌是陳腐的，那是因為它們淺顯易懂。就我所知，有些最陳腐、最簡單的歌反而歷久彌新，不管它們是〈白色耶誕〉、〈復活節遊行〉或〈肯達基老家鄉〉。」

歐文‧柏林誠然是美國建國以來最知名且最受歡迎的作曲家，他的音樂反映二十世紀數百萬美國人的希望與夢想。作曲家肯恩（Jerome Kern）短短數語，為歐文‧柏林在美國樂壇做了最好的定位：「歐文‧柏林在美國樂壇無地位可言——他就是美國樂壇。他誠實地吸收自他同時代人們身上散發出的律動，他們的生活方式、風俗習慣，而後將這些印象簡化、純化、崇高化，反過來回報給世界。」作曲家摩爾（Douglas Moore）也說過：「歐文‧柏林的異稟使他在當代歌曲作家中顯得與眾不同。這種異稟使他和佛斯特，惠特曼，林賽與桑德堡等同居美國最偉大的遊唱詩人之列。他將民眾的語言、民眾的思想、民眾的信念溶入歌中，使之流傳千古。」

歐文‧柏林於一九八九年九月二十三日逝世於他曼哈頓的寓所，距他創作第一首歌曲時所居的舊宅僅數哩之隔。

動畫的樂趣

　　看慣電視上播放的狄斯奈卡通動畫或日本卡通動畫的觀眾，也許不知道除了卡通以外還有各式各樣的奇妙的動畫。你看過用沙做素材的動畫嗎？你可以想像有人在金屬板上鑽出幾百萬個針孔，把針插入孔中，利用針眼深淺變化造成的陰影逐格拍攝成動人心魄的影片嗎？你知道那些你以為沒有生命的物體，譬如手帕、手套、火柴棒、書本，都可以在充滿創意的動畫藝術家手下變成栩栩如生、有愛有恨的血肉之軀嗎？這些似乎是夢境，隱晦、破碎、稍縱即逝地存在於我們潛意識的一角，但一代接一代鍥而不捨的動畫藝術家們為我們把利那化為永恆，把夢境提升為真實。

　　我喜歡看動畫並且喜歡蒐集動畫，不只因為好的動畫作品所蘊涵的創意、幽默、想像力和哲思，更因為它是一種幾乎無需翻譯的國際語言，不論何時何地，都可以和不同的人共同分享。我喜歡和我的學生一起看動畫，和我的朋友，和我的家人。人家說：「聞道有先後，術業有專攻」，看動畫的時候你卻發覺老師看到的不見得比學生看到的要多，而用腦思考的大人所獲得的樂趣不見得多於用眼直觀的孩童。動畫實在是一種老少咸宜、啟示與娛樂兼備的大眾藝術。

　　最常放給學生看的是兩部加拿大的動畫：《樂園》與《沙之城》。《樂園》是一部視覺效果華麗的動物寓言動畫，長逾十五分鐘，作者是出生於印度的帕特爾（Ishu Patel， 1942-）。故事取材於印度古詩：有兩隻鳥，一隻居於王宮中，全身銀白，嬌生慣養，能幻化出五顏六色之羽毛、奇形異狀之身姿，

千嬌百媚，令人目不暇給，另有一隻黑鳥，居於宮外樹林中，頗羨銀鳥之待遇，乃摘集各色花葉、鳥羽貼於自身，飛入宮內，效顰學步，搔首弄姿，冀獲國王之恩寵，但卻被國王手下以木籠套住，棄於宮外樹上；歷經風吹雨打，回復自然之身的黑鳥終悟真正的樂園並非在樊籠般的王宮之內，而是在自由自在的天地之間。帕特爾以極豔麗、奔放的色彩塗繪山林田野，但在王宮部分則另創新法，以光而非顏料來作畫，造成一種與樹林之鮮豔自然成對比的人工感，讓人強烈領受到整部動畫所欲傳遞的意旨。我要學生在看完後寫下他們的觀後感，每個人幾乎都從銀鳥黑鳥、宮內宮外的對比上引伸出一大堆心得，但這部動畫的好處並不只在於它的寓意，作者呈現它時所發揮的想像力更令人心喜，任何人一看到它都會立刻被吸引住。

《沙之城》是更奇妙的一部動畫，得過包括奧斯卡金像獎在內的二十二項世界各地的動畫獎。霍德曼（Co Hoedeman，1942-）用沙做材料構築了一個自身俱足的神話：大地一片荒漠，從沙土中鑽出一個人類的雛形（有四肢但無軀幹），它用雙手捏出各類奇形怪狀的生物，它們共同在這片荒漠上營建了自己的城堡，最後一陣狂風吹來，沙之城和所有的生物都被沙淹沒，大地又是一片荒漠。這部動畫意涵豐富。如果把荒漠看做地球，這部動畫可視為創世紀的神話，也是世界末日的預言，「人來自塵土，必歸於塵土」或許是其創作之理念；如果把沙之城的世界當做人類以外的世界，那麼那些 ET 般奇形怪狀的生物教我們認識並非合於人類標準的才是美、才是好、才是正常。

我七歲的女兒一定聽不懂以上的任一種詮釋，但她還是一遍遍要求我把這部動畫放給她看。看那些奇形怪狀的沙之生物

被塑造出來的樂趣，一定跟她用兩隻手捏塑黏土的樂趣是一樣的。

　　用簡單、平凡的素材創造出豐富、不平凡的影像與想像世界似乎是偉大的動畫藝術家共有的特質。在同一套影碟片另一部動畫《Tchou》裡，霍德曼用方形、圓形、三角形的積木巧妙製作出有男孩、女孩、飛鳥、巨龍、蹺蹺板、溜滑梯的童話，而在《珠之遊戲》裡，帕特爾不可思議地用簡單的珠粒般的點，串連、繁衍成互相吞噬的圖案：毛毛蟲、蝸牛、烏賊、水母、蝎子、鱷魚、蛇、蛋、鳥、鳳凰、孔雀、恐龍、有腳有翅的大肚魚、刺蝟、河馬、大象、野牛、獅子、豹、猴子、狒狒、人猿、原始人、擲箭的人類、持盾比劍、騎馬作戰、槍砲戰、坦克戰、空戰、聳立的高樓、核子戰、大地……，在快速變化的造型遊戲中讓我們看到縮影的人類文明進化史或人類自我毀滅史。

　　由於喜歡音樂，我特別留意以音樂為題材的動畫。華德·狄斯奈（Walt Disney，1901-1969）是第一位向音樂致敬的動畫製作家，他的《糊塗交響曲》一反卡通製作的慣例，先錄好音樂，再根據音樂的節奏創造畫面。這一系列從一九二九年根據聖桑音樂拍製的《骷髏之舞》開始，一直到一九三九年，包括廣受歡迎的《三隻小豬》（1933）。一九四○年他拍成長135分的《狂想曲》，分成七段詮釋了八首著名的樂曲：包括巴哈的《D小調觸技曲與賦格》；用花和蝴蝶舞出的柴可夫斯基的《胡桃鉗》；杜卡的《小巫師》；史特拉汶斯基的《春之祭》；由半人半羊的牧神、山林女神、半人馬怪物合舞之貝多芬《田園交響曲》；龐開利的《時間之舞》；以及結合穆索斯基《荒山之夜》與舒伯特《聖母頌》，象徵善惡、神魔大戰的

終段。這部動畫片推出後毀譽參半，但數十年來卻不斷地重新發行，去年捲土重來也在世界各地造成熱潮。

俄裔動畫製作家阿列謝夫（Alexandre Alexeieff， 1901-1982）早在一九三二年即與其妻用他們所發明的針板——也就是前面說過的那塊有百萬針孔的金屬板——將穆索斯基的《荒山之夜》拍成動畫。這部片子長只八分鐘，但透過流動的意象營造出懾人的氣氛，為後來的動畫發展奠下重要基礎。一九七二年他又拍成十分多鐘的《展覽會之畫》——同樣根據穆索斯基的音樂。我或許可以舉其中一段說明動畫藝術家轉化、創造影像的苦心孤詣：有一段音樂描繪兩名猶太人，一肥胖、富有、趾高氣昂，一瘦削、貧窮、卑屈而神經質，穆索斯基以威嚴的主題代表前者，以膽怯而喋喋不休的主題代表後者，阿列謝夫則以錢幣的意象對應前者，以音符的意象對應後者，兩者在天平上互較輕重，窮人的音符一度積累如巨大的金字塔，但在富人不斷投入錢幣後，藝術的重量終於敵不過財富的重量。這段動畫不只重現了穆索斯基的音樂，還注入了動畫家自己對生命深刻的思考。

義大利動畫鬼才波捷特（Bruno Bozzetto， 1938-）一九七六年拍成《從容的快板》，也是以六段古典音樂組成。這部動畫在日本公演時的片名叫《新狂想曲》，意思是新版的《狂想曲》，但它無論在創意、想像力，以及表現的深度和多樣性上，都超過狄斯奈四〇年代的作品。不信你可以看第一段德布西《牧神的午後》（描寫老牧師憧憬年輕女子，充滿官能的誘惑以及對禮教的諷刺）；或者第三段拉威爾的《波烈羅》（講從一支可口可樂瓶子裡開始的生物進化史，構思大膽而具諷刺性）；或者第六段史特拉汶斯基的《火鳥》（現代版的亞當與

夏娃的故事）。在熟悉的樂曲烘托下欣賞動畫，你可以同時享受影像本身以及影像與音樂間造成的模擬諷刺的雙重樂趣。

　　日本漫畫大師手塚治蟲（1926-1989）一生除了創作許多家喻戶曉的漫畫及卡通，如《怪醫秦博士》、《原子小金剛》、《大獅王》、《寶馬王子》外，還創作了不少藝術動畫。他同樣也把穆索斯基的《展覽會之畫》拍成動畫（1966），並且根據德布西《牧神的午後》拍成《人魚》、根據拉威爾圓舞曲拍成《滴落》，但最能表現手塚對人性的關懷以及對生命的愛的，卻是長達39分的《某個街角的故事》（1962）。我曾經根據它寫成了一篇童話寓言〈街角的故事〉，收在我的《人間戀歌》。同書裡另有一篇〈童話的童話〉則是化自俄國動畫家諾爾修坦（Yuri Norshtein，1941-）一九七九年同名的作品。第一次看到這部作品時，我整個人呆住了。這是多麼豐富而不可言喻的動畫啊！戰爭、死亡、愛情、新生……似乎生命裡一切的主題都在其中，而諾爾修坦居然在三十分鐘左右，潔淨、冷冽但不失幽默的影像的詩篇裡說盡了它。

　　近年來透過影碟片頗看到了一些東歐的動畫佳作，發覺它們在對童心的禮讚、對創意的追求、對體制的批判、對文明的思考上有多樣、驚人的成就。《水玉的幻想：捷克動畫集》和《溫柔的雨：蘇聯動畫集》是最讓我喜歡的兩套。在裡面你可以看到捷克動畫先驅哲曼（Karel Zeman，1910-1989）充滿童趣和詩意的水玉芭蕾：你的眼睛隨著葉片上的一粒水珠進入色彩繽紛、光滑亮麗的水晶海底世界，貝殼掀動嘴角，泡沫緩緩上升，升到水面，幻化成荷花，荷花旋轉綻放出柔美的芭蕾舞伶……；你也可以看到情慾高漲的手套、書本彼此愛撫做愛──巴利亞（Jiri Baria）的動畫《手套電影史》（1982）最令人

難忘的一幕是以手套演出的納粹大屠殺，看到浩劫殘存的手套們緊緊擁抱、慶賀餘生的景象，你會眞正地明白什麼叫「握手」，什麼叫「分手」。俄國巴爾汀一九八四年以火柴棒爲素材的立體動畫《鬥爭》，以及一九八五年的黏土動畫《平手》，也讓人印象深刻，特別是前者：以綠、藍兩色火柴棒的鬥爭隱喻人類互相侵略與自我毀滅的本性；新秀托利耶伊夫的處女作《溫柔的雨》（1984）則以迥異於一般科幻作品的抒情氛圍，哀悼現代科學文明高度發展後將帶給人類的不幸：溫柔的雨落在生機盡失的人類的廢墟上……

　　我的女兒本來不認識披頭四，也不知道什麼是〈露西在天上帶著鑽石〉，直到有一天看了鄧寧（George Dunning）的動畫《黃色潛水艇》，才每天纏著我放披頭四、問披頭四。動畫就是這樣：能化難爲易、化被動爲主動。動畫的樂趣有很多，最重要的一項即是看了以後會使你全身動起來，動起來去看、去聽更多美好的東西，去關心、去思索更多人生的問題。

偷窺偷窺大師

　　巴爾蒂斯（Balthus， 1908-2001）是畫家中的偷窺大師。我自己一直很喜歡閱讀西方現代美術，也一直以能邂逅新歡、買到新畫冊為樂。但我卻是在近三十歲時，才在《新聞週刊》（Newsweek）藝術專欄裡偷窺到這位偷窺大師的畫，並且很氣憤自己從大學以來購買、閱讀的那幾本進口現代美術史或辭典為什麼沒有出現他的名字或畫作。

　　我看到的他的第一張畫名叫《美好時光》（Les Beaux Jours， 1944-46），畫面中央一個十來歲，思春期的小女生（今天他們所說的「幼齒」），上身衣裳半開，右肩裸裎，酥胸微露，裙子撩起至大腿以上，斜躺在一張鴛鴦椅上，持鏡端詳自己的媚姿，畫面右邊，一個肌肉結實，侏儒似的男子，跪在壁爐前撥火。午後的陽光自簾幕厚重的窗戶滲入，將房間浸淫在非人間的氛圍裡。這張畫一點也不傷風敗俗——既不暴露三點，也無不雅動作——卻明顯地散透著一種秘密的淫蕩。無邪的童真和成人的色慾神秘地交界著，這也許就是人類最美好的時光吧！那侏儒似的男子也許是畫家自己，背對著我們撥弄著慾火，撥弄著創作之火。如果這是一幅「畫家和他的模特兒」，巴爾蒂斯顯然以半張半掩的童真為其寫生的秘密花園。

　　這樣的妙齡少女，這樣的曖昧房間，不斷出現在他的畫作中：《有貓的女孩》（1937）裡椅子上的少女手抱頭後，撩起的綠裙下白內褲顯露在張開的腿間；《泰莉斯做夢》（1938）裡同樣坐姿的少女手抱頭上，紅裙與白內褲對比更鮮明；《凱蒂讀書》（1968-76）裡少女的裙子撩得更高，專注讀一本令人

好奇的書；《白裙子》（1937）裡紅髮少女襯衣半解，厚實的乳房欲破胸罩而出；《吉他課》（1934）裡女教師右乳袒露如劍拔弩張，一手猛握少女頭髮如鎖弦，一手緊扣少女性器附近大腿如彈琴（這幅畫在一九三四年初展時造成「醜聞」，被指為色情畫）；《愛麗絲》（1933）裡的少女一腳踩在椅上，褻衣下微微露出的性器如花瓣初啓，如花瓣上的露水垂垂欲落；《房間》（1952-54）裡一位女侏儒用力推開窗簾，讓陽光流洩在斜躺於椅上的裸女雙股間……常常有一隻貓出現在這些畫的一角——做為幸福童眞的見證者抑或偷窺的共謀？巴爾蒂斯自稱「貓王」（他有一張以此為題的自畫像），一個不斷學習新詭計，隨時機靈地掩蓋自己的足跡，拒絕長大的貓童。波特萊爾說：「天才可以任意回到童年。」巴爾蒂斯也許就是這樣的天才。

　　波蘭貴族之後，雙親也是畫家的巴爾蒂斯，於一九〇八年（閏年）的二月二十九日生於巴黎。幼年、少年的他隨失去祖國的雙親流轉於法國、德國與瑞士之間。畫家波納爾（Bonnard）、德蘭（Derain）、馬爾克（Marc）、馬蒂斯等都是這家人的好友。一九一七年，巴爾蒂斯的母親巴拉迪娜與丈夫分手，帶著兩個孩子先到伯恩、後到日內瓦居住。一九一九年七月，詩人里爾克（Rilke，1875-1926）到瑞士旅行，結識巴拉迪娜，開始進入母子們的生活。眷戀著巴拉迪娜的里爾克，愛屋及烏，與孩子成為忘年交。他跟巴爾蒂斯通信，如兄如友。早慧的巴爾蒂斯，無師自通（他一生沒有進入任何美術學校），十三歲時讀到《莊子》喪妻鼓盆而歌等故事，畫了一系列插圖，里爾克見了訝其才能，鼓勵他追求自己的藝術之路。同年，巴爾蒂斯為走失的愛貓畫成連環畫《咪仔》（Mitsou）

四十幅，里爾克更爲其作序並料理出版事宜。

　　里爾克覺得巴爾蒂斯每四年才出現一次的生日是一種幸福，使他得以溜進年歲的「縫隙」，他進入其間，脫離時間的軌跡，走入一個「不受世事變遷法則左右的王國，在這裡，我們失落的事物（譬如「咪仔」）……兒時玩壞的娃娃等等，重新聚合了。」里爾克勸他「不要消失在那『縫隙』，……只在睡夢中窺探一番即可」。他相信巴爾蒂斯「一眼便可望見它，甚至有幸瞥見其他的光華」，「三月一日一早醒來，你會發現自己滿載美好而神秘的紀念品。你不會自我歡宴，你會大方地和他人分享——細述痛切的感受，向他們描繪你這難得一見的生日的盛景……」里爾克覺得這大半時間存在於另一個世界的謙遜的生日，使巴爾蒂斯有權享有不爲我們所知的許多事物：「我願你能將其中一些移植到我們的世界，讓它們在多變無常的季節裡仍能順利生長。」巴爾蒂斯一生眞的穿過「縫隙」，將自己置放在一個與少女、洋娃娃、貓爲伍的幽密世界，並且透過畫布，讓我們窺見那神秘世界的光華。

　　看過一九八三年十一月十四日的《新聞週刊》後，我彷彿在牆壁上找到了一條縫隙，開始搜尋巴爾蒂斯的畫作、形跡。然而頂多在新進的百科全書或美術辭典上讀到內容相近的幾行描述，若有畫例，多半是那幅《美好時光》，或是同期《新聞週刊》上印出的另一幅——《街》（1933）。但這也足夠我享用了。我猜想這個島上大概沒有其他人注意到這面牆，以及它的縫隙，所以我盡情地，舒緩地，享受獨自偷窺的樂趣。《街》這幅畫彷彿夢幻劇或傀儡戲，在一條跟義大利形上畫家奇里訶（De Chirico）筆下街道一樣玄秘的街上，九個夢遊似的人物（包括餐廳前廚師造型的招牌），或胖或瘦，或高或矮，或男或

女，疾走，徐行，俯身，靜立，轉頭，遊戲於畫面的不同角落，交織成一齣極具張力、耐人尋味的無言劇。這是一幅熱鬧的街景，幽閉的氛圍卻一如室內；畫的是尋常生活，但裡頭的人物卻彷彿從各自的夢境走出，各行其是，互不相干。這樣的孤寂、疏離的活力，這樣的既熟悉又陌生的真實，令觀者覺得困惑，不安，好笑。畫面左邊，一名少年強抱少女，右手伸向她下體。這幅畫的買主是美國的梭比氏，他將之懸在客廳，卻苦惱地發現畫中少年右手的位置成為他九歲兒子及其同伴們興奮、注視的焦點。他詢問畫家是否可以稍做修改，出乎他意外，巴爾蒂斯答應了。

我苦求一本英文巴爾蒂斯畫冊而不可得。一九八九年九月，在一本本地美術雜誌上居然看到一位名叫「邢嘯聲」的大陸人寫的巴爾蒂斯訪問錄，這名「共匪」跑到巴爾蒂斯瑞士住處和他促膝長談，相見恨晚！文前還刊出多頁巴爾蒂斯畫作。真令人生氣！他這一寫，全台灣不都認識巴爾蒂斯了嗎？我的牆壁，我的縫隙，還要做什麼？一九九三年八月，在《新聞週刊》又讀到巴爾蒂斯在瑞士回顧展的報導，登出的兩幅畫，一幅是《美好時光》，一幅是新完成的《貓照鏡III》——同樣是攬鏡少女，但照鏡的是貓。在此前後，我忍痛買了兩本法文的巴爾蒂斯畫冊。對於不諳法文文法的我，翻查字典，望文生義，那些法文字還是牆壁上很動人的縫隙。

一九九五年八月，一件令我無法忍受的事情發生了——巴爾蒂斯的畫居然來到台北展出。這，這不是太羞辱我了嗎？要和那些凡夫俗子在大庭廣眾下「共用」我的秘密喜悅？那些本來連巴爾蒂斯怎麼拼都不知道的媒體爭相談論他的作品。這畫展，我絕不去看。

但我還是去了，因為我發現這次來的只有二十二件他的作品，並且沒有幾件是重要的油畫或蛋彩畫。那天，跟著擁擠的人潮進入美術館，在寬大的展覽廳看到巴爾蒂斯的畫零星地掛在牆上，我覺得很欣慰。那些我覺得最迷人、最私密的巴爾蒂斯畫作，真好，都沒有出現！這些來看熱鬧的，他們是偷窺不到我的巴爾蒂斯的。

　　巴爾蒂斯說他的畫展目錄導文最好這樣開始：「巴爾蒂斯是一名我們對其一無所知的畫家。現在，讓我們看他的畫吧。」舉世滔滔於各種主義時仍堅持畫具象畫的這位藝術家，自然也有些經歷。他曾應小說家馬洛（Malraux）之請，任羅馬法蘭西學院院長十六年。畢卡索買了他的畫，稱他是「二十世紀最偉大的畫家」。但他還是喜歡離群而居，孤高地留在他的世界，偷窺人生。

　　這兩年又買了幾本巴爾蒂斯畫冊（有一本中文的還是前面那位「共匪」在大陸編輯出版的）。這些畫冊堆高了我的巴爾蒂斯視野。但我發現，最動人的巴爾蒂斯，還是那些掛在我的心底，從我的牆壁縫隙中偷窺到的！

佛瑞，德布西，魏爾崙

　　佛瑞，德布西，魏爾崙──這三個名字的交集是〔法國／象徵主義／歌〕，或者說靈巧、神秘的詩樂之美。在佛瑞（Fauré，1845-1924）一生逾百首的歌曲創作中，有十七首譜自魏爾崙（Verlaine，1844-1896）的詩。魏爾崙是法國象徵主義大詩人，他的詩特重氣氛與聲音之營造，堅信在詩中「音樂高於一切」。無獨有偶地，德布西（Debussy，1862-1916）也將十七首魏爾崙的詩譜成歌（其中三首先後譜了兩次），在他八十多首歌曲中佔有重要地位。這十七首詩當中，同時被這兩位作曲家相中的有六首：〈曼陀林〉（Mandoline）、〈月光〉（Claire de lune）、〈悄悄地〉（En sourdine）、〈這是恍惚〉（C'est l'extase）、〈淚落在我心中〉（Il pleure dans mon coeur，佛瑞題為〈憂鬱〉Spleen）、〈綠〉（Green）。想來這些該是詩中之詩，音樂中的音樂。

　　象徵主義的詩除了音樂性外，還強調歧義、暗示性、神秘性，說起來頗晦澀難懂，需直扣原作，反覆斟酌，方能略識其妙。波特萊爾（Baudelaire，1821-1867）公認是象徵主義詩的鼻祖，而象徵主義詩人的精神導師則是德國作曲家華格納（Wagner，1813-1883），他倡導「樂劇」觀念，欲把詩、戲劇、舞蹈、繪畫、音樂熔為一爐，成為「總合藝術」。象徵主義的詩重視感覺的交鳴（synesthesia），讓，如波特萊爾所說，「香味，色彩和音響互相呼應」，交匯成一座象徵的森林。

　　自己初接觸西方現代文學、藝術時，震懾於這些名字，對象徵主義異常敬畏、崇拜，模模糊糊，朦朦朧朧地讀了一些象

徵主義詩。也許自己讀到的是零零散散、不甚高明的中譯，一開始時並不覺象徵主義詩有什麼好。大四時在師大圖書館借到一本英法對照的《企鵝法國詩選第三冊》，奉爲至寶。這本書讓我具體而微地窺視到象徵主義詩人的形貌──雖然仍一知半解。當時在市面上遍尋不著，爲了據爲己有，還謊報遺失，另購他書賠償。我讀波特萊爾，雖對〈冥合〉（Correspondances）、〈腐屍〉（Une charogne）等詩印象深刻，但一直要等到聽杜巴克（Duparc， 1848-1933）譜的〈邀遊〉（L'Invitation au voyage），才算眞正進入波特萊爾的世界。同樣，我一直要等到聽佛瑞、德布西譜的魏爾崙詩歌時，才眞正感受到不容易透過翻譯閱讀到的象徵主義詩的美好。

　　杜巴克、佛瑞、德布西是讓法國藝術歌曲開花結果，臻於完美之境的三位大師。佛瑞在一八八七年譜了魏爾崙的〈月光〉，開啓了他第二階段豐富、動人的歌曲創作。德布西早在一八八二年即譜了魏爾崙的〈月光〉、〈悄悄地〉、〈木偶們〉（Fantoches）、〈曼陀林〉及〈啞劇〉（Pantomime）等，前三首後來在一八九一年又重譜了一次，即是我們今日聽到的《遊樂圖》（Fêtes gallantes）第一集。這些詩出自魏爾崙一八六九年的詩集《遊樂圖》，書名與主題俱讓人想起十八世紀法國畫家華鐸（Watteau， 1684-1721）的畫──風采迷人的男女，身著華服，彈琴，說愛，遊樂，然而在歡樂的當下卻潛藏一股人生苦短、繁華稍縱即逝的憂鬱感。詩集最開頭的〈月光〉正是這種宇宙性哀愁的濃縮，魏爾崙既不說理，也不吶喊，他透過音樂性的詩句和奇妙的意象演出，優雅而神秘，幽默又憂鬱：

　　　你的靈魂是一幅絕妙的風景，

那兒假面和貝加摩舞者令人著迷，
彈著魯特琴，跳著舞，幾乎是
憂傷地，在他們奇異的化妝下。

雖然他們用小調歌唱
愛的勝利和生之歡愉，
他們似乎不相信自己的幸福，
他們的歌聲混和著月光，

寂靜的月光，憂傷而美麗，
使鳥群在林中入夢，
使噴泉因狂喜而啜泣，
那大理石像間修長的噴泉。

我譯作「貝加摩舞者」的，原文是 bergamasque，是 masque（假面）和 Bergamo（義大利北部一城鎮）的結合，是字典裡找不到的字，或指貝加摩地區的農民舞蹈，流行於十八世紀。德布西另有鋼琴曲集《貝加摩組曲》（Suite bergamasque，1890）──或譯「貝加馬斯克組曲」，其中第三首標題也是「月光」。

佛瑞以「小步舞曲」爲其〈月光〉的副題，他推陳出新，寫了一闋典雅優美的小步舞曲做伴奏，貫穿整首歌曲：聲樂的旋律在長近十二小節的鋼琴前奏後悄然進入，從頭到尾自行其是，絲毫不干擾鋼琴小步舞曲的進行，讓我們聽起來以爲是歌聲在伴奏琴聲。第二節詩尾，「月光」出來後，鋼琴出現轉調，「寂靜的月光，憂傷而美麗」一句，琶音的使用奇妙地襯

出夜的寧靜。

　　佛瑞傾向於捕捉一首詩整體的情境，釀造出合適的氣氛、色彩。相對地，德布西卻採用精工細雕的手法，近乎逐字逐句地跟隨原文，刻劃詩意。德布西也許是古今音樂家中最深諳詩與音樂融合之奧秘的，堪與比擬者也許只有奧國的沃爾夫（Wolf， 1860-1903）。他對詩格律與語言節奏的掌握有異於常人的稟賦，敏銳地感應詩中字句細微的變化，又能兼顧全詩的結構。魏爾崙的〈月光〉在德布西筆下委婉細緻地流轉著，沉浸在一種極度詩意的氛圍裡。鋼琴慵懶而即興的四小節前奏定位了全曲異國、誘人的情調。一八九一年的德布西多樣豐富的和聲語彙讓魏爾崙的詩如魚游於光影交疊、色彩折映的水中。聽「使噴泉因狂喜而啜泣」一句：歌聲如上升的水柱逐漸（且微微地）加強，至全句將盡處又如水柱緩緩落下、減弱──完美的抑揚頓挫，音樂的噴泉！

　　佛瑞的月光如水或果汁，可以整杯入肚，德布西的月光如酒，適合一小口一小口啜飲。佛瑞擁抱氣氛，德布西字字斟酌。同樣譜魏爾崙的〈淚落在我心中〉，佛瑞彷彿隔窗看雨落，在雨水迷離的窗玻璃上映見淚落在自己心中，德布西的雨和淚，則一滴一滴直打在心上，德布西感覺它們不同的形狀、重量以及聲音：

　　　淚落在我心中
　　　彷彿雨落在城市上，
　　　是什麼樣的鬱悶
　　　穿透我的心中？

噢，溫柔的雨聲，
落在土地也落在屋頂！
爲了一顆倦怠的心，
噢，雨的歌聲！

淚落沒有緣由
在這顆厭煩的心中。
怎麼！並沒有背信？
這哀愁沒有緣由。

那確是最沉重的痛苦
不知道悲從何來，
沒有愛也沒有恨，
我的心有這麼多痛苦！

這首〈淚落在我心中〉出自魏爾崙一八七四年的詩集《無言歌》
（Romances sans paroles），「被遺忘的小詠嘆調」（Ariettes
oubliées）之三。魏爾崙在詩前引了一句藍波（Rimbaud，
1854-1891）的詩：「雨溫柔地落在城市上。」這首詩每節首
句和末句的最後一字相同，形成一個封閉的圓圈，暗示著詩人
的徘徊徬徨、找不到出路的苦悶。詩中還大量使用同音和近音
詞，渲染情緒，強化音樂效果。佛瑞與德布西的歌同樣在一八
八八年譜成，皆以鋼琴模仿單調、不絕的雨聲，而歌聲則在須
能傳達詩中單調、苦悶的情緒，又不致令聽者感到枯燥無味的
情境下半抒情、半機械地走索著。佛瑞的歌者在有限的九度音
程內上下，德布西的則不時穿越琴鍵上激起的閃爍的、精琢細

磨的雨的光，詠嘆無可名狀的憂鬱。

　　無可名狀，因爲「沒有愛也沒有恨」，雖然更多時候愛與恨，與哀愁往往一體。一八六九年六月，魏爾崙初遇天眞、貌美、有教養的十六歲少女瑪蒂爾德（Mathilde），一見鍾情，爲她寫作一輯《良善的歌》（La Bonne Chanson，1870），做爲愛的獻禮。一八七〇年八月，兩人結婚。一八七一年十月，瑪蒂爾德爲魏爾崙產下一子。一八七二年五月，不堪婚姻束縛的魏爾崙在狂烈酗酒、毆打瑪蒂爾德欲置之死地，以及險些殺死自己的兒子等事件後，拋棄妻兒，與小他十歲的同性戀情人藍波同遊比利時，後又到倫敦。一八七三年七月，兩人回到布魯塞爾，魏爾崙因恐藍波將離他而去，酒後槍傷藍波，被判刑兩年。寫於一八七二年至一八七三年的《無言歌》是魏爾崙創作的高峰，裡面有魏爾崙的愛與哀愁，對瑪蒂爾德，對藍波。「被遺忘的小詠嘆調」中被佛瑞、德布西譜成歌的另有〈這是恍惚〉與〈綠〉。

　　魏爾崙的〈綠〉可說是一首「綠色交響曲」，瀰漫濕潤、鮮沃的綠意，然而全篇並無一個「綠」字，甚至無任何表示顏色的字詞——除了第三行雙手的「白皙」。這是化無綠爲綠的無言歌，唱出疲憊的流浪者渴求寧靜的願望：

　　這兒是果實、花朵、樹葉和樹枝，
　　還有我的這顆心，它只爲你跳動。
　　不要用你白皙的雙手將它撕裂，
　　願這謙卑的禮物獲你美目哂納。

　　我來了，身上仍沾滿露珠，

160

晨風使它在我額上結霜，
請容許我的疲憊在你腳下歇息，
讓夢中美好時刻帶給它安寧。

在你年輕的胸口讓我枕放我的頭
我的腦中仍迴響著你最後的吻；
在美好的風暴後願它平靜，
既然你歇息了，我也將小睡片刻。

德布西在一八八八年將之譜成歌，佛瑞則在一八九一年。比他
們晚生的作曲家浦朗克（Poulenc，1899-1963）曾說：「譜詩
成曲應當是愛的實踐，而不是勉強成婚。」佛瑞的〈綠〉優
美、精巧，不斷轉調，充滿青春氣息，但德布西的顯然是更富
情愛的詩樂之合。德布西四小節的鋼琴前奏已然完美地呈現出
手捧鮮花而來的詩人的渴切和熱情。鋼琴負責旋律與氣氛的鋪
陳：在一個由兩小節、兩小節樂句構成的骨架上，開展富變化
的旋律。歌聲則專注於節奏與語字的刻繪。這樣的分工使德布
西能依循法語自然的聲調變化形塑歌聲的線條。他同時未曾鬆
懈對全詩整體架構的關照：詩人的心境由熱情，而遲疑，而懷
抱希望，樂曲也從一開始的降 A 小調一直到曲終才轉成降 G 大
調，獲得歇息。歌聲在較窄的音域內行進，偶然出現的寬音程
的躍進與一字多音的花腔便顯得格外動人。詩人在他年輕戀人
（藍波？）的胸口短暫入眠，我們在音樂家樂譜的吊床感受短
暫超塵的喜悅。

　　浪子魏爾崙在獄中開始反省，向天主尋求依靠，但禁忌的
過去時時呼喚著他，使他常在頹廢放蕩與虔誠懺悔間擺盪。他

五十歲時繼勒孔特·德·李爾（Leconte de Lisle，1818-1894）被選爲「詩人之王」，當了兩年便去世。喪禮中，佛瑞爲其親彈管風琴。

　　「我」那一本《企鵝法國詩選第三冊》有一首魏爾崙的〈詩藝〉（Art poétique），裡頭他說「灰濛濛的歌最爲珍貴／模糊與清晰在此相混……／抓住雄辯，扭斷它的脖子……／還是要音樂，永遠要音樂……」。我這篇模糊與清晰相混的文字，希望不辯、不明地讓大家一窺象徵主義詩歌灰濛濛的珍貴。當魏爾崙遇見德布西遇見佛瑞，我們有的是音樂音樂音樂。

燈火闌珊探盧炎

　　盧炎（1930-）是寂寞，晚成，又始終多彩，絢爛的作曲家。青冷的火光中徐徐燃燒著的一爐豔麗的風景。

　　當他師大音樂系同班同學許常惠，一九五九年從法國留學回台，舉行個人作品發表會，發起成立「製樂小集」（1961），領一時風騷，鼓舞、推動台灣現代音樂運動時——在藝專兼課，隨蕭而化習和聲、對位法的盧炎才剛準備要出國。一九六三年，盧炎搭乘大貨船，費時二十餘天到達美國，在東北密蘇里師範學院攻讀音樂教育碩士。一九六五年，他放棄即將得到之學位轉往紐約，入曼尼斯音樂學院（The Mannes College of Music）學作曲。在這裡，他開始研究巴爾托克、荀白克、貝爾格、魏本等現代大師的作品，聆聽了從前衛、民謠搖滾、爵士，到百老匯音樂劇等各式音樂，寫下了一首為長笛、單簧管、小喇叭、法國號、大提琴與打擊樂的《七重奏》（1967）——這是他發表的第一首作品，但已經非常「盧炎」——非調性，多音彩，幽靜中孕育熱鬧的動因。你可以在其中聽到他所經歷、感受的諸般生命或音樂的色澤、線條（譬如小喇叭的樂句就讓人聯想到黑人爵士樂手的悲情）。但它們是含蓄而內斂的。它們整個構成一種情境，一種孤寂、自在的音樂流動，一爐冷豔的火燄。

　　盧炎週末在一家猶太人開的夏休旅館餐廳打工，賺取學費和生活費。一九六八年，同在紐約的他的妹夫，恐其將來無法以音樂餬口，強迫他學電腦。一九七一年，盧炎離開曼尼斯音樂學院。七二至七三年，在市立紐約大學選修作曲和電子音樂

的課程，同時於一家小出版社工作。一九七六年，他回台灣東吳大學客座一年。一九七七年，又前往美國賓州大學音樂研究所，隨洛克柏格（Geroge Rochberg，1918-2005）與克蘭姆（Geroge Crumb，1929-）學作曲，於一九七九年獲碩士學位回到台灣。這時他已經四十九歲。

　　我大概在一九八三年隨友人陳家帶和作曲家戴洪軒第一次到盧炎住處。陳家帶呼戴洪軒老師，戴又是盧炎的學生，然而盧老師卻很和善、熱忱地同陳家帶和我這樣的外行後輩談他喜歡的音樂，談他自己的作品。單身獨居的他生活相當簡單：教學，作曲，散步，閑居。他從小就喜歡一個人獨處，在南京讀高中時因病休學，從收音機上聽到了貝多芬的《合唱交響曲》、室內樂及舒伯特的《未完成交響曲》，立志要作曲。他在學琴的妹妹的鋼琴上無師自通地作起曲來，由於家住長江畔，內容多與長江有關，包括海鷗、夜間下雨等。那天，在他的住處，他談到了布魯克納，馬勒，布拉姆斯……，跟他們一樣，他也是孤寂而充滿熱情的作曲家。臨走，我請求能拷貝他的作品，他後來錄給了我根據李後主詞譜成的歌曲《浪淘沙》（1973）與管弦樂曲《憶江南III》（1982）。少年以來買到、聽到的都是西方古典音樂的我，當時非常期盼能聽到中國人或台灣人的作品，特別是好的作品。

　　這些年來，盧炎的《憶江南III》──以及根據同樣音樂素材作成的姊妹作《長笛與鋼琴二重奏》（1982）──由於被我一遍遍播放，已經成為──起碼在我家──中國當代音樂的經典。此曲的結構是典型盧炎式的：始以抑鬱、暗晦、緊張的非調性音樂，終以五聲音階式幽靜、甜美、平和的旋律。結尾漸慢、漸弱，嫋嫋遠去的樂音，頗令人憶起馬勒《大地之歌》曲

終，向天上伸延，「永遠，永遠……」，無止盡的呼喊。戴洪軒說此曲開始時一塊塊音組的出現，像盧炎心中的塊壘，「一種不得報償的熱情」，這熱情在中段高潮如熱血猛然噴出，到了終段則異常平靜和美，彷彿月光出來，把一地鮮血照成花朵。標題「憶江南」似乎頗能標誌出從大陸來台的盧炎對江南田園幽靜之美的記憶，曲首嘈雜的音堆彷彿逃難或空襲的飛機聲。然而盧炎告訴我，此曲的產生是由於感情的苦惱，他原來把它作成給長笛與鋼琴的二重奏──由引他苦惱的那位女子首演。他甚至把她姓名中的一字藏進標題裡。這個曲子是個人與國族記憶／際遇奇妙結合的佳例，是私密的，也是公眾的。

此曲五聲音階的段落與克蘭姆《鯨魚的聲音》（1971，為擴音長笛、大提琴與鋼琴）終樂章抒情的「海的夜曲」──在游移、不安後出現的「澄靜，純粹，淨化」──有異曲同工之妙。洛克柏格與克蘭姆皆喜在作品中拼貼、挪用西方或非西方的音樂材料。洛克柏格的作曲風格包涵了從巴洛克、古典、浪漫到無調、電子音樂的影響。克蘭姆經常從世界各地的民族音樂取材，運用來自不同音樂傳統的樂器，驅使特殊的樂器或人聲技巧，調製出異國的、新奇的、詩意的音響與氛圍。他的作品形式簡潔，肌理豐富，充滿感性，技法雖然前衛、當代，但精神卻是浪漫的。受他們啓發，盧炎的作品材料精簡，結構精確，卻始終從感性出發，他在非調性的基礎上，融合音列、調性音樂等各種技術，並加進他從中國詩詞、建築中所體會到的東方精神。盧炎常說他用音符寫詩，憑感覺作曲。或有人以為他曲風前衛，曲調古怪，然而他景仰、追求的卻是過去的音樂裡的重要成就，譬如，「張力和色彩的對比觀念，整體構架的均稱設計，織度的豐富與巧妙的分配手藝，以及內在感觸的深

遠與細膩的表達方式」。盧炎較少挪用他人或既有的音樂，他在孤寂而敏感的懷爐裡，鼎鼐中西古今，炮製他自己的火光音色。《鋼琴前奏曲四首》（1979），隨興寫來，卻彷彿經過精密設計，簡潔，悠遠，如輕沾水墨的枯筆走過雪地，在聽者心上留下空靈的音印。爲笛、二胡、琵琶、古箏、打擊樂的《國樂五重奏II》（1991），我初聽耳朵爲之一亮，他融接傳統與現代，西方與東方，在重新調弦的二十一弦古箏上做魏本式點描，絲竹金木，虛實斷連，音彩迷人。

一九九三年盧炎與我同時獲得國家文藝獎，我因而有機會再接近他，向他要得他大部分作品錄音。他得獎作品中，《管弦幻想曲I：海風與歌聲》（1987），靈感來自陳達恆春民謠錄音，由陳達恆春民謠而聯想到海，樂曲模擬海風、海浪之音響，在風浪中飄盪出斷續的想像的歌謠聲。他另有《管弦樂曲：映映曲》（天黑黑變奏曲，1983），《弦樂四重奏：雨夜花》（1987），取材台灣歌謠。然而他作的絕非表相、形似的國民樂派作品，他純化、陌生化了我們原本熟悉，甚至覺得俗爛了的民謠，毀形存神，使之成爲他音樂構成中抽象光、影、形、色的一部分。

一九九六年花蓮文藝季，我約他爲「詩・洄瀾・嘉年華」活動中「詩樂新唱」的部分作曲，出乎我意外，他選了我〈家具音樂〉一詩譜曲。我本來以爲這首標題來自薩替（Satie），「極簡」傾向，故作平淡的詩，並不是那麼接近盧炎的音樂風格。但他在詩裡讀到了寂寞，並且以凝聚、富張力的音樂語言，將之變成盧炎自己的《家具音樂》。盧炎的曲子跟隨詩句的反覆，用了許多樂句反覆的段落，聽似單調、卻微妙變化著的非調性吟唱，在全詩最後一段轉成抒情的五聲音階旋律，把

人生的寂寞化解成歌，如光，留在鐘聲般反覆低鳴的最後的和弦裡，留在「我留下的沉默裡」。盧炎先前曾譜戴洪軒作詞的《林中高樓》（1984），以及洛夫詩的《洛夫歌曲四首》（1988）。前者抒情而富戲劇性，介於浪漫與表現主義之間；後者，四首歌樣式、內涵各異而皆美，但某些地方似乎不違「中國現代藝術歌曲」傳統。我以爲盧炎的《家具音樂》翻新了他自己歌樂，乃至於音樂，的面貌。

盧炎是極謙和而童心未泯之人，不善言詞，不慕名利，每喜歡畫一些充滿童趣的簡筆畫自娛。馬年生的他喜歡在樂稿空白處畫一隻驢子作爲簽名。其「驢而笨」有如逾三十歲才學作曲，安然恬適，終其一生孜孜矻矻以音符建築大教堂，以上達天聽的布魯克納。近年來，盧炎新作不斷。《長笛獨奏曲》（1995）一反他對密度、對比的追求，隨意流走，鬆適寧靜，是別有韻味的佳品。《鋼琴協奏曲》（1995）體製頗鉅，鋼琴琢磨出來的多樣音色，讓人想起寫《鳥誌》的梅湘，第一樂章且出現打擊樂模仿印尼「甘美朗」音樂的型態。住在台北近郊山上的盧炎，在闌珊的燈火間，俯看人間，自得其樂——創作，是對他創作最好的回報。

這些年來，很多人跟我一樣，在聽過從巴洛克到二十世紀初的西方經典音樂後，很想要找尋更多現代及當代音樂的傑作，很想要找尋是否在東方，在中國，在台灣，也有能滿足我們耳朵與心智，能用純粹的音符給我們慰藉的作曲家。二十世紀快過去了，尋尋覓覓，覓覓尋尋，驀然回首，那人卻在燈火闌珊處。

詠嘆南管

南管是來到台灣的中國大陸南方傳統音樂——相對於北管來自大陸北方。它的原鄉是閩南語系的福建泉州，在那兒他們稱它叫南曲或南音。小時候在花蓮家附近城隍廟榕樹下，常看到一群老者聚在一起，吹嗩吶，敲鑼打鼓，巨大的銅鑼上還漆著「花蓮聚樂社」幾個字。他們演奏的我想一定是北管音樂，因為南管是不用鑼鼓的，通常只用管與弦，樂調清悠，不似北管那般喧鬧。偶而迎神賽會，外地來的幾個樂人坐在車上，綵傘宮燈，悠悠吹彈起音樂，旁邊也許還有一面繡著「御前清客」的彩旗，我想這大概就是南管了。

少年時候，我的西洋音樂史知識是從唱片行的目錄以及買到的一張張翻版唱片拼湊起來的，可惜這樣的規則並不適用於我的台灣音樂史。上大學後，我很容易買到外文或中譯的西洋音樂史專書，卻不容易找到一本中國音樂史，遑論台灣音樂史。一九七八年，許常惠發起的中華民俗藝術基金會策畫了一系列「中國民俗音樂專集」LP膠質唱片，由第一唱片公司出版。我在台北西門町中華商場的唱片行看到它們。雖然我受巴爾托克、高大宜採集匈牙利、羅馬尼亞民歌影響，對民間音樂頗有好感，但我當時的音樂或「血拼」膽識，竟只讓我買了其中的《陳達與恆春調說唱》以及《蘇州彈詞》兩張，而沒有買編列第八輯的台南南聲社與蔡小月的《台灣的南管音樂》或其他幾張台灣原住民音樂。這是第一次我和「具體的」南管音樂擦身而過。

一九八二年十月，南聲社到法國巴黎公演並且錄製 LP 唱片，一九八八年由法國國家廣播電台製成 CD 發行全世界，這一張，以及同一年由國內歌林公司出版的南聲社《梅花操》，是我最早買到的兩張南管 CD。

2

指、曲、譜是南管音樂的三個樂種。「指」是套曲，包含二至七支小曲，有詞、譜及琵琶指法，通常只演奏而不唱，現存四十八套，主要有〈自來生長〉、〈一紙相思〉、〈趁賞花燈〉、〈心肝撥碎〉、〈為君出〉五套。「曲」是有詞的散篇唱曲，據說至今數量高達一千首，甚至兩千或三千首，但從旋律、節拍、調式等的異同，可歸納成二、三十種的基本類型。「譜」是器樂曲，無詞，有琵琶指法，分成若干樂章，各有標題，現存十七套，其中〈四時景〉、〈梅花操〉、〈八駿馬〉、〈百鳥歸巢〉合稱四大名譜。

南管樂器主要有琵琶、三弦、洞簫、二弦，稱為「上四管」，加上拍板，成為「五音」，是南管樂隊的主體。另響盞、叫鑼、四寶（又名四塊）、雙鈴，稱為「下四管」。上下四管可合奏「八音」，加上拍板、玉噯（即小嗩吶），成為「十音」。演唱「曲」時所用樂器係上四管，歌者居中手持拍板，頗有漢代相和歌「絲竹更相和，執節者歌」之風。演奏器樂曲時，執拍者居於樂隊指揮地位，下四管打擊樂器的加入往往只在指、譜大曲的最後樂章。

3

初聽南管，頗為其所唱之語言所困惑，對照歌詞細聽，始

信其吐出的乃是自己從小到大說的閩南語。原來南管唱的是泉州方言，唯隨詞曲內容、人物身分的變化，讀音有文（讀書音）、白（說話音）、方（方言）、官（官話）、古（古音）、外（外來語）之分，幸好絕大多數使用白話語音，使我們今日聽之，仍能充分領略其熾烈、鮮活的歌唱內容，享受其詞韻收發轉折之美。在我補修台灣音樂史唱片學分的過程，我驚訝地發現在車鼓戲、歌仔戲之外，我的母語竟然有如此節制、內斂、細微、深情的聲音的藝術！在台灣音樂偉大的調色盤上，它和呼吸宇宙萬物氣息，充滿生命色彩的原住民音樂遙遙相映，是精緻、動人的極端。

南管是相當古老的民間音樂，唯起源何時，迄今仍未能確定。晚近，牛津大學龍彼得教授發現了一批失傳已久的十七世紀南管音樂資料，顯示在十六世紀（明朝中葉）南管唱曲已然以今日的面貌存在。歷四世紀，而樂人詮釋南管的方式幾乎未曾變動！這是一種經由口傳心授，世代延續的演唱藝術。真正的南管歌者是不唱任何非經口授的歌詞的，即便這些歌詞已寫或印成文字。以蔡小月為例，她唱的每一字，每一句皆是師父們親口傳授的。

南管的演奏者都是業餘的樂人，大都來自富有的商人家庭或知識階層。他們為自己演奏，自得其樂。這樣一種民間文化，較之「正統」的士大夫詩樂，猶高一籌。蓋南方城市，如泉州——馬可波羅筆下海上絲路的終點，昔日與近東、中東貿易的中心——生活水準本來就不輸北方的都城。南管歌曲使用泉州方言，不受士大夫矯揉詩風的牽制，正是南方資產階級自信與自尊的展現。

4

由於歌聲與它所彰顯的語言間的專寵關係，使得「曲」的藝術性高過南管其他兩個樂種。和諧、忘我的器樂清奏自然也是一種曼妙的情境，但人聲的加入使樂曲添加了一層微妙的張力。

上四管的演奏彷彿室內樂，四重奏。加上歌聲的散曲是藝術歌曲，也是室內樂（二十世紀無調音樂鼻祖荀白克的《第二號弦樂四重奏》就加入了女高音）。琵琶是上四管的主導樂器，三弦同步以低沉、互補的音色和琵琶融而為一。洞簫在琵琶、三弦的主旋律上奏出如織錦畫般的裝飾音，二弦則如影隨形，協同洞簫編織音樂背景——簡樸的華麗。居中的歌者以拍板擊打節拍，指揮樂隊。但與其說歌者以拍板指揮，不如說是以其歌聲或其「存在」。南管演唱講究咬字吐詞，歸韻收音，聲音必須飽滿圓融，不帶顫音。歌者的聲音試圖模仿琵琶所奏旋律，每個音符清晰吐出，彷彿出自另一把樂器。唇、齒、舌、喉、口、鼻、腹、顎八音反切，表現不同情感。演唱時嘴巴每每半閉，有時甚至全閉！

南管歌曲的內容大多是才子佳人間的情愛，或訴相思別離之苦，或憶昔日恩愛之樂，或詠嘆移情別戀之憤、為愛狂喜之境，率皆取材大家熟知的傳奇故事，譬如《西廂記》、《留鞋記》……但卻有將近一半的歌曲以《荔鏡記》——陳三五娘的故事——為題材：官家子弟陳三巧遇黃五娘，佳人擲荔枝傳情，陳三喜不自勝，假扮磨鏡匠，打破黃家寶鏡，賣身為奴……。這是專屬於泉州及其文化所播之地的羅曼史，我們從小在台灣歌仔戲、梨園戲中不斷見其現身。

德國藝術歌曲大多用鋼琴伴奏。英國文藝復興時代歌曲則

多以魯特琴伴唱，內容與南管一樣——愛情。義大利十六、七世紀牧歌（madrigal）——譬如蒙台威爾第（Monteverdi，1567-1643）所作——不論其為單音樂曲或複音，無伴奏或器樂伴奏——也多以愛情，甚至性愛為主題。蒙台威爾第有許多五聲部、無伴奏的牧歌，其典雅、優美一如南管五音，但在歌詞情感的呈現上，則較南管直接而具戲劇性。

5

南管歌曲大多是內心獨白，有時突然轉成男女主角對話，但仍是同一歌者所唱，並且音色沒甚麼變化，聽者只能從歌詞判斷。不似，譬如說，德國藝術歌曲，可以藉鋼琴伴奏或人聲體察其寫實或心理的變化。舉費雪狄斯考唱舒伯特〈魔王〉為例，同樣是一個人唱，他藉不同音色、速度，清楚顯現歌德詩中四個角色：敘事者的冷靜，兒子的驚慌，父親的無知，魔王的溫柔。一首短詩在這裡變成一齣聲音的戲劇。

但南管歌曲絕非單調。它的單純處正是它自由及微妙處。試聽蔡小月唱《西廂記》故事的〈回想當日〉。此曲長近二十分鐘，歌詞是張君瑞與崔鶯鶯初夜的對話：「回想當日，佛殿奇逢，忘餐廢寢，致使忘餐共廢寢，兩地相思各斷腸。喜今宵，喜今宵得接繡闥紅妝。消金帳裡，消金帳內，且來權作花月場。」張君瑞一開始這段話久旱逢甘霖，有些得意忘形。蔡小月像擦鑲嵌畫般，逐字擦亮每一塊聲音馬賽克的色彩。這一段她唱了六分五十幾秒。然後是崔鶯鶯令人心憐的唱詞：「背母私奔都是為恁情鍾。汝莫鄙阮是桑中濮上女，乞人恥笑阮是窈窕娘……」蔡小月依然一塊一塊地擦拭馬賽克，但在「背母」與「私奔」之間，唱完「母」之後，她居然「嗚」了三十五秒

才迸出「私奔」，讓我們大吃一驚。這就是南管。由個別鮮明的色塊拼成的朦朧畫面，不求情節、動作發展的明快，寧願鋪陳氣氛、色澤、情調。張崔兩人解衣上床後，崔鶯鶯結尾的這一段唱詞只花了三分三十幾秒：「囑東君，恁慢把心慌，念妾身是萏葑初開放，葉嫩秀蕊含香。我未經風雨暴，必須著託賴恁只採花郎。瓊瑤玉蕊豔色嬌香。惜花連枝愛，愛花連枝惜，東君怎忍擾損花欉。鵲橋私渡諧歡會，顛鸞倒鳳顧不得月轉西廂，顛鸞共倒鳳，顧不得月轉西廂。」欲迎還拒，小月囀西廂，靜中帶動，動中又帶靜。

6

近年又得南管 CD 多張：除蔡小月與南聲社在法國續錄的《南管散曲》二、三輯（五張）外，又有台北漢唐樂府南管古樂團錄製的五張。這使我有機會聆聽更多曲目及不同演奏。我注意到有幾首歌曲是兩個樂團都收錄的：〈感謝公主〉、〈有緣千里〉、〈推枕著衣〉、〈非是阮〉、〈望明月〉、〈遙望情君〉，以及一首器樂曲〈梅花操〉。漢唐樂府頗致力於南管欣賞的推廣，兩張《南管賞析入門》，錄音明晰，演奏動人，不只入門，而且登堂。又結合「梨園舞坊」演出，令我想到當年首演蒙台威爾第牧歌的樂團，那些曼杜瓦（Mantua）的歌者借適當的手勢與面部表情，達成一種劇場化的表演風格。聽從泉州來的王心心唱〈遙望情君〉，徒歌而無伴奏，轉折頓挫間另有一種留白之美。今年四月，在花蓮文化中心聽她以琵琶彈唱王昭君〈出漢關〉，益覺其歌聲之清幽曼妙。

有一位朋友幾年前從台灣到泉州，傍晚，在所住飯店聽到附近廟前有男女老小競唱南管，入夜不輟。那樂聲緩緩傳來，

穿過泉州街上逐漸增多的車輪聲、喇叭聲，逐漸上升，如一河流的光，在一切的峰頂。這位朋友曾經在台南南聲社秋祭郎君的會上，看到樂人與愛樂人擠在屋子裡，或立或坐，飲茶聊天。裡面一間小房間，有人開始撥彈吹唱，初寥落，而後漸酣熱，直到整個小房間像一個迴響不已的音箱。朋友站在小房間一角，感覺自己是巨大歷史共鳴的一部分。

　　精研南管的法國學者 François Picard 在談到蔡小月的歌藝特質時說，它們「超越了年齡與體能的限制，臻於一種超凡無形的情境，神秘地融合了更多樣的體驗，更豐實的成熟，展現了某種具體的存在，賦予歌聲更寬廣的人性質地，使其既超塵又人間，既永恆又真實。」他說的其實不只是蔡小月，而是整個南管──既超塵又人間，既永恆又真實。

極簡音樂

1

在一個不怎麼塞車的城市中生活，我騎腳踏車或開汽車旅行。向西，最遠是七星潭或布洛灣。向東，是太平洋上的海市蜃樓。有時我也驅車入縱谷，在島嶼中央的山脈和濱海的山脈之間翻看根據雲、樹、阡陌，同一主題變奏的不同風景，這時我聽到的是布拉姆斯的交響曲，深秋的音樂，特別是第四號，第四樂章，有三十段變奏的帕薩卡里亞舞曲。對生命與死亡冥想的縱谷，布拉姆斯，煩惱，苦悶，絕望，衝突，喜悅，期盼，沉默，縱橫交織的七情六慾。我從布拉姆斯想到葉慈。年輕的布拉姆斯戀愛新寡的克拉拉·舒曼未果，多年後轉向舒曼次女茱麗求婚又未成。葉慈二十四歲遇才色雙絕的愛爾蘭女伶莫德·龔，為其傾心不已，數度求婚被拒，終其一生在詩中對其念念不忘；五十二歲的葉慈在向莫德·龔的女兒伊索德求婚失敗後終於抱憾與通靈有術的海德麗絲結婚。我又想到兩年前遇到的兩位五專女生 M 與 E，她們相親相愛如一對樹林中的仙子。二十歲不到的 M 居然告訴我她最喜愛的是布拉姆斯的第四號交響曲。今年暑假又遇到 E，她告訴我 M 已離她遠去，而她如何試圖從重重苦痛中走出而暫時未果。

這些都是秋天的果實，苦惱的，金黃的，沉重的生命的果實。所以我決定改弦易轍，選播約翰·亞當斯的《快速機器上的短暫旅行》，反覆堆疊的簡單音型，快速爆發的節奏，推動我離開這城市，這塵世。充滿溫暖音響與精力，不流於單調、機械的「極簡音樂」。

布拉姆斯說的：「生命從我們身上偷走的比死亡還多。」

2

「極簡主義」追求極度簡化的作品構成，始見於一九五〇年代美國的繪畫與雕塑，反對抽象表現主義的主觀情感表現，偏愛客觀以及單純的（特別是幾何式的）造型——幾根日光燈管齊整、對稱地集合一處，同樣大小的正方體框架反覆堆疊，就是所謂的雕塑品了。六〇年代，開始顯相於音樂，特色是旋律、節奏、和弦型態近乎一成不變地重複再現。音樂變化太慢，以致聆聽者必須對最有限的細節投注最大的注意力。

極簡主義者據說從生命本身得到啟發。人生在世，無時無刻不在變化，一時間卻難以察覺——譬如天天見面的家人或朋友，彼此間是察覺不出每日的變化的，但如果多年不見再相逢，歲月寫在彼此身上的音符就很明顯了。如果說音樂是時間的藝術，那麼極簡音樂就是雙重的時間的藝術。

我也有我的極簡主義，四十年來生活在這濱海的小城，不曾離開過這個島嶼一步。我每天傍晚穿著拖鞋，騎著腳踏車在它有限的幾條大街上遊蕩，然後回到上海街和我的父母一起吃飯。在每日相遇的我的眼中，我的父母永遠如昨日年輕，雖然理論上我們被要求一日比一日老去。

不穿拖鞋的時候，我穿涼鞋——或者更準確地說，腳後跟沒有鞋帶的拖鞋似的涼鞋。穿著涼鞋到學校教書，到官府辦事，到音樂廳聽音樂，由春到冬，四季如一。我有一首詩這樣寫：「涼鞋走四季：你看到——／踏過黑板、灰塵，我的兩隻腳／寫的自由詩嗎？」我穿構造簡單的涼鞋、拖鞋，一方面為了抵抗香港腳，一方面因為自在、方便。拖鞋，腳踏車，山，

和海，這就是小城生活的我的極簡音樂。外人走進來也許覺得奇怪（前後兩次，電視台來訪談我的寫作，都從我腳下開始拍起），他們把最大的注意力放在最有限的細節上。

我的學生看我每天幾乎都穿同樣的衣服、鞋子去上課，一定覺得很單調。我自己並不覺得。我感覺巨大的精力和耐力，周而復始地在每日生活的軌道上拔河著。溢出來的是無法承受的水花，「低限而燦爛」的音樂。

在一個簡單如棋盤，旋轉如唱盤的小城。

3

布洛灣在太魯閣峽谷，溪畔與燕子口之間，泰雅族語「回聲」之意。走到這個台地，泰雅族人聽到迴盪天際的生之音響。

有時是死亡的呼吸。或者，揮之不去的絕望的低鳴。

你在他們身上聽到同樣的生命的回聲，為致命的女性而受苦。Femme fatale。葉慈的莫德・龔。女子 M 之於女子 E。「他人，因為你當初違背／那重誓，變成了我的朋友；／但每次，我面對死亡，／每次我攀登夢境之崔巍，／或是興奮於一杯美酒，／猝然，我就瞥見你臉龐。」這是余光中的翻譯。回聲把葉慈被撕毀了的「重誓」翻譯到滴水穿石的時間在每個人心中鏤成的峽谷，而後，化作嘆息。

M 是音樂精靈，美與純真的疊影，至少在我兩年前見到她時。E 與 M 曾經「真誠而毫無保留地相親著，並且因著相似的質地而更加珍惜彼此」，但，E 繼續寫說，M「終究是屬於陽光下的孩子」，而 E 自己「身上早潛藏著陰影斑駁的胎記，隨著成長的揭露越發加深它的色澤」。逐漸適應於黑暗的 E，

「依舊從一而終地深愛著」M，而M「卻已因著察覺這光影色澤的差異開始感到迷惘與懷疑……」E不懂，為什麼那在她們「如孩童般天真時便已透明且茂盛生長的愛，一旦置放在為使人類幸福的道德尺度下，竟顯得如此複雜、扭曲和醜陋？」

甜甜是她們共同的名字：「兩年多前的一個清晨，當我倆因著徹夜靈魂對話的美好超過了幸福的飽和度時，近乎無法承受的甜蜜使我們決定要為你我取個只屬於彼此呼喚時的暱稱，甜甜──」甜甜──攬鏡自照的美的回聲。因失去M，「用右手食指的尖端瘋狂地在細瘦的左腕劃出一片紅腫如玫瑰花瓣的烙印」的E，在她的「親密書」裡向記憶之鏡索影，用痛苦兌換喜悅，用死呼喚生。

M與E。我。我們。布洛灣。

4

二十世紀藝文界最顯赫的 femme fatale 也許是愛爾瑪·辛德勒（Alma Schindler， 1879-1964），作曲家馬勒（1860-1911）的妻子。

但愛爾瑪不只是馬勒的妻子。貌美而富文學、音樂天賦的愛爾瑪，在一九○二年以二十三歲之齡嫁給大她十九歲的馬勒前，已曾讓兩位傑出藝術家為其傾倒著迷：世紀末幻想派繪畫大師克林姆（Klimt， 1862-1918），以及她的作曲老師（也是無調音樂鼻祖荀白克的老師和姊夫）柴姆林斯基（Zemlinsky， 1871-1942）。婚後，愛爾瑪放棄了自己的作曲生活，成為不安而自我的馬勒創作的支柱和動力來源。馬勒很多作品都是寫給她的情書──出自對她的愛；出自對失去她的恐懼：《五首呂克特詩歌》中的〈如果你愛的是美貌〉，第五交響曲透明優美

178

的稍慢板第四樂章，第六交響曲第一樂章高揚飛翔的第二主題，規模龐大、以歌德《浮士德》終場詩篇做結的第八號「千人」交響曲（馬勒把此曲題獻給她時說「這難道不像是婚約？」，又說「每一個音符都為你而寫」）……馬勒將自己鎖在自己的音樂城堡，未能在兩性生活上盡力，終導致愛爾瑪另結新歡，於一九一〇年結識了小她四歲的格羅皮厄斯（Gropius，1883-1969）。馬勒找來這位後來創辦了著名包浩斯學校，開啓玻璃帷幕牆、幾何形體等「國際風格」的年輕建築師，要愛爾瑪做一選擇。愛爾瑪別無選擇，因為馬勒是她「生命的中心」。馬勒未完成的第十號交響曲手稿最末巨大、顫抖的字跡，見證了馬勒晚年飽受煎熬的心靈：「為你而生！為你而死！愛爾瑪！」

　　愛爾瑪在馬勒死後第五年（1915）嫁給格羅皮厄斯。但一九一一至一九一四年間，她卻和小她六歲的表現主義畫家柯科西卡（Kokoschka，1886-1980）迸發了激烈的愛，她成為柯科西卡靈感的泉源，柯科西卡為她畫了多幅畫像，以及暴露他們親密關係的雙人像。分手後，柯科西卡自願入騎兵隊參戰，受重創，身心俱頹的柯科西卡畫風益發狂亂，顏料厚塗，線條扭曲。一九一八年，他定製了一具和真人一樣大小的娃娃——栩栩如生的翻版愛爾瑪——嘴巴會張開，有牙齒，有舌頭，有頭髮，皮膚「摸起來像梨子」，甚至有生殖器，有恥毛，以之為模特兒畫了一幅《藍色的女人》（他為這幅畫作的習作據說高達一百六十張），一九二二年又畫了《畫家與娃娃》。

　　一九二九年，愛爾瑪與小她十一歲的表現主義詩人、劇作家、小說家威爾弗（Werfel，1890-1945）結婚，並輾轉於一九四〇年移居美國。威爾弗於一九四一年寫出他有名的小說

《聖伯納德之歌》，翌年改拍成電影獲得五項奧斯卡獎。可嘆的是，前年英國出的一本不錯的藝術辭典，講到威爾弗時居然把愛爾瑪當成馬勒的女兒。

前幾天檢視最近從小耳朵錄下的東西，在一部關於荀白克的紀錄片裡赫然見到這些領一時風騷的人物，透過演員，一個個出來說話：柴姆林斯基，柯科西卡，愛爾瑪……影片裡彩色、鮮活的愛爾瑪比起書上看到的一些黑白照實在美豔許多。

格羅皮厄斯說：「心智像傘一樣，最好的時候是打開的時候。」

愛爾瑪是全開的女人——打開自己，也打開她戀人們的傘。

5

七星潭不是潭，也沒有七顆星，很簡單，它在小城之北，為有弧形海灣的漁村，我下午剛去過，才回來。

淚水中迸出許多美麗的花朵
──舒曼聯篇歌曲集《詩人之戀》

　　一八四〇年是眾所周知舒曼（Robert Schumann， 1810-1856）的「歌曲之年」。這一年，三十一歲的舒曼與二十六歲的克拉拉在經過漫長、辛苦的戀愛旅程之後終於得締成連理。一八四〇年九月十二日，克拉拉生日前兩天，在法庭的承認之下不管克拉拉父親的反對，這兩位戀人終於在萊比錫近郊的舒內弗德教堂結婚了。這幸福的婚姻之年引發了舒曼無窮的創作靈泉，使他的藝術生涯進入了一個新的發展期。在此之前，舒曼的創作大都只限於鋼琴曲而已，但在艱苦的愛情獲得勝利之後，他無法克制自己不把內心澎湃的熱情、狂喜都表現出來。「藝術歌曲」遂突然成為他表白自己的新媒介。在歌聲的旋律裡，他找到了一種比鋼琴更能表達他內心喜悅的訴說方式。在寫給克拉拉（當時還是他的未婚妻）的信中，他說：「哦克拉拉，寫歌是多麼幸福啊，我居然一直斷絕自己這種幸福！」狂熱的愛情之火使舒曼在一年之內接連創作了將近一百四十首歌曲，這不但是舒曼個人內心世界的鑑照，也是浪漫主義最珍貴的音樂果實。在這些歌裡，舒曼藉同時代浪漫詩人的詩作呈現、探索了人類內心最深邃的秘密，並驚人地展示了一個熱情天才汨汨不斷的創作才能。

　　對當時的作曲家而言，海涅（Heinrich Heine， 1797-1856）無疑是最令人嘆服心動的詩人了。他的詩生動地刻劃了諸般微妙的情感面貌：熱情與憂鬱，喜悅與沮喪，幻想與諷刺；他能喚起樸實無華的民歌以及古代敘事詩的興味，他也能寫作哀婉

動人，深入人心的情歌；他能表達柔美、靜安的幸福感，他也能寫出痛苦的呼喊、真美的感召，或者諷刺、扭曲了的喜劇效果。而對於舒曼，海涅詩歌最吸引他的地方自然是那與他自身氣質相像的憂鬱、善感的一面：深沉的感情，浪漫、憂鬱的激情。然而，舒曼卻同樣能領會海涅尖刻的反諷，他詩中慣有的嘲戲與嚴肅的並配。論者多謂舒曼是華格納之外最具文學修養的音樂家，我們只需檢視舒曼所譜的海涅詩歌——從抒情、聯篇的歌曲集作品24，作品48，直到那些傳奇詩與敘事詩，譬如作品45之3〈海濱黃昏〉，作品49之1〈兩個榴彈兵〉，作品49之2〈戰鬥的兄弟〉，作品53之3〈可憐的彼得〉，作品64之3〈悲劇〉以及作品57的《巴比倫王貝爾撒澤》——即可發現舒曼對多樣詩情體會之深。

作品48《詩人之戀》譜自海涅詩集《歌之卷》（Buch der Lieder），這是海涅十八、九歲到三十歲的作品集，內容主要以他和兩位表妹的戀愛經緯為題材，描述青春的愛與苦惱。舒曼從其中的「抒情插曲」一輯中選出了十六首詩，譜成彷彿有情節可循的聯篇歌曲集，並且冠以標題「詩人之戀」。「詩人之戀」四字乃暗示我們：愛情主要是想像的遊戲，只是輕柔的夢的材料；但全篇中卻也包含了一些認命順從、孤寂悲傷的曲子，呈示了詩人命運黑暗的一面。在這一長串詩情與音樂緊密契合，完好如系列畫的歌曲集中，只有幾首因為它們的悲愴性或敘事詩的性格顯得有些與眾不同——這些譬如第十五首、第十六首——它們的題材負荷較龐大，因之表現的幅度也較其他首要大些。

第一首歌〈在可愛明麗的五月〉（Im wunderschönen Monat Mai）確定了全篇歌集浪漫、柔美的氣氛。純真、民謠風的旋

律被織進一張纖巧、閃爍的柔美和聲的網裡；鋼琴部分奔馳的十六分音符音形刻繪出春日和風的細語；大調與小調交織如夏日翡綠樹蔭下的光與影；曲子以未經解決的屬七和弦終結，予人以一種在永恆中消失的感覺。

　　一連串跟花有關的曲子維持著同樣的情調：第二首〈從我的淚水中迸出許多美麗的花朵〉（Aus meinen Tränen spriessen viel blühende Blumen hervor）中熱情的訴說；第三首〈玫瑰，百合，鴿，太陽〉（Die Rose, die Lilie, die Taube, die Sonne）中愉悅的自語；第五首〈我要把靈魂浸入百合的花杯〉（Ich will meine Seele tauchen in den Kelch der Lilie hinein）中對於愛的曲調幸福的回憶——伴之以鋼琴最弱的琶音；第八首〈如果小花們知道我的心受了多大的創傷〉（Und wüssten's die Blumen, die kleinen, wie tief verwundet mien Herz）中閃耀、顫動的音樂效果，以及哀歌般在飄逝的鋼琴聲中溶失的第十二首〈明亮的夏天早晨我漫步於花園中〉（Am leuchtenden Sommermorgen geh ich im Garten Herum）。

　　與這些歌曲形成對比的是一些簡單而未經修飾的曲子，在這些曲子中感情未經詩的比喻，直接地被傾瀉出。第四首〈當我凝視你的眼睛〉（Wenn ich in deine Augen seh）是內心寧謐的愛的宣告；第十首〈當我聽到那首我愛人唱過的歌〉（Hör' ich das Liedchen klingen, das einst die Liebste sang）則是以小調寫成的自抑的悲嘆；第十三首〈我在夢中哭泣了〉（Ich hab im Traum geweinet）是陰森森的幻象，流動的旋律在此被分解成僅如誇張的言語，在幾個零星陰暗的和弦伴奏下空無地流逝，而第十四首〈每夜我在夢中見到你〉（Allnächtlich im Traume seh ich dich）則是一首淡淡的、憂鬱的牧歌。

第六首〈在聖河萊茵瀲瀲的波光中〉（Im Rhein, im heiligen Strome）與第七首〈我毫無怨恨〉（Ich grolle nicht）是非常強有力的對照：一個是和祥的聖母般的光輝，一個卻是「沒有光能穿透」的毒蛇般的黑夜。

在第九首〈笛聲，琴聲多悠揚〉（Das ist ein Flöten und Geigen）中，舒曼用尖銳的不和諧音描繪歌中人的內心衝突：被拒絕的失戀者在他愛人的婚宴上聽著樂師彈奏舞蹈的音樂，鋼琴部分以華爾滋節拍不斷循環的十二分音符音形表現婚禮中團團轉的喜氣，這音樂最後卻化做一陣絕望的波浪湧上失戀者的心頭，逐漸地逸入死寂。這是用鋼琴與人聲表現戲劇性張力的一個成功的例子。

另一首尖誚、幽默的曲子是第十一首〈一個男孩愛上了一個女孩〉（Ein Jüngling liebt ein Mädchen），這首曲子裡低音旋律小丑般滑稽的跳動造成了一種怪誕的效果。

在倒數第二首（第十五首）〈自古老的童話故事裡一隻白色的手伸出來招喊〉（Aus alten Märchen winkt es hervor mit weisser Hand）中，我們看到一切浪漫的玄思、狂想終究得在現實的朝陽中化掉，因此詩人在最後一首歌〈那些古老邪惡的歌謠〉（Die alten, bösen Lieder）中說出了他最後的話語：他希望找到一個大棺材，把所有的他的愛與痛苦葬進大海裡！舒曼在此藉鋼琴奏出一段長而動人，充滿感情的收場白以結束全闋作品：愛情的甜蜜與痛苦縱然逝去，一股詩般沉靜、冥想的滿足感卻仍然存在。

在德國藝術歌曲史上，舒曼無疑是繼舒伯特後另一個偉大的高峯。但舒曼不只是在舒伯特豐富歌曲作品之後再添加幾曲的數量而已，他還為藝術歌曲的寫作開闢了一個新的局面。原

姓名：_____　性別：□男　□女

郵遞區號：_____

地址：_____

電話：(日) _____ (夜) _____

傳真：_____

e-mail：_____

INK PUBLISHING

讀者服務卡

您購買的書名：＿＿＿＿＿＿＿＿＿＿＿＿＿＿＿＿＿＿

生日： 年 月 日

學歷：□國中 □高中 □大專 □研究所（含以上）

職業：□軍 □公 □教 □學生 □商
□服務業 □自由業 □家管
□製造業 □銷售員 □資訊業 □大眾傳播
□醫藥業 □交通業 □貿易業 □其他

購買的日期： 年 月 日

購書的地點：□書店 □書展 □書報攤 □郵購 □直銷 □贈閱 □其他

您從哪裡得知本書：□書店 □報紙 □雜誌 □網路 □親友介紹 □銷售人員
□DM傳單 □廣播 □電視 □其他

您對本書的評價：(請填代號 1.非常滿意 2.滿意 3.普通 4.不滿意 5.非常不滿意)
書名＿＿＿＿ 封面設計＿＿＿＿ 版面設計＿＿＿＿ 內容＿＿＿＿

讀完本書後您覺得：
1.□非常喜歡 2.□喜歡 3.□普通 4.□不喜歡 5.□非常不喜歡

您對本書建議：

感謝您的購買。為了提供更好的服務，請填妥各欄資料，將讀者服務卡直接寄回
或傳真本社，我們將隨時提供最新的出版、活動等相關訊息。
讀者服務專線：(02) 2228-1626 讀者服務傳真：(02) 2228-1598

來在舒伯特以前的歐洲的歌曲對於伴奏都非常輕視，舒伯特注意到這一點，特別留心於人聲與鋼琴伴奏的平衡，因此使他的作品具有新的效果；而鋼琴家的舒曼比舒伯特更注重鋼琴伴奏，在他所寫的歌曲中鋼琴伴奏的部分往往比聲樂部分更加重要，強烈地暗示著歌曲的氣氛：他用切分法（syncopation），繫留法（suspension）及複音音樂的手法，使歌曲的伴奏能充分輔助歌詞的表現不足，又能獨立而自成一富於詩趣的鋼琴小品，舒曼最雄辯動人的旋律有許多就是在這些歌曲的前奏與尾奏中！此種對鋼琴伴奏的強調直接啟發了後來的沃爾夫（Hugo Wolf，1860-1903），就此一意義而言，舒曼實在可以稱得上是一位承先啟後的歌曲大師。

附：作品48《詩人之戀》十六首詩譯

第一首

    在可愛明麗的五月

    當所有的花蕾開放，

    愛情的黎明，那時

    也在我心裡燦開。

    在可愛明麗的五月

    當所有的鳥兒都歌唱，

    我向他透露了

    內心的思念、渴望。

第二首

從我的淚水中迸出

許多美麗的花朵；

我的嘆息逐漸變成

夜鶯的合唱。

而如果你愛我，親愛的，

我將送給你全部的花朵，

在你的窗前將聽到

夜鶯甜美的歌唱。

第三首

玫瑰，百合，鴿，太陽——

我曾多麼熱愛它們啊。

但我不再愛了；我只愛

優雅，甜美，純潔的她一人；

眾愛之所在，她自己就是

玫瑰，百合，鴿，太陽！

我只愛

優雅，甜美，純潔的她一人。

第四首

當我凝視你的眼睛

我的憂愁與痛苦都融解了；

但一旦吻著你玫瑰般的紅唇，

我的痛苦便又痊癒了。

當我靠在你的胸前，
我感覺自己被絕妙的幸福所攫獲，
但當你輕聲低語「我愛你」，
我卻禁不住要悲痛地哭了。

第五首

我要把我的靈魂
浸入百合的花杯，
讓百合輕柔地吐出
一首關於我愛人的歌。

這歌將震顫、悸動，
好像來自唇間的吻，
啊那在一個美妙、甜蜜的時刻
她一度給我的吻。

第六首

在聖河萊茵瀲瀲的
波光中，倒映著
大教堂高聳的
聖城科倫。

教堂中有一幅畫像，
畫在金色的皮上，
在我生命的沙漠中

它時時和祥地發出光芒。

花與天使繞著
聖母飛翔；
她的眼睛、嘴唇、臉頰，
和我的愛人一模一樣。

第七首

我毫無怨恨，即使我的心要碎了，
永遠失落的愛！我毫無怨恨。
雖然閃耀的珠寶帶給你輝煌，
卻沒有光能穿透你心中的黑夜。
我非常了解。

我毫無怨恨，即使我的心要碎了，
在夢中我見到你，
見到黑夜盤據在你的心室，
見到毒蛇啃噬著你的心，
愛人啊，我見到你那般地悲慘。
我毫無怨恨，我毫無怨恨。

第八首

如果小花們知道
我的心受了多大的創傷，
它們將跟著我哭泣，
安慰我內心的苦痛。

如果夜鶯們知道
我病痛得有多厲害，
它們將輕快地為我詠唱
純美、提神的曲調。

啊如果它們知道我的悲傷——
那些金色的小星星，
它們將從天上下來
對我述說甜美的話語。

但它們，它們都不能了解。
只一個人她知道我的痛苦，
而就是她
弄碎了我的心。

第九首

笛聲，琴聲多悠揚，
喇叭多響亮；
結婚的喜悅正熱鬧，
我的愛人在舞躍。

鼓聲，角聲啊
多喧囂！
在那裡面，
善良的天使啜泣了。

第十首

當我聽到那首
我愛人唱過的歌，
我的心禁不住憂傷的壓迫
狂狂然遂欲迸裂了。

一股莫名的渴望引我
走向森林高處，
在那兒我讓哀傷
傾瀉在無盡的淚水當中。

第十一首

一個男孩，他愛上了一個女孩，
而她卻看上了另一位。
這另一位又愛上了另一位
並且跟他結婚了。

一氣之下，這女孩
嫁給了路上第一個
碰到的男人；
而男孩還是孤單一個。

這是很老、很老的故事了，
但是卻歷久而彌新。
而他，故事中的主角，
他的心碎成了兩半。

第十二首

　　明亮的夏天早晨
　　我漫步於花園當中。
　　花兒們輕聲低語，
　　而我徘徊默默。

　　花兒們輕聲低語，
　　她們愛憐地注視著我：
　　「蒼白而不幸的人啊，
　　請不要怨恨我們的姊妹。」

第十三首

　　我在夢中哭泣了，
　　我夢見你在你的墓裡；
　　我醒來，淚水仍
　　掛在我的臉上。

　　我在夢中哭泣了，
　　我夢見你正離我而去；
　　我醒來，繼續哭泣，
　　久久而悲痛不已。

　　我在夢中哭泣了，
　　我夢見你仍愛著我。
　　我醒來，讓苦澀的淚洪
　　繼續奔瀉。

第十四首

每夜我在夢中見到你；
見到你友善地對我問好；
我大聲哭著，俯身於你
親愛的腳下。

你悲哀地看著我，搖搖你
美麗的頭兒。
自你的眼中流下
許多珍珠的淚水。

你低聲對我說一句祕密話
並且遞給我一束絲柏枝。
當我醒來，絲柏枝已然無蹤，
而我也忘了你告訴我的話語。

第十五首

自古老的童話故事裡
一隻白色的手伸出來招喊：
歌聲與樂聲描述著
一個魔術的國度。

在那兒羣花燦開於
金色的夕陽裡，
並且，帶著怡人的芳香
輝耀如新娘的顏面。

在那兒綠樹們歌唱著
古老的曲子，
微風低語，
小鳥輕巧地鳴囀。

朦朧的物像自地上
神秘地升起，
舞踊入雲霄
縱放於神秘的和諧裡。

藍色的火花燃燒在
每一片葉子和樹枝上，
紅色的光繞著圈子
狂亂地奔跑。

喧囂的泉水自粗暴的
大理石塊中奔瀉而出，
倒影光怪陸離地反映在
溪流裡。

啊多希望能夠到那兒去，
到那兒，讓我的心歡喜，
忘掉一切苦惱，
再一次清心自由！

啊，那幸福的樂土
我時常在夢中見到，
但等朝陽來臨
卻又像泡沫般化掉。

第十六首

那些古老、邪惡的歌謠，
那些惡毒、憤怒的夢，
來吧，讓我們埋掉它們，
拿個大棺材埋掉它們吧。

但我先不告訴你們
要把什麼東西放進裡面；
這棺材比海德堡的
特大酒桶還大。

還要一具用又厚又堅固的
木板做成的棺架，
它的長度甚至得超過
梅因斯著名的大橋。

另外，替我找十二個巨人，
他們都必須比科倫
大教堂裡強碩的
克里斯朵夫還健壯。

他們將負責抬棺，並且
把它沉進大海，
因為這麼龐大的棺材
得要有一個巨大的墳墓。

你可知道為什麼這棺材
要這麼重，這麼大？
因為我把我的愛情和所有痛苦
都放在裡頭。

慰藉與希望的訊息

——布拉姆斯合唱作品《德意志安魂曲》、 《命運之歌》、《女低音狂想曲》解說

　　布拉姆斯（Brahms, 1833-1897）是典型的「孤寂的藝術家」，他的音樂沉靜、深刻，在嚴密節制的形式中散發無限的深情、溫暖、渴望與苦惱。《德意志安魂曲》（Ein Deutsches Requiem，作品 45），《命運之歌》（Schicksalslied，作品 54），《女低音狂想曲》（Alt-Rhapsodie，作品 53）是他所寫以管弦樂伴奏的合唱曲中最卓著的幾首。在形式、內容乃至於樂曲規模上它們自有相當的差異，但一種內在的相似使它們在精神上互相通連：這三首作品處理的主題皆是苦難與哀愁，然其所傳遞的訊息卻散發著慰藉與希望。即使在寫作的時間上，這些作品也是關聯的。《德意志安魂曲》全曲於一八六八年完成，就在同年，布拉姆斯因威廉港友人之介紹讀到了德國詩人侯德齡（Friedrich Hölderlin，1770-1843）的〈命運之歌〉，並且即刻觸發了他譜曲的念頭。而與《命運之歌》作品編號相連的《女低音狂想曲》，是一八六九年譜自哥德（Goethe，1749-1832）的詩作的；一如〈命運之歌〉，其希臘精神與浪漫主義的作風反映了布拉姆斯對那時代德國文學的關注與同好。

1 德意志安魂曲

　　布拉姆斯是自我批判精神極強的作曲家，他對自己作品的完成有極嚴格之要求，一首曲子往往改之又改，經年累月地再思考、再醞釀，最後方與世人見面。在此種情況下，夭折或被

毀棄的樂曲自是多之又多。以弦樂四重奏爲例，布拉姆斯一生發表的僅有三首，但在他讓第一首（作品51之1）問世前早試作過二十多首；作品8第一號鋼琴三重奏原是早歲（1854）的作品，但布拉姆斯晚年（1890）又對之大事修改，終成今日之定版。論者或謂這是舒曼在其《新音樂雜誌》（1853）上對二十歲的布拉姆斯做太早、太過重的肯定，乃至於在布拉姆斯心裡形成一股極大的壓力，使之不敢輕易發表自己的作品。但檢視布拉姆斯作品中精心設計的作曲技巧，嚴密、繁複的藝術特質，我們發覺他之所以如此審慎，是有其對作品內在完整要求的必然性的。

在《德意志安魂曲》——布拉姆斯所寫最龐大，同時也可能是最偉大的作品當中，此種苦心修改經營的特性尤其顯著。早在一八五四年，克拉拉·舒曼（舒曼夫人，布拉姆斯一生的朋友）即在日記裡記說，她曾與布拉姆斯試彈了他雙鋼琴奏鳴曲的第三樂章。這三個樂章中，有兩個樂章後來被用在布拉姆斯D小調鋼琴協奏曲裡，而其薩拉邦德舞曲般的葬禮進行曲卻在一八五七～五九年間被轉化成《德意志安魂曲》第二樂章的骨幹。到一八六一年，布拉姆斯已選好了他計畫中此一葬禮清唱劇四個樂章的歌詞。往後的幾年，布拉姆斯的心思被其他工作計畫所佔據，一直要等到一八六五年，當他母親去世之後，始繼續此曲的寫作。在痛苦與憂傷的籠罩下，寫作速度進展得很快，第二年全曲七個樂章中有六個已完成。一八六八年四月十日耶穌受難節那天，在作曲者親自指揮下假德國北部的布萊梅（Bremen）大教堂舉行了六個樂章的演出。此次演出雖然大獲成功，但布拉姆斯自己卻認爲此一作品尚未完成。一八六八年五月，他加入了感人至深的第五樂章女高音獨唱，全曲的寫

作於此大功告成。

在《德意志安魂曲》中，作曲家的心血並不只限於音樂的創作，在歌詞的挑選上已可發現布拉姆斯的苦心。布拉姆斯安魂曲的歌詞與其他作曲家——如莫札特、白遼士、威爾第所用的天主教傳統拉丁文儀式經文迴然不同。布拉姆斯從馬丁‧路德翻譯的德語《聖經》裡選用了他的詞句；《聖經》是布拉姆斯從小就極愛讀的一本書，那裡藏著許多他深思、熱愛的字句。布拉姆斯精心地從新、舊約中的詩篇、預言書、福音書、使徒行傳以及啓示錄中挑選珠玉般的片斷組成歌詞，整首曲子因之如「鑲嵌細工」（mosaic）般具有一種深沉的意義和獨特之美。天主教拉丁文的安魂曲原是祈求亡魂安息的祈禱詞，祈禱驚懼於最後審判日恐怖的死者們內心能夠平安，但布拉姆斯的安魂曲卻是用來撫慰生者的——告訴活著的我們塵世生命的結局並不足爲懼，因爲它使我們自勞苦與憂慮中獲得平和與幸福的解脫。

布拉姆斯其實並不是第一個想到寫作德國語葬禮音樂的作曲家。早在一六三六年，許慈（Heinrich Schütz，1585-1672）即寫成一《德意志葬禮彌撒》（Teutsche Begräbnis-Missa），後來的作曲家也有同類的作品；並且布拉姆斯所選用的詞，部分也曾被許慈在其《神聖歌曲集》（Cantiones Sacrae，1625），以及《僧侶合唱音樂》（Geistliche Chormusik，1648）中用過。就合唱寫作技巧而言，韓德爾無疑是布拉姆斯師法的對象。然而與布拉姆斯此曲最接近的卻是一齣甚至不曾被標明爲「安魂曲」的小規模作品：巴哈第 106 號清唱劇。極度崇拜聖湯瑪斯教堂樂長巴哈的布拉姆斯一定知道這齣作品。在此一葬禮清唱劇中，巴哈同樣地自新、舊約《聖經》擷取詩句當作歌

詞；這些歌詞充滿著幸福與救贖的允諾。巴哈此一作品的結構看來正好是布拉姆斯安魂曲的縮影。布拉姆斯安魂曲第一樂章奇特的管弦樂法，有可能是因巴哈作品中對樂器選配的一項重要細節激發而成的。然而，自一更高意義層次觀之，巴哈與布拉姆斯此二作品卻是互異的。巴哈訴求的是救贖者的慈悲，求其將死者的靈魂帶往天國，相對地，布拉姆斯卻避免直接提到耶穌。他的安魂曲具有深沉的宗教感，但這種宗教感是帶著普遍的人性意義的；質言之，它是爲人，而不是爲任何教派而寫的音樂！

　　《德意志安魂曲》七個樂章的演唱需要一個女高音，一個男中音，混聲合唱以及管弦樂。第一、二、四、七樂章純是合唱與管弦樂，第三、六樂章加入了男中音獨唱，第五樂章加入了女高音獨唱。每一樂章的性格各自不同，又因布拉姆斯微妙的樂器法顯得更突出。舉例言之，第一樂章沒有用到小提琴，因之呈現一種陰暗沉重的氣氛；相對地，有男中音獨唱的兩個樂章都以複格做結，其莊嚴、強力因此更加可感。

　　底下是全部歌詞的翻譯，以及各樂章的解說：

一・合唱

　　哀慟的人有福了，

　　因爲他們必得安慰。

　　流淚撒種的

　　必歡呼收割。

　　那帶種流淚

　　出去的，

　　必要歡歡喜喜地

帶禾捆回來。

二·合唱

　　凡有血肉的都似草，
　　而人類所有的榮光
　　都好像草上的花。
　　草必枯乾，
　　花必凋謝。
　　兄弟啊，你們因此要忍耐，
　　直到主來臨。
　　看哪，農夫等候
　　地裡寶貴的生產，
　　耐心等候，
　　直到得了秋雨春雨。
　　因爲凡有血肉的都似草，
　　而人類所有的榮光
　　都好像草上的花。
　　草必枯乾，
　　花必凋謝。
　　但上主的話永不落空。
　　並且上主救贖的民必歸回，
　　歌唱來到錫安。
　　永樂必歸到
　　他們頭上，
　　他們必得著歡喜快樂，
　　憂愁嘆息盡都逃避。

三 · 男中音與合唱

主啊，求你叫我曉得我身之終，

我的壽數幾何，

叫我知道我的

生命不長。

你使我的年日

窄如手掌。

我一生的年數在你面前如同無有。

各人最穩妥的時候

真是全然虛幻。

世人行動實係幻影，

他們忙亂真是枉然；

積蓄財寶，不知

將來有誰收取。

主啊，如今我等什麼呢？

我的指望在乎你。

但正義的人受上主照顧，

苦痛將不會侵犯他們。

四 · 合唱

萬軍之主啊，

你的居所何等可愛！

我的靈魂羨慕，渴望

主的院宇；

我的心腸，我的肉體向

永生的神歡呼。

住在你的殿中眞是幸福，

他們將依舊讚美你。

五‧女高音與合唱

而你們如今要憂傷；

但我將重見你們，

你們的心將歡欣，

並且無人能將你們的喜悅奪走。

母親怎樣安慰兒子，

我就照樣安慰你們。

你們看，我只一點時間

勞動、工作，

而仍然找尋到巨大的慰安。

六‧合唱與男中音

我們在這裡本沒有常存的城，

乃是尋求那將來的城。

啊，我告訴你們一個奧秘：

我們不是都要睡覺，

乃是都要改變；

就在一霎時，眨眼之間，

號筒末次吹響的時候。

因號筒要響，

死人要復活成爲不朽壞的，

而我們也要改變。

那時經上所記的話

將應驗，

死亡將被勝利吞滅。

死亡啊！你的毒鉤何在？

地獄啊！你的勝利何在？

主啊，你是配得

榮耀、尊貴、權柄的，

因為你創造了萬物，

並且萬物是因你的旨意

被創造而有的。

七‧合唱

從今以後，

在主裡面而死的人

有福了。

聖靈說，是的，

他們息了自己的勞苦，

作工的果效也隨著他們。

解說

　　第一樂章：稍慢的行板。歌詞出自馬太福音 5 章 4 節；詩篇 126 篇 5-6 節。在第十八小節的管弦樂前奏後，合唱「哀慟的人有福了」即刻創造出一種布拉姆斯企圖在整個作品中傳遞的「自淚中微笑」的情境。管弦樂顯得相當低沉，因為小提琴以及其他明亮的樂器，如豎笛、小喇叭、短笛都沒有被使用。在此一陰暗的背景上，合唱的人聲聽來具有一種特別輕盈、飄浮，甚至幾乎是脫離了肉體的質地。小提琴在此樂章中避而不

用，正好也是巴哈第 106 號清唱劇的特點。整個說來，這個樂章對全曲的情緒發展做了相當大的定位工作，全曲所具有的抒情之美與深摯的感情，在此已瞭然可見。文字與音樂的配合尤其天衣無縫：「流淚撒種的必歡呼收割」；「那帶種流淚出去的必要歡歡喜喜地帶禾捆回來」。音樂並不是衝突的，因為對於布拉姆斯，淚與笑，悲傷與喜悅並非是相反、相衝突之事物，而是可以調和、互補的。整個樂章就這樣以兩組旋律交互陳述此一破涕為笑，化悲為喜的意念。

第二樂章：進行曲式的中庸速度。歌詞出自彼得前書 1 章 24-25 節；雅各書 5 章 7 節；以賽亞書 35 章 10 節。此樂章無疑包含了布拉姆斯最早完成的一些譜。在管弦樂法上它與前面樂章適成尖銳對比。豎笛、小喇叭、短笛明亮的聲音在此恢復了，而小提琴──分成三組──使用的是高音域部分。然而弦樂器得加上弱音器，並且在長的樂段中最弱奏，因之奪去了它們本應有的一切光輝。此種安排產生一種怪誕的效果；「凡有血肉的都似草，／……草必枯乾，／花必凋謝」，此段歌詞前後出現兩次，在管弦樂哀凄的背景上，定音鼓頑固、陰冷的節奏無法不給人「送葬進行曲」的感覺，我們彷彿見到一幕緩慢、無情的死亡之舞逐漸地鋪展開來。但這種陰森的氣氛並沒有完全獲勝。很快地我們聽到得到救贖者快樂地詠唱喜悅的讚歌：「永樂必歸到／他們頭上，／他們必得著歡喜快樂……」

第三樂章：中庸的行板。歌詞出自詩篇 39 篇 4-7 節；所羅門智慧篇 3 章 1 節。此一樂章一開頭即引進了有力的男中音獨唱：「主啊，求你叫我曉得我身之終」，進而展開了一段男中音與合唱間動人的對話，生動地把人生的虛幻、脆弱、局限表現出來。至 143 小節處，男中音與合唱以新的旋律唱出「主

啊，如今我等什麼呢？」的問句，合唱隨即轉調（第 164 小節）答以「我的指望在乎你」，就在整章樂曲馬上就要進入結尾的時候，布拉姆斯安排了一個高潮，他引進了一個以持續音爲基礎，四二拍子，強有力的聖詠複格（「但正義的人受上主照顧，／苦痛將不會侵犯他們」），壯盛地結束這一樂章。一八六七年十二月此樂章在維也納頭次演出時，作曲家的意思卻不幸遭誤解。原來布拉姆斯在複格裡標明「Sempre con tutta la forza」（「始終以全部的強力」），而定音鼓手——他必須沒有間斷地重複同樣一個音符——竟把這話一板一眼地按字面解釋，非常大聲地敲擊，以至於音樂的其他部分都幾乎聽不到。觀眾大惑不解之餘，對音樂起了反感，令作曲家大爲傷心。但布拉姆斯還是讓樂譜保持原貌，因爲他相信以後的演奏者會有更好的鑑賞能力。

第四樂章：速度加快的中庸速度。歌詞出自詩篇 84 篇 1、2、4 節。這是全曲的中央樂章，氣氛回復平靜，描繪天國的祥和美好。即有可能是一八六五年初母親（克麗絲汀・布拉姆斯女士）死去的感念下寫成的。曲中的溫柔，慈悲似乎反映了布拉姆斯心中懷念的慈母影像：「我的靈魂羨慕、渴望／主的院宇……」對於布拉姆斯，遠去了的母親的溫柔或許是他最想回到的永恆的院宇。

第五樂章：行板。歌詞出自約翰福音 16 章 22 節；以賽亞書 66 章 13 節；僞書 51 章 35 節。平靜的氣氛繼續維持著。女高音獨唱自第 4 小節起唱出：「而你們如今要憂傷；／但我將重見你們……」這是布拉姆斯所寫最美麗、動人的女高音音樂之一。彷彿一隻天堂鳥，女高音的聲音翱翔於細語般輕柔的合唱之上：「母親怎樣安慰兒子，／我就照樣安慰你們。」此種

甜美不正是布拉姆斯《女低音狂想曲》裡那在荒野中痛苦徘徊的流浪者渴求而不得的心靈的雨露嗎？

第六樂章：行板。歌詞出自希伯來書13章14節；哥林多前書15章51-55節；啟示錄4章11節。男中音在此樂章中再度登場，自第28小節起唱出「末世」的真意、「永生」的許諾（「啊，我告訴你們一個奧秘……」），第40小節起合唱以一類似聖詠的形式伴唱（「我們不是都要睡覺，／乃是都要改變……」）至第82節變成甚快的三四拍子——最後的號角響起了！但布拉姆斯筆下的「最後審判日」卻一點也不令人害怕，相反地，卻透露著勝利的訊息：「死亡將被勝利吞滅。／死亡啊！你的毒鉤何在？」與第三樂章一樣，此一樂章（自208小節）以一強大有力，充滿著韓德爾式力度與光輝的雙複格終結。

第七樂章：莊嚴肅穆的。歌詞出自啟示錄14章13節。這最後的樂章承接了全曲開首樂章「自悲傷中昇起喜悅」的情境。兩個樂章不僅在選用的詞句上顯出類似點（譬如「在主裡面而死的人／有福了」一句與第一樂章「哀慟的人有福了」在語法上、情緒上都極相似。）並且音樂上，布拉姆斯以審慎的技巧在最後樂章進入結尾時將第一樂章的尾聲部分溶進。整個圓環於焉完全，更加增強了《德意志安魂曲》全曲的高度統一以及紀念碑般的性格。

布拉姆斯的音樂是真摯且誠實的。《德意志安魂曲》一出，馬上被許多人許為「愛國主義」的傑作。但《德意志安魂曲》不只是「愛國的」、宗教的，它同時也是人性的、哲學的。在這首自白性濃厚的音樂中我們隱約可以察見布拉姆斯個

人的人生觀與宗教觀。說他是虔誠的基督徒，不如說他是悲天憫人的人道主義者；在此首安魂曲裡，他有意忽略基督教教義中對末世、來世的強調，而把關注投向眼前的這個世界。「生命從我們身上偷走的比死亡還多。」他曾經如此表示過。當 K. M. Rheintaler 勸他另加上一個樂章好使此首安魂曲的氣氛與耶穌受難節更接近些時，布拉姆斯客氣但堅決地拒絕了。在聽完整首曲子後，我們感覺到的並不是無情死亡的恐怖，而是留給所有哀慟者，所有生存者深遠的慰藉。

② 命運之歌

德國詩歌中，古代希臘精神的復活給了布拉姆斯很大的啟發。他先後使用了歌德的〈命運女神之歌〉（Gesang der Parzen），歌德〈哈爾茨山冬日之旅〉（Harzreise im Winter）中的詩句，席勒的〈輓歌〉（Nänie），以及侯德齡的〈命運之歌〉（Schicksalslied）譜成以管弦樂伴奏的合唱作品。這些作品中最早——也可能是最偉大的——是一八六八至一八七一年間寫成的《命運之歌》，這首曲子的歌詞取自侯德齡書信體浪漫小說《希伯利昂》（Hyperion）中一首無韻的詩歌。侯德齡是斯華比亞（Swabia：昔時德境西南部一公國，現為巴伐利亞之一區）的詩人，他的一生幾可說是浪漫主義悲劇性藝術家的典型。與黑格爾、貝多芬、華茲華斯同年生，侯德齡在換了幾種咸不如意的工作後，終於二十五歲那年在法蘭克福銀行家孔達特（Gontard）家覓得了合意的家庭教師之職，但三年後他卻被迫放棄這職位，因為他與女主人史賽苔（Suzette）發生了戀情——這位史賽苔即是侯德齡小說《希伯利昂》與多首抒情詩中不斷出現的狄歐提瑪（Diotima）。他搬到杭堡（Homburg），

且在瑞士與法國住了一小段時間。三十二歲那年，他出乎意料地回到他母親那兒——此時他已精神失常了。一八○四年，病情似有起色，他找到了圖書館管理員的工作。但到一八○六年，他的瘋狂（可能係精神分裂症）終逼使他退離人世，孤獨地度過他剩餘的三十七年歲月。

這首〈命運之歌〉是由書中憂鬱的男主角希伯利昂所唱出的。希伯利昂是希臘青年，與美麗的狄歐提瑪相愛，一次偶然機會使希伯利昂投身於與自己本性相違反的激烈戰爭中。一七七○年俄土開戰，希伯利昂在友朋的鼓勵下加入了義勇軍，以爭取祖國希臘脫離土耳其的暴政。狄歐提瑪欲勸阻他，但已無可挽回，只好含悲忍淚送其遠行。投入戰場後，希伯利昂初為勝利而歡欣鼓舞，但不久他所率領的軍隊卻到處搶劫，騷擾自己的同胞，這些行為完全違背了希伯利昂的理想，令其痛苦萬分。後來希伯利昂在戰場上受傷，由友人照料搭俄艦返鄉，就在這時傳來狄歐提瑪的死訊。她自與希伯利昂別後，即因內心的傷悲而日益消瘦，最後她覺得他們可以超越別離之苦，在自然之母的懷中互相擁抱，乃在最後一封給希伯利昂的信中細述此種想法。退出戰爭，又失去愛人，希伯利昂此時完全孤獨了，他回到祖國希臘，過去的榮光已逝，他面對的只有不變的河山。投向大自然，擁抱大自然，希伯利昂最終治癒了自己的創傷，在天與地之間的孤獨中培育了自己的內在世界。

如希伯利昂一樣，侯德齡渴望將古希臘精神注入現代德國，在這本小說中有許多段落表現了立於廢墟之前的悲情與對往昔希臘文化之讚美，這首〈命運之歌〉本身即是希臘精神的體現。這首短詩反映了希臘史詩與悲劇中習見的對立性：一邊是澄靜、美麗、快樂、永生的神祇，一邊是苦惱、絕望、不幸

的人類；人類渴望一個能辨是非的宇宙，而諸神卻報以反諷的回應，冷眼漠視人類的哀求。這種人神間可怕的對立是侯德齡原詩主題所在，但布拉姆斯並沒有照單收納侯德齡此種無望的悲觀主義，在樂曲最後，布拉姆斯為此一恐怖的衝突提供了一條出路。

以一種藝術類型做素材，將之轉化為另一種藝術類型並且賦予新的詮釋，這是藝術上常見之事。小說改編成電影如此，以詩入畫、入樂亦屢見不鮮。底下試將《命運之歌》原詩與樂曲作一分析，看作曲家布拉姆斯如何詮釋侯德齡之詩作：

Ihr wandelt droben im Licht
　　Auf weichem Boden, selige Genien!
　　　Glänzende Götterlüfte
　　　Rühren Euch leicht,
　　　　Wie die Finger der Künstlerin
　　　　Heilige Saiten.

Schicksallos, wie der schlafende
　　Säugling, atmen die Himmlischen;
　　Keusch bewahrt
　　　In bescheidener Knospe,
　　　Blühet ewig
　　　Ihnen der Geist,
　　　　Und die seligen Augen
　　　　Blicken in stiller
　　　　Ewiger Klarheit.

Doch uns ist gegeben,

Auf keiner Stätte zu ruhn;

Es schwinden, es fallen

Die leidenden Menschen

Blindlings von einer

Stunde zur andern,

Wie Wasser von Klippe

Zu Klippe geworfen,

Jahrlang ins Ungewisse hinab.

你們移步於天上的光中

在柔軟的土上，幸福的神靈們！

閃耀的天風

輕觸你們，

猶如女豎琴家的纖指

撥弄神聖的琴弦。

沒有命運的羈絆，睡嬰一般

天上的神靈們呼吸著；

貞潔地藏在

含蓄的花蕾裡，

靈魂爲他們開花

永不凋謝，

而他們幸福的眼睛

以寧靜永恆的清澄
　　　　凝視著。

　　但我們注定
　　　得不到任何地方歇息，
　　　　苦惱的人類
　　　　　萎縮，仆跌，
　　　　　　盲目地從一個時辰
　　　　　　　到另一個時辰，
　　　　　　　　彷彿在崖壁與
　　　　　　　　　崖壁間捲盪的水，
　　　　　　　　　　年復一年地沉入未知的深淵。

　　此首詩前二節是對諸神直接的呼喊，它的音型相當微妙。送氣的「ch」音在前四行裡出現了四次，但一直到第十六行才再度出現。同樣地，前面十七行「sch」音（相當於英文中wash的sh音）五次出現都是集中於七到十行間。此類音型加強了侯德齡這首自由詩的內在結構，並且暗示著詩中所描述的天上的光耀和平。

　　第三節將我們赤裸裸地推向人類的苦難不幸。如果輕柔屬於諸神所有，那麼人類有的就是重擔了。石頭般的粗糙殘酷，永無止息的苦水濁流——這即是被命運所羈制的我們人類世界。相對地，神靈們卻幸福地移步於籠罩著天國光耀的柔軟的土上。祂們高居於「上」（droben），而人類在這首詩裡所根植的卻是「下」（hinab）這個字。侯德齡以梯形斜排其詩正暗示著人類從神靈的樂園世界一步步墮落到塵世，墮落到暗不可知

的深淵。

侯德齡的自由詩一部分可說是他研究希臘古典詩的成果。大聲朗讀德語原詩，我們即可體會到每一行詩中韻律之豐富。作曲家把它譜成音樂時若能把握內中的奧妙，那靈巧當如御風而行，反之則不免有畫虎類犬之虞。

布拉姆斯以一段清澄高遠的降 E 大調管弦樂序奏開始他的《命運之歌》，並標以「緩慢而充滿渴望」（Langsam und sehn-suchtsvoll）的表情記號，這自然是對於永恆幸福的天上樂園的憧憬。慢慢地人聲出現了，先是女低音既而整個合唱，歌唱諸神所住地方之明亮清澄，至高潮「猶如女豎琴家的纖指／撥弄神聖的琴弦」處，弦樂器以撥弦奏（pizzicato）輕觸著，象徵天上豎琴的伴奏。前面兩節詩所表現的此種平和的快樂氣氛不久即被陰鬱、熱烈的 C 小調快板所取代。合唱部分充滿威脅的齊唱以及狂暴的叫喊——伴以狂烈、急逐的管弦樂——創造出一幅充滿悲苦、不安、絕望的人間慘象。令人印象特別深刻的是對人類不安定命運的描繪：在唱到「彷彿在崖壁與／崖壁間捲盪的水」這一句時，布拉姆斯猛烈引進了一個粗暴的新節奏，接著他在極強奏的片段間安插了管弦樂與合唱的全體休止，此後樂曲突然轉變成無精打采的弱奏。音樂至此似乎已衰竭殆盡，但馬上我們又面對第二波甚至更加猛烈的絕望的狂濤。聲樂部分以一哀愁、認命的音符終結，而就在這個地方，作曲家與詩人分道揚鑣了。布拉姆斯以一與開頭澄靜的管弦樂序奏密切關聯的 C 大調慢板結束他的樂曲；布拉姆斯此舉似乎告訴我們：受壓制的人類有可能升到更高的領域，而神與人的命運也將被一和好互諒的約束所連結。

就整個樂曲弧形推展的結構（高潮在中央上方，頭尾音樂

相呼應），以至於此種悲中求喜、絕望中求希望的精神信念而論，此曲實在是《德意志安魂曲》的孿生兄弟。

③ 女低音狂想曲

Aber abseits, wer ist's?

Im Gebüsch verliert sich der Pfad.

Hinter ihm schlagen

Die Sträuche zusammen,

Das Gras steht wieder auf,

Die öde verschlingt ihn.

Ach, wer heilet die Schmerzen

Des, dem Balsam zu Gift ward?

Der sich Menschenhass

Aus der Fülle der Liebe trank?

Erst verachtet, nun ein Verächter,

Zehrt er heimlich auf

Seinen eignen Wert

In ungenügender Selbstsucht.

Ist auf deinem Psalter,

Vater der Liebe, ein Ton

Seinem Ohre vernehmlich,

So erquicke sein Herz!

Öffne den umwölkten Blick

Über die tausend Quellen

Neben dem Durstenden
In der Wüste.

但在遠處的那人是誰啊？
叢林中小徑湮沒，
在他背後，
羣樹圍聚，
莽草再次直立，
荒蕪將他整個吞沒。

啊，誰能舒緩他的痛苦？
香油於他直如毒藥，
他啜飲厭世的汁液
自完滿的愛裡，
先是被愛鄙視，如今他鄙視愛，
在徒然的自負中
暗暗荒廢
自己的生命價值。

在你的琴弦上，
慈愛的父啊，倘使有音符
能傳進他的耳朵，
就請讓他的心復甦吧！
讓烏雲迸裂爲雨，
灑在苦苦渴望於

荒野裡的他

身旁的千泉之上。

C小調《女低音狂想曲》是布拉姆斯最令人心碎且最個人的作品之一,它也是幫助我們了解布拉姆斯這個人的關鍵作。原來的標題是「爲女低音,男聲合唱與管弦樂的狂想曲——歌詞選自歌德〈哈爾茨山之旅〉」,這是布拉姆斯一八六九年的作品,但其精神根源可遠溯到往昔。一八五四年,精神異常的舒曼投萊茵河自殺未遂,被送入精神病院,年輕的布拉姆斯聞訊立即趕到杜塞道夫(Düsseldorf)看看是否能給舒曼家什麼幫忙。在與克拉拉‧舒曼——當世最具魅力的女子之一——日日接觸的過程中,布拉姆斯急切幫助她的心很快地變成了深注而熱烈的愛。然而兩年後舒曼悲劇性的死卻迫使他離開這「我唯一眞愛過的女人」(布拉姆斯死前不久的自白)。這項痛苦的決定對二十三歲的布拉姆斯有著極大的影響,因之從那以後他總是鎖斷自己與女人的交往,一旦他發覺自己在感情上被其吸引著。

然而有一度,他相信他無法實現的愛要復活了,這次的對象不是別人,正是舒曼與克拉拉的次女——茱麗(Julie)。在一封雜七雜八談到許多事情的信上,布拉姆斯以他自己的方式提出了婚姻之請,但克拉拉卻裝做不知道,在這封信——因其他全然不同的原因——使他們彼此失和之後。布拉姆斯日後再不曾提到這事,但茱麗訂婚的消息卻給了他痛苦的一擊。

布拉姆斯很難過自己從無機會去深愛另一個人(「如今我只是一個不具人格的好人」)。在這種心境下他讀到了歌德的〈哈爾茨山多日之旅〉,這首詩寫一個年輕人在讀過《少年維特

的煩惱》一書後背離了世界。布拉姆斯認為自己即是這名「自完滿的愛裡啜飲厭世的汁液」的流浪者。他將其中一部分詩句譜成曲，好幾個禮拜將它藏著不讓克拉拉看到，以便在茱麗的婚禮上嚇她一跳：「這是我的結婚頌歌。」如今，克拉拉已約略察覺到布、舒兩家的悲劇，她在日記裡寫著：「我為歌詞與音樂中深深蘊藏的痛苦心碎。我確信這曲子是他心靈苦痛的表白。」她無可奈何地續寫上：「他以前要是肯說出這內心的話就好了，只一次便罷！」這首曲子與布拉姆斯個人關聯如此之深，以至於起初他並不想讓這首相當私人的樂曲印出或演奏出，而有好多年他一直避開此曲之演奏。（這首曲子於一八七〇年三月三日在德國東部的耶拿 Jena 首演。）直到晚年，認為「生命從我們身上偷走的比死亡還多」的布拉姆斯總習慣稱自己為「在遠處的」人（《女低音狂想曲》歌詞首句），而此曲終段的禱詞實可說是他為自己譜寫的：「在你的琴弦上，／慈愛的父啊，倘使有音符／能傳進他的耳朵，／就請讓他的心復甦吧！」

一如歌詞有三節，整首樂曲可分成三部分：慢板—稍快板—慢板。開頭的管弦樂序奏，其和聲是如此不尋常，以至於在聽過幾小節後耳朵變得有點分不清方向：所有的動機都往下沉，而切分音音型顯然試圖阻止此一情況發生，但卻無能為力；在這裡，布拉姆斯借種種生動的音樂表情暗示「在遠處的」流浪者的孤寂。女低音獨唱在第一節詩中以幾乎如宣敘調一般的樂句描繪此種內在與外在世界的荒蕪。樂曲第二部分——小詠嘆調——速度變得稍微快一些（但不易察覺出來），在這裡我們第一次聽到成形的旋律。布拉姆斯清楚地強調出兩個意念：一方面，以不安定的減音程及突強奏表現「厭世」

（Menschenhass）；另一方面，在到此爲止都是一字一音的歌調中首次使用花腔，以表現「完滿的愛」（Füller der Liebe）。整首作品很明顯地以如此方式鋪陳以導向尾部的高潮。如同第一號交響曲的最後樂章，它的性格與主題被從陰沉的 C 小調變到 C 大調的轉調所支配著。布拉姆斯以不斷變化的形式重複「讓他的心復甦吧」這項祈求——這祈求無疑是曲中最重要的意念。他對歌詞意思的詮釋支配了音樂的結構；管弦樂——沒有歌詞地——重複著「讓烏雲迸裂爲雨」一句，而布拉姆斯讓合唱同時唱出另一句祈求：「讓他的心復甦吧」。對聽者而言，音樂比平直地誦讀原詩多了一層豐富的意義。

撇開布拉姆斯個人的故事不談，此首樂曲所表達的主題——絕望、孤寂，在苦痛中期待慰藉——與《德意志安魂曲》、《命運之歌》一樣，是具有普遍性的意義的；而末段禱詞：「讓烏雲迸裂爲雨」，其化苦爲甘的意念與《德意志安魂曲》、《命運之歌》兩曲所透露的訊息是一致的。藝術是要給人力量的。宇宙之大，慘莫慘於墮落於「未知的深淵」，懼怕世界末日，不知來世爲何的人類；愁莫愁過離愛背世，浪跡荒野，「香油直如毒藥」的絕望者；然則，即使在如此一種愁苦、悲慘的境況中，作曲家仍要我們聽到那天上音樂之喜悅、美好，要我們等待、想像、期盼溫柔與慰藉之到來。希臘神話裡的神祇可能是殘酷的，舊約聖經裡的上帝可能是嚴厲、報復的，但對於出身平凡的布拉姆斯，最大最強力的神也許是來自人類自身的堅毅，忍耐與期待。

多年之後，布拉姆斯以《女低音狂想曲》結尾禱詞的旋律爲材料寫作了一首帕薩加里亞舞曲（passacaglia），並且附上幾句歌德的詩——給世人，也給他自己：

夠了吧，你們這些繆司！你們徒然費力描述
如何悲哀與喜悅在可愛的胸膛裡變換位置。
你們不能治癒愛神留下的傷痛：
但只有你們能給人慰藉，好心的你們啊！

　　繆司睡在古代的神話裡掌管文學、藝術。諸神已死，藝術
仍在。在人類苦難有增無減的今日，我們不正是從布拉姆斯這
些人間繆司他們的詩歌、戲劇、音樂中覓求力量與慰藉嗎？

拉威爾的歌曲世界

——〈巨大幽暗的睡眠〉、
《天方夜譚》、《鳥獸誌》

拉威爾（Maurice Ravel，1875-1937）一生總共寫了四十九首歌曲，包括三首改編自合唱曲者以及十四首民歌的編曲——其中俄羅斯與法蘭德斯兩首曲譜已佚失。一如他的其他音樂作品，這些歌曲充分顯示了拉威爾創新曲式、驅使音彩的魔力——嫻熟的技巧，明晰的旋律線，加上對兒童與動物世界的同情，對想像的異國或古代事物的嚮往，使他的音樂特具一種融合機智、詼諧、精緻、創意的迷人色彩。

① 巨大幽暗的睡眠

譜於一八九五年的〈巨大幽暗的睡眠〉（Un grand sommeil noir），雖是拉威爾早歲之作，卻十分簡潔而深沉。這首象徵派詩人魏爾崙（Verlaine）的詩，將逐漸邁向死亡的人的生命比做是在墳墓裡搖擺的搖籃：

> 巨大幽暗的睡眠
> 掉落在我的生命。
> 睡吧，一切希望，
> 睡吧，一切嫉妒。
> 我不再看見，
> 忘卻了一切的
> 善與惡。

噢，可悲的故事！
我是搖籃
隨著一隻手在空洞的
墓穴裡搖擺：
寂靜，寂靜。

　　拉威爾的音樂貼切、生動地傳達了這種絕望的情境。曲子一開始，隨著搖籃般搖擺的鋼琴伴奏出現的是聖歌般單調的歌聲，低沉的升 G 音被反覆唱了二十三遍，並且在全曲結束的時再度出現。曲子的中段佈著一些未解決的不協和音，幾乎要搖撼原有的調性。旋律時而如宣敘調般重複地唸唱，時而如火箭般遽升——在最高處陡然下降。整個曲子，如歌詞所示，結束於最後的奄奄一息。

② 天方夜譚

　　譜於一九○三年的《天方夜譚》（Shéhérazade）是由管弦樂伴奏的巨大的音樂三連畫。拉威爾以極大的創意將友人克林索（Tristan Klingsor）充滿想像力與異國情調的詩賦以豐富而官能的色彩。第一首〈亞洲〉（Asie），可以當作是以人聲伴奏的交響詩。輕飄、多變的管弦樂華麗抒情地鋪陳神秘氣氛。聲樂的部分主要仍是宣敘調風格，但已由早期聖歌般刻意的單調轉成較抒情、流暢的樂句，頗可看出德布西歌劇《佩利亞與梅麗桑》（1902）的影響。拉威爾試圖以接近自然口語的歌唱方式捕捉原詩精巧的節奏。音樂忠實地依循原詩的結構，段落與段落間各以小的間奏連結。開頭是宣敘調般的導引，而後隨著情節的開展忽急忽緩地攀升，至令人心驚的「我想看看因愛或

因恨所造成的死亡」一句，在響亮的降 B 音中達於高潮。尾聲
部分又回到宣敘調，以一種不愧爲大師手筆的簡樸總結：

亞洲，亞洲，亞洲，
古老童話的夢土，
在那兒，幻想如皇后般
睡臥於她無限神秘的森林。
亞洲，
我想隨今夜停泊於港口的
帆船出航，
神秘且孤寂，
它終將張開它紫色的帆船
像一隻巨大的夜鳥在金色的天空。

我想航行到群花的島嶼，
聆聽剛愎的海歌唱，
帶著一種古老而蠱惑人的節奏。
我想遊覽大馬士革與波斯的城鎮
看高懸於空中的他們的尖塔；

我想看看那些精緻的絲質頭巾
繫在咧著白牙的黝黑的臉上；
我想看看那些因愛而黯淡的眼神
以及因喜悅而閃亮的眼瞳
貼在如橘子一般黃的皮膚上；
我想看看那些天鵝絨的外衣

221

以及有長長墜飾的袍子。

我想看看四周白鬚圍繞的
雙唇間的煙斗；
我想看看目光詭詐的商賈
以及那些但憑手指彎曲
即隨心所欲斷人生死的
下官與大臣。

我想看看波斯，印度，而後中國，
陽傘底下那些肥胖的中國官吏
以及十指纖細的公主們
以及辯論詩歌與美的
學者們；
我想徘徊魔宮
像海外來的遊客
悠閒地賞視框於杉木間
絲絹上塗繪著的風景
中有一人獨立於果園；
我想看看刺客們的微笑
當劊子手舉起他巨大、東方的彎刀
往無辜者的頸上砍去。

我想看看窮人與后妃；
我想看看玫瑰與血；
我想看看因愛或因恨所造成的死亡。

然後我從那兒歸來，

向那些喜歡夢想的人敘說我的冒險。

像辛巴達一樣，不時將

我的阿拉伯杯舉向唇邊

技巧地中斷我的故事……

第二首〈魔笛〉（La flûte enchantée）是委婉柔美的小品。
如泣如訴的長笛以哀怨的旋律對位歌聲，令人印象深刻：

影子輕柔，而我的主人熟睡著，

圓錐狀的絲帽在頭上

長而黃的鼻子在白色的鬍鬚中。

但我，我仍然醒著，

我聽到外邊

有笛聲傳出

時而憂傷，時而喜悅——

或徐或疾，我的愛人

吹奏的曲調，

當我走進街心

我彷彿看見每個音符

自笛聲飛向我的臉頰

如同神秘的吻。

這三首歌當中最凝聚且最具神秘感的，當屬最後一首〈冷

漠者〉（L'indifférent）——敘述一名美麗女子對英俊然而曖昧不明的過客悲劇的渴望。透過精心的音樂設計，拉威爾為這短短的一景注入了濃密的人性特質：他運用長的和聲延留音；一連串豔麗的四分音符；陰沉遲緩的節奏以及半音的聲樂的旋律線。拉威爾成功地避開了此類陰沉遲緩可能帶來的乏味——他安排了一句全無伴奏的簡單的宣敘調，引出失戀的悲痛：「但不，你走過，／我從門口看到你繼續前行……」這個樂句一個音符不改地重現在拉威爾同年所寫的另一首歌〈花之外套〉（Manteau de fleurs）裡——同樣無伴奏，同樣居於全曲樞紐地位。

當拉威爾把《天方夜譚》最後一頁曲譜交給指揮家柯隆（Edouard Colonne）時，柯隆對他說：「我希望你找個女人來唱這首歌。」這實在是深諳拉威爾美學觀與性格之論。但這首傑作同時也實有所指。從某一角度而言，這位英俊而冷漠的過客即是拉威爾自己：他將此作題獻給愛瑪‧巴黛柯（Emma Bardac），透過詩與音樂，回答她對他的追求——剛剛離開佛瑞，尚未嫁給德布西的愛瑪，對年輕倜儻的拉威爾似乎著迷已久。這首歌散發著沉靜的官能美：

> 你的眼睛溫柔如女子，
> 年輕的陌生客，
> 而你那柔毛輕覆的
> 姣好的面龐
> 有著更誘人的曲線。
>
> 你的舌在我的門口歌唱

一種陌生而迷人的語言

彷彿走調的音樂……

進來吧！讓我的酒滋潤你……

但不，你走過，

我從門口看到你繼續前行

向我做了個優雅的道別手勢，

你的臀部輕擺

隨著你陰柔、慵懶的步態……

③ 鳥獸誌

　　五首一組的動物畫像——《鳥獸誌》（Histoires naturelles），
問世後即引起爭議。從盧利（Lully， 1632-1687）到德布西，
法國歌曲在演唱時，習慣上都加重無聲的音節，把字尾無聲的
e 也唱出來，但拉威爾卻打破了此種僵硬的學院傳統，讓歌者
如日常生活說話般演唱這些歌。一心鑽研求新的拉威爾，在早
期的歌及《天方夜譚》裡即謹慎地略去某些字尾的 e，在《鳥
獸誌》裡他進一步拉近詩與口語間的距離，追求一種「不加修
飾的朗讀法」，把許多字中無聲的 e 也省略了。因此雖然此曲
頗有新意，並復甦了楊康（Janequin）、庫普蘭（Couperin）、
拉摩（Rameau）以降法國「動物音樂」的傳統，但一九〇七
年在巴黎國家音樂學院首演時卻未獲好評。德布西對拉洛
（Louis Laloy）表示，拉威爾再度令他不快，「表現得像個魔
術師、騙徒、玩蛇者，能叫花長在椅子上」；佛瑞承認他很驚
駭「這些東西居然也被譜成音樂」。

　　以今日的眼光觀之，這首作品仍舊跟初問世時一樣充滿創

意，但今天我們卻更清楚感受到它融合嘲諷與含蓄情感的巧思
——拉威爾生動地呈現了雷納爾（Jules Renard，1864-1910）
散文詩的情境，捕捉住微妙的詩意；〈孔雀〉（La paon）與
〈蟋蟀〉（Le grillon）兩首的結尾、〈天鵝〉（Le cygne）、〈魚
狗〉（Le martin-pêcheur），皆蘊含一些真正抒情的片刻——與
〈雌珠雞〉（La pintade）中的粗暴、滑稽相對照，恰收平衡之
妙。這些歌見證了拉威爾對動物的愛，見證了他的詼諧譏諷，
以及寫實傳真的功力——孔雀嘴裡「蕾虹！蕾虹」熱情的呼
喊；扭緊小錶發條的蟋蟀的朗誦；模擬傳神的天鵝的旋律美；
魚狗的不協和音以及狂亂的雌珠雞刺耳的槌弓奏法。拉威爾故
意叫音樂配合非音樂性的散文，但卻不失原作的詩意與趣味：

● 孔雀

　　今天一定是他結婚的日子。本來婚禮預訂昨天舉行的
——他穿戴所有的華衣美飾，等著他的未婚妻。但她沒有
來。現在她不可能再耽擱了。他帶著印度王子的神采，佩
掛豐美的禮物，趾高氣揚地四處踱著。愛情使他容光煥
發，他的雀冠顫動如古希臘的七弦琴。他的未婚妻還沒到
來。他爬上屋頂，自陽光普照處眺望，以駭人的叫聲呼
喊：「蕾虹！蕾虹」他如是呼喚著他的未婚妻。他什麼也
沒看見，更沒有人回答。那群冷漠的飛禽連頭也不抬一
下：他們已倦於仰慕他了。他再度走向庭院。對自己姣好
的容顏信心十足，他心中不存在任何怨恨。他的婚禮一定
得延到明天了。不知如何打發剩下的時間，他信步走到樓
梯口，以鄭重的步伐攀登而上，彷彿那是廟堂的階梯。他
抬起他的長尾，兩眼沉重地凝視其上，然後再次排演婚禮

的儀式。

● 蟋蟀

　　厭倦了嬉遊，此刻該是這隻黑色昆蟲自外歸返，細心修整凌亂家園的時候了。首先，他把平狹窄的沙路。找了些鋸屑，將之推向休憩的門檻。他把狹長的草葉的根部銼光磨平。稍事休息，他扭緊小錶的發條。他完工了嗎？錶壞了嗎？他又休息了片刻，然後起身關門，慢慢轉動那細緻門鎖上的鑰匙。他傾聽：外頭沒有驚動聲。但他仍覺得不安全。像滑輪上軋軋作響的鏈子，他深入地底。再沒有任何聲響。在寂靜的鄉間，白楊木像指頭一般立在空中，遙指明月。

● 天鵝

　　他滑行於池上，像白色的雪橇，穿梭雲際，因為他只渴望綿羊般的雲朵——看著他們在水裡生成、轉變、消失。他用他的喙子瞄準，而後突然將他雪白的頸子伸入水中。不久，像女子的手臂褪下袖子，他再度伸出頸子：什麼也沒抓著。他四下張望：受驚的雲已然消逝。他的失望只持續片刻，因為雲朵不久即再度出現，並且在那兒，在那漣漪逐漸隱去處，另一批雲正在成形。無聲地，駕著輕柔的絨毛座墊，那天鵝越划越近。他厭倦於追逐虛幻的影像；或許他將死去，一名幻象的受害者，來不及抓住任何一片雲彩。但是叫我怎麼說！每次潛泳，他的喙總翻遍多汁的沼泥，銜出一條蟲。他越長越像一頭肥鵝了。

● 魚狗

沒有魚上鉤，今天晚上，但我卻覺得異常興奮：當我握著魚竿垂下釣線時，一隻魚狗飛來棲息於上。再沒有比這更聰明的水鳥了。他彷彿是開放於長葉柄末梢的大藍花。他的重量弄彎了魚竿。我幾乎屏住了呼吸，為自己被一隻魚狗誤認為一株樹而感到驕傲。我確信他不是因為害怕而飛離；他以為他只不過從一根樹枝路過另一根樹枝。

● 雌珠雞

她是我天井裡的駝子：正因為她駝背，所以只想找人爭吵。其他家禽並未對她說什麼，但是她卻突然撲過去攻擊他們。然後她低下頭，彎起身子，用她虛弱的腿儘快地奔跑，用她堅硬的喙狠狠地扎入母雞的尾部——她昂首闊步，惹惱了她。所以她用微帶藍色的頭，愛挑釁的肉垂，從早到晚好勇鬥狠地發著脾氣。她毫無理由地毆鬥，或許她以為其他的人都在嘲笑她的身材，她的禿頭，以及低矮的尾巴；而且她從不中斷她那刺耳的尖叫聲——像針一般足可戳穿空氣。偶而她會離開天井，暫時消失，讓愛好和平的家禽享受片刻的安寧。但她隨即以更暴烈聒噪的姿態回來，狂野地在地上打滾。這是怎麼一回事？這狡猾的傢伙在裝傻。她在田裡下了一個蛋。如果我願意，我可前去尋找。而她在塵土中打滾，活像一個駝子。

史特拉汶斯基曾形容拉威爾是「瑞士錶匠」，指的恐怕是拉威爾客觀、精確包裝音樂素材的匠心吧。拉威爾的音樂富機智、創意，亦不乏優雅與會心的幽默，但絕少直接暴露自己的

情感。他像旁觀者般帶著喜悅與愛注視他自己的作品，彷彿它們是精巧的玩具，可愛的機械鳥獸──每一件都是一個小小的工藝世界，多彩多姿且富於變化。拉威爾歌曲世界的最大特色即在於它們的多樣性。他不斷翻新意念、探索新路。雖然他主要的努力似乎放在對韻律學（prosody）──亦即如何貼切表現詩節奏的探討上，但他的成就卻不止於此。他常常能超越韻律的問題，達成一種迷人、純粹的聲樂效果；前面所舉〈巨大幽暗的睡眠〉一首裡的唸唱就不只是逼真的模擬，它的本身即具有一種引人入勝的美。拉威爾最好的歌曲都能跨出詩律的界限，讓歌聲自由地流動。他並非固守自然口語的唱法，有時也採「延長加重法」──藉拍子的延長以強調某個重要的字──以求表現生動的效果。〈亞洲〉這首歌中第一段最後一行的「像一隻巨大的夜鳥」（Comme un immense oiseau de nuit）即是很好的例子。這種手法跟《鳥獸誌》裡大膽的短句相較，又大異其趣。拉威爾總是考慮不同詩人的不同氣質，為所選的歌詞尋求最適當的表現方法。他豐富、多樣的歌曲，已然在世界藝術歌曲寶庫裡佔有一席之地。

一個消失男人的日記

——重探楊納傑克歌曲集

　　捷克作曲家楊納傑克（Leoš Janáček， 1854-1928）的作品早為愛樂者所珍惜，但一般人對他的名字還是感到陌生，一直到一九八八年，美國導演考夫曼將捷克作家米蘭・昆德拉的小說《生命中不可承受之輕》改編成電影（中文片名《布拉格之春》），並以楊納傑克的作品為配樂，才有更多人知道這位被昆德拉稱為「二十世紀捷克最偉大人物」的作曲家。我曾在年輕時提筆介紹楊納傑克的歌曲集《一個消失男人的日記》（Zápisník zmizelého），算是島上最早談論他的文字。隔了四分之一世紀，忽然想把當初沒有完整譯出的歌詞譯出來。有一天，帶著捷文、英文對照的 CD 裡的歌詞小冊到茶舖坐尋靈感，喝完茶，居然忘了帶走小冊子，回頭找，已無蹤影。對於這消失了的《一個消失男人的日記》，我甚為懊惱，當下打電話問幾位知音好友，皆說無有此 CD，最後居然是年紀甚輕的一靈同學在他的唱片叢裡找出了兩種版本，火速以相機拍攝 CD 冊子裡的歌詞與解說，電郵給我。感動之餘，我挑燈苦讀圖片檔裡略為模糊的文字，發現有不少新出土的資訊。乃開啟新檔，播放 CD，在電腦前重探這失而復得的《一個消失男人的日記》。

　　從許多角度來看，楊納傑克的聯篇歌曲集《一個消失男人的日記》都可稱得是一大傑作。首先我們得提到這部作品所依據的原文。原文是以捷克偏遠地區摩拉維亞的瓦拉幾亞（Valašsko，鄰近楊納傑克家鄉 Lašsko）的方言寫成的詩篇，

被冠上「出自一名自學者之筆」的標題，分兩組（一九一六年五月十四日和二十一日）刊於捷克中部大城布爾諾（Brno）的《人民日報》（Lidové noviny），而作者的名字只有「J. D.」兩個起首字母。根據主其事的編輯說，這些詩的作者是一名自瓦拉幾亞的某村落消失的不知名農家子弟，他於失蹤後留下了一本以韻文寫成的日記，在日記裡他表白他對一位懷有其骨肉並促使其離家的吉卜賽女郎的愛情。然而，這則動人的故事卻有某些疑點待澄清。首先，我們無法確定這位年輕人的姓名以及他所居住的村名。再者，當時《人民日報》的編輯 Jirí Mahen 是一個詩人，而他又有一位同用瓦拉幾亞方言寫詩、同具浪漫氣質的好友 Jan Misárek。此外，這些刊出的詩作水準頗高，實非一名自修的農村子弟所能望其項背的。那麼，這會不會是編輯的匿名之作呢？沒有人能解答這個問題。而有趣的是，在楊納傑克為這些詩作譜曲之後，在這些詩作以目前的形式問世，並且因國內外的演出和錄音而聲名大噪之後，這詩歌的作者竟犧牲了他分享酬勞的權利，而始終不曾露面。這個讓捷克學者爭辯多年的疑案，一直到一九九七年才獲解決。一名在地的歷史學者偶然發現了一位無藉藉之名的摩拉維亞詩人 Ozef Kalda（本名 Josef Kalda，1871-1921）的一封信，信中他向朋友提到他開的這個文學玩笑。

做為布爾諾《人民日報》忠實讀者之一的楊納傑克，顯然相信這則故事的真實性，並且深深地被這些詩句所迷。但這些詩作刊出時他人並不在布爾諾，而是在布拉格，參加他的歌劇《顏如花》（Jenůfa）的彩排——此劇的成功改寫了這位六十二歲作曲家的命運。一年後，當他一如往常，前往摩拉維亞溫泉療養勝地盧哈科維奇（Luhačovice）避暑時，他帶著這些詩的

231

剪報做爲假日閱讀之用。就在盧哈科維奇，另一件改變楊納傑克一生的事情發生了：一九一七年七月，他在此地遇見了小他三十八歲的年輕女子卡蜜拉・史特絲洛娃（Kamila Stösslová，1892-1935）——一名古董商人之妻——即刻被她「煞」到而不克自拔。他對她的愛，只得到零星的回報，一直到十一年後他死時，都未能圓滿達成心願。他寫了七百二十二封情書給她（著名的楊納傑克學者 John Tyrrell 曾編輯、英譯了他們之間的書信，以《親密書》〔Intimate Letters〕之名於一九九四年出版），還創作了許多受她激發的音樂作品——《一個消失男人的日記》即是這些作品中最早的一部，且最明顯。詩中那位隨吉卜賽女郎離家的年輕人，即是老而衝動的楊納傑克的寫照——他渴望棄其盡責然而乏趣的糟糠之妻，與黑髮、深色皮膚的卡蜜拉私奔。「我的《消失男人的日記》裡那名吉卜賽黑女郎——主要就是你。那就是爲什麼這些作品充滿熱情的原因。如此的熾熱，果真同時燒著了我們兩人，我們將化爲灰燼。」楊納傑克後來向卡蜜拉如此表白。

度完假回家後，在寫給卡蜜拉的最初幾封信裡，楊納傑克紀錄了這部作品中一些歌曲成形的情況：「通常在午後，關於那吉卜賽戀情動人小詩篇的一些音樂主題會閃現在我腦中。也許最後會成爲一部美妙的小型音樂愛情小說——而會有一點點盧哈科維奇的情境在裡面。」楊納傑克最初幾首歌的草稿印證了此言：第一首標上日期的歌是在一九一七年八月九日，其餘分別是八月十一、十三與十九日。

一開始蠻平順的創作，不久就擱淺了，還沒完成一半，楊納傑克就停下歌曲集的寫作轉向其他東西，直到一年半後，才又回來。他在一九一九年下半著手寫歌劇《卡塔・卡芭娜娃》

（Kát'a Kabanová）之前，完成了這些歌曲的最後修訂。即便此時，他也不急著把它搬上表演台。他把手稿擱在一旁，直到一名弟子偶然發現了，才做了一次私人演出。楊納傑克接著把高得有點殘忍的高音域部分修改成給男高音唱，而把吉卜賽女郎的女高音改成次女高音。這部傲視世界藝術歌壇的歌曲集於焉完成，一九二一年四月十八日在布爾諾首演後，次年陸續於柏林、倫敦、巴黎演出，成為楊納傑克最為人知的作品之一。

詩人原作由二十三首詩組成，其中一首只有標點符號。楊納傑克譜成音樂後，總共有二十二小段，並非他無力把那首標點符號詩譜成曲，而是他合原詩第十、十一首為一段，另以鋼琴間奏曲的形式（第十三小段）呈現那些標點符號。整部作品表達出一篇包含了二十二小段的連貫故事，換句話說，它是一種必須一次演完才能讓人充分了解故事內容的歌曲形式的小說。楊納傑克這位天生的劇作家將這部作品做了某種程度的戲劇化。他以雄渾的獨白形式——由男高音以第一人稱唱出——來處理主要情節；而這是一種戲劇性的獨白，故事主角忽而對自己，忽而對吉卜賽女郎，忽而又對水牛說話，我們雖然看不到他說話的對象，但是我們幾乎可以想像出對方的表情動作，同時藉此戲劇性的獨白，我們更能掌握主角的心路歷程。

在第九、十和十一這三小段，楊納傑克穿插了吉卜賽女郎（現今通常由次女高音或女低音擔任）的歌聲，並且在第九和第十兩個小段裡穿插了「幕後」的女聲（三名）合唱，一方面陳述故事的發展，一方面以恬靜的音色使得原有的氣氛更具深度，更富情調。

整個歌曲集可以第十三小段的鋼琴獨奏為界，劃分成兩大

部分：前半段描述男主角楊尼傑克（Janíček：他的名字和楊納傑克只差一音！）從初遇吉卜賽女郎芮芙卡（Zefka）到墜入情網的發展過程和心情變化（由嚮往到不安，由不安到抗拒，由抗拒到接觸，由接觸到最後的投入），後半部則寫楊尼傑克和芮芙卡產生親密的愛情之後內心的懊悔和衝突。

第一小段描述楊尼傑克和吉卜賽女郎的相遇。吉卜賽女郎輕如小鹿的腳步，黑色垂胸的秀髮，無限深沉的眼睛，持久的凝視，以及灼熱的眼神都令他成天心神嚮往。

但是她的久久逗留不去卻又令他不安：「這黑皮膚的年輕吉卜賽女郎始終在附近窺伺——為什麼她逗留良久，為什麼她不繼續前行？」於是他開始祈禱這位少女早點離去。（第二小段）

或許因為禮教，或許因為社會的成見，這位吉卜賽女郎在他心中成為不祥邪惡的象徵，他在心裡抗拒她：「你在那裡等候是沒有用的。我絕不會受到誘惑。如果我出去見你，我的母親將會悲傷。」但是那女郎依然對他有著相當的吸引力，他恐怕自己無法自拔而求助於神：「天上的神啊！請支持我，請幫助我！」（第三小段）

黎明時分，燕子已醒來，在巢中呢喃鳴囀，但楊尼傑克卻徹夜未能成眠：「我像是一整夜躺臥於殘忍的荊棘叢中。」（第四小段）

整夜不曾入睡，精神勢必不佳，要想下田耕作是很累人的。一閉上眼，「她又充滿我夢中。」（第五小段）

他還是打起精神下田工作了。他對灰色的水牛說：「你筆直地向前犁田，不要把你的雙眼投向赤楊樹叢的背後。」其實這不正是他自己心神無法專注的寫照？而他企圖以責罵水牛來

掩飾內心的浮動。他還忿忿地詛咒道：「在那裡等候我的人，願她變成石頭，我的頭以及厭惡的心緒恰似一道灼熱的火焰！」（第六小段）

儘管他努力地抑制自己，使自己不受誘惑，但命運之神似乎注定了他難逃誘惑。耕地上有一根木椿倒了，為了重新修築，他必須到樹林裡去尋找新的木椿。（第七小段）

臨走前，他對水牛說：「不要憂傷地盯著我看。不要害怕，好好站著，我將回到你的身邊。黑皮膚的芮芙卡站在那邊的赤楊樹下，在她炭黑的眼中，一道焰光舞躍著。不要擔心，即使我向她走近，你將會看到我用神巫的眼神斥退咒語。」（第八小段）

於是他走進樹林中。吉卜賽女郎見到他來，說道：「歡迎，楊尼傑克，歡迎你到樹林來！是什麼樣的好運把你引上這條通路？……你臉色蒼白，站立不動，莫非你怕我？」楊尼傑克答道：「我誰也不怕！我是來找一樣東西，找一根木椿去修築耕地！」芮芙卡叫他先別急著砍木頭，要他停下來傾聽吉卜賽人的歌唱。（第九小段）

她唱出吉卜賽人四處流浪的命運，她祈求慈悲的上帝，在她離開這個悲傷的世界之前，賜給她一切知識以及豐碩的心靈體驗。她叫楊尼傑克不要怕她，叫他坐在她的身旁。她告訴他：「我並非全身都黝黑，陽光晒不到的部位，皮膚依然白皙。」她拉起上衣指給他看。看到了她的上身，楊尼傑克的血液衝上腦部，他的情緒開始激動。（第十小段）

接著芮芙卡告訴他，吉卜賽人的睡法——以大地為枕，以天空為被。她躺了下來，身上僅著一件單薄的衣裳。（第十一小段）

楊尼傑克深深地為她著迷：「林間的陰暗，初春的涼意，黑眼的吉卜賽少女，以及她白閃閃的膝蓋將使我永生難忘。」（第十二小段）

接下去是全篇的高潮——楊尼傑克和芮芙卡發生了親密的關係。在第十三小段，楊納傑克捨棄了人聲而完全採用鋼琴獨奏的象徵性音符來表達此一「愛情場景」。鋼琴低沉、舒緩、吟詠般的聲音暗示出這段戀情不是狂喜無憂的經驗，而是甜美中摻雜了苦痛的因子。

太陽昇起，陰暗退去，但是楊尼傑克的心裡卻蒙上了陰影。在前夜的經驗中，他獲得了愛情，卻喪失了其他許多的事物。（第十四小段）

他恐怕別人知道此事，他不知道該如何面對母親的眼光。（第十五小段）

他開始為自己的衝動感到懊悔，想到他將叫吉卜賽人「爸爸」和「媽媽」，他更是悔恨萬分：「我寧願砍下自己的手指！」在此我們可以看出社會的教化力量在他身上所產生的作用：自小社會及家庭教導他吉卜賽人代表不祥邪惡，長大後，此種觀念在他的心中根深蒂固，因此，很自然地他把自己和芮芙卡的戀情視為罪惡的行為。他並不懊悔愛上芮芙卡，他所擔心的是周遭人們的指責。他希望公雞永遠不啼，白日永遠不來，這樣他就可以夜夜擁芮芙卡入懷，而不用面對現實的一切了。（第十六～十八小段）

他甚至偷取妹妹晾在花園裡的新內衣給芮芙卡穿。愛情使他改變良多，他對自己的轉變感到惶恐：「天哪！我怎麼變到這種地步？為什麼我的整個心和靈魂都已轉變至此？」（第十九小段）

而芮芙卡已懷有他的孩子，她的腹部逐漸隆起，「她的裙子逐漸向上提高，高過她的膝蓋。」（第二十小段）

楊尼傑克深受禮教和現實的壓力所煎熬，他爲自己不能依從父親的安排成親感到痛苦。他認爲自己誤入歧途，必須獨自付出代價：「我必須面對我的命運，此外並無解脫之道。」（第二十一小段）

最後，他決定帶著芮芙卡離開他生長的村落。在不能兩全的情況下，他選擇了愛情，放棄了親情，他懇求他的父母和他鍾愛的妹妹原諒他，因爲「芮芙卡站在那裡等我，手上抱著我的兒子！」從此，他就自這個村落消失了，而在另一個陌生的地方開創未來。（第二十二小段）

《一個消失男人的日記》的確是楊納傑克晚期的傑作。旋律圓滑的流動著，全然符合楊納傑克「語言般旋律理論」之精神。楊納傑克未曾使用任何主導動機，而讓所有的歌曲都以一種旋律性的吟誦方式唱出。鋼琴在整部作品中扮演重要的角色。它不僅具有伴奏的作用，同時也是整個故事的音樂註腳，極富暗示性地烘托出背景：在第十三小段裡，楊納傑克甚至完全用鋼琴取代人聲並交代情節。整體而言，音樂流動的幅度非常富有變化，主唱者必須具備高度的歌唱技巧，方能淋漓盡致地表現出歌曲的精髓。

在聆聽這部作品時，除了欣賞動人的故事情節和優美音樂外，也不可忽視其思想內容。在這部歌曲集裡，楊納傑克找到了令他感動且著迷的每一樣事物──愛，激情，內心的掙扎，罪惡之感受和調和，尤其是對磨難的同情。同時，他也在其中找到了一部分的自己：他發現自己的最愛並非結褵近五十年的

髮妻，而是一名來自波西米亞的猶太女子。歌曲裡那位鄉下青年楊尼傑克所嚐到的愛情滋味，雖然和他擁有的遲來卻熱烈的愛情經驗不盡相同，卻是他內在生命的投射。楊納傑克寫給卡蜜拉的信到處流瀉著詩的氣質，他創構奇妙的比喻——描繪卡蜜拉的胸部，描繪他自己的寂寞——並且在一封接一封的信裡進行變奏。在兩人關係變得更親近的一九二七年，他幾乎日日寫信並且下筆熱烈。他稱她為妻子，並且想像她懷孕了，雖然很明顯地他們並不曾有過肌膚之親。他出入於自己建構的歌曲世界與現實生活：音樂消失的地方，由現實接續；生活幻滅的地方，樂聲再次響起。

　　楊納傑克在萊比錫學生時代，曾寫作（並毀棄）了兩組聯篇歌曲集。他早期還寫了幾首歌曲，後來並風格獨具地改編了許多首摩拉維亞民歌。但《一個消失男人的日記》無疑是他唯一到達圓熟之境的一組歌曲。他以小搏大，在比歌劇規模小的聯篇歌曲這樣的聲樂類型裡，展現他戲劇的才華。《一個消失男人的日記》之後，他密集完成了晚年四大歌劇——《卡塔‧卡芭娜娃》、《狡猾的小狐狸》、《瑪珂波魯絲事件》、《死屋手記》，卻不曾再碰觸聯篇歌曲。《一個消失男人的日記》可說是他全部作品中孤立、特異之作——孤立、特異，同時偉大、動人，一如他對卡蜜拉的愛，一如所有消失又復現的不毀記憶。

永恒的草莓園
——披頭歌曲入門

1 披頭發展史

　　披頭合唱團（The Beatles），本世紀最知名的英國流行樂團，一九五六年成立於利物浦，成員包括約翰·藍儂（John Lennon，1940-1980），節奏吉他、鍵盤樂及主唱；保羅·麥卡尼（Paul McCartney，1942-），低音吉他、鍵盤樂及主唱；以及喬治·哈里遜（George Harrison，1943-2001），主吉他、西達琴、鋼琴及和音。一九六二年，林哥·史達（Ringo Starr，本名Richard Starkey，1940-）加入，負責鼓及和音。一九七〇年，樂團拆夥，四人分道揚鑣。在一九五六到一九六二年間，他們吸收美國流行音樂的要素——譬如藍調、節奏藍調、搖滾，以及恰克·貝瑞（Chuck Berry）、貓王（Elvis Presley）、比爾·哈利（Bill Haley）等人的音樂——發展成一種跳舞音樂型態的風格。他們早期的作品往往是藍儂寫詞，麥卡尼譜曲，輔以哈里遜創新的主吉他配樂。一九六二年首先灌製了《Love Me Do》及《PS I Love You》；從第二張唱片《Please Please Me》（1963）起，開始了他們一系列迭獲讚美、熱愛的唱片錄製，一直到一九六七年——可稱是同時代最受歡迎的樂團。披頭合唱團的快速走紅以及他們對國際流行音樂的影響是史無前例的。即使在他們解散之後，他們的唱片仍不斷再發行，他們的歌曲和風格仍盛行不衰。一九六五年，他們獲頒「大英帝國勳章」。

　　披頭的早期風格可以〈She Loves You〉（1963）一曲為代

表：雙拍子，幾乎催眠的節拍，五聲音階的旋律，32 小節的歌曲形式，主音—中音（第三度音）的音關係；歌詞則率皆與青春期的戀愛有關，帶著儀典般「耶，耶，耶」的反覆叫喊。〈Can't Buy Me Love〉（1963）融合了 12 小節藍調曲式和動感十足的搖滾節奏；〈Do You Want to Know a Secret〉（1963）一曲則驅使了衍自藍調的半音過渡和聲及技巧。在他們的影片《一夜狂歡》（A Hard Day's Night，1964）及《救命！》（Help！，1965）中，披頭們自由地跳脫舞曲樂隊的曲目，創作出像〈Yesterday〉這類精緻、抒情的民歌。這首歌或許是六〇年代最受歡迎的歌曲，一如披頭先前的作品，具有藍調所特有的精妙，其中一段仍採五聲音階，但節拍已不像以前那麼樣強烈，典型的搖滾樂合奏也被弦樂四重奏所取代。

從一九六五年灌製的專輯《橡皮靈魂》（Rubber Soul）裡，可看出樂團成員歧異日大的創作路線。藍儂的歌詞包含更多強力的意象（譬如〈Run for Your Life〉），充滿文字遊戲，反語，嘲諷，悲觀色彩，甚至怪誕的風格，配上濃烈、強敲重擊的音樂。相對地，麥卡尼樂觀的抒情風格產生了更清澄、流暢而寬闊的歌曲，和聲、音色、節奏巧妙地融合一體（譬如〈I'm Looking Through You〉）。哈里遜在〈Thank for Yourself〉及〈If I Needed Someone〉中，使用了催眠般重複再現的主題。一九六六年的專輯《左輪手槍》（Revolver）從許多角度來看都可稱得上是披頭風格的分水嶺，青春浪漫的情歌減少，而普遍性的主題增加：童歌，政治嘲諷，顯明的樂觀主義及殘酷的悲觀主義。麥卡尼那首美得令人忘懷的〈Eleanor Rigby〉涉及悲憫與孤寂（這兩個主題在披頭晚期作品中一再出現）；此首歌以簡樸的民謠風寫成，有著多里安調式及弦樂四重奏的伴

奏。搖滾樂後來的許多發展則可追溯到藍儂的〈Tomorrow Never Knows〉——鼓及低音吉他表現出強烈的節奏，印度長頸琴檀布拉（tambura）的持續音給超現實的歌詞，錄音帶拼貼畫般的音效以及電子轉調，提供了靜態的背景。

一九六三年初英國本土的旅行演唱使披頭合唱團陡然竄紅——該年十月，他們的聲譽到達空前的高度，世界各地激起了「披頭熱」（Beatlemania）的現象，青少年一見到他們便尖叫、哭泣，而且變得歇斯底里。在紐約的一場演出，聽眾有五萬五千人；在澳洲，有三十萬以上的人群集澳洲南部的阿得雷城，只為一睹他們到達的風采。在表演事業的前半階段，披頭主要仍是一支巡迴演唱的樂團。一九六六年八月，他們在舊金山做了他們最後一場舞台演出，此後即退居錄音室。

在六○年代中，披頭合唱團開始實驗性地將東方宗教及迷幻藥融入作品中，以期擴展作品的風貌。這些經驗，加上錄音媒體的創意運用以及自《左輪手槍》起即開始發展的音樂方向，終使他們創作出《胡椒軍曹寂寞之心俱樂部樂隊》（Sgt. Pepper's Lonely Hearts Club Band，1967）這張專輯。這或許是他們最具創意也最具影響力的一張專輯。這也是搖滾史上第一張成功的「概念唱片」——從歌曲的安排、錄製，到唱片封套的設計，都經過統一而有創意的規劃。在錄音工程師喬治‧馬丁（George Martin）——「第五個披頭」——的指導下，他們發展出新的技巧：先有一音樂意念，將之錄下，復在錄音帶上添加或刪減材料；作曲完全成了錄音室中聽覺和電子重組的過程。披頭們在《胡椒軍曹》中探究了各種不同的風格：藍調，爵士，電子音樂，印度音樂，以及大型管弦樂的音響效果（在〈A Day in the Life〉一曲中）。他們的歌詞更富幻想、更加

放縱，拍子更為多樣（哈里遜的〈Within You, Without You〉具有印度 tabla 鼓般的音型）。整張唱片被規劃成一場胡椒軍曹樂隊的演奏會（連觀眾的吵雜聲及舞台上的戲謔聲都錄進去），並且在歌詞內容上（如唱片標題所示）朝孤寂與疏離的主題發展，因之具有相當的統一性。整個作品的張力從頭到尾一直持續著，在最後，在漸強的管弦樂高潮中得到宣洩。

披頭在電視影片《奇幻的神秘之旅》（Magical Mystery Tour，1968）中，身兼編劇、製片、導演及演員數職。這部片子雖然被認為是失敗之作，卻包含了一些他們最好的音樂：麥卡尼的〈Fool on the Hill〉以精妙細微的方式處理崇高的題材；藍儂的〈I Am the Walrus〉顯示出他對殘苛的現實──特別是人類認同感淪失──的關懷。

多樣的實驗是披頭第二階段作品的特色，但他們的第三階段卻是不帶惡意的模擬嘲諷，歸真返樸地回歸到他們的根源。《披頭四》（The Beatles，1968）──或稱《白色專輯》（White Album）──這張唱片收了包括對鄉村音樂、雜耍戲院歌曲、沙灘男孩合唱團（The Beach Boys）、史托克豪森（Stockhausen）、濫情民歌以及他們自己歌曲的嘲弄的模仿。這些模仿絕無貶斥的意味，也不致流於冗長乏味或喧賓奪主，因為大部分的歌曲既屬模仿之作，也是原創的作品。《艾比路》（Abbey Road，1969）是他們在一起灌製的最後一張唱片（雖然不是他們最後發行的唱片），第一面是各種風格及音樂特性的大雜燴，收入了該團每一成員的創作。這些歌曲各異其趣，充分顯示出每個成員最顯著的個人特質。第二面在形式上十分具有獨創性，是連貫、相關的聯篇作品（分成三部分），歌曲都很短，主要因為曲子前後的呼應而動人。

在《隨它去》（Let It Be，1970）這張唱片裡，披頭們又回到搖滾。〈I've Got a Feeling〉這首歌具有他們早期粗獷的搖滾風格，而且帶有一些藍調的味道。〈One After 909〉是藍儂十七歲所寫歌曲的修訂版。〈Get Back〉渴望回到基本質素：簡單的歌曲形式、舞蹈節奏及歌詞。麥卡尼寫的保守、甜美的〈Let It Be〉一曲平衡了此種創作態度。

雖然在六○年代他們是最成功、最獨創（可能也是最具影響力且最具才幹）的流行音樂演唱者，但因爲經濟、藝術以及個人的理由，他們於一九七○年初解散。每一成員都曾自由地建立自己的樂風。早在一九六四年，藍儂和麥卡尼就已開始發展各自的風格。從《隨它去》這張唱片，我們可以清楚看到他們的風格已無法相容。在這張唱片裡，披頭們並未攜手共探新的藝術理念。分手後，他們仍繼續個人的創作和演出。藍儂在一九七○年之後成爲一名活躍的音樂家和政治行動者（1969年他出了一本書《藍儂自道》：*In His Own Write*）。他和妻子小野洋子、塑膠小野樂隊以及另一些人，合作出了一些以黑人節奏及藍調爲本的唱片（如1975年的《Rock'n Roll》）。麥卡尼最初沉寂了一陣子，後來出了一張個人專輯，並且組了「翅膀合唱團」。翅膀合唱團所演唱的歌曲率皆明朗樂觀，幸好麥卡尼那教人百聽不厭的旋律使這些歌曲聽來不至於濫情。哈里遜在《All Things Must Pass》（1970）中表現出罕見的才華；他的音樂比藍儂和麥卡尼更寬廣，大量使用複奏，音樂肌理變化微妙，顯示出印度音樂的影響。一如藍儂和麥卡尼，哈里遜也常公開演出。史達（他在七○年代仍與哈里遜繼續合作），尤其明顯地，轉變了自己的披頭形象：他參加好幾部電影的演出，以獨唱者的姿態繼續演唱，並且在唱片（如1974年的《Ringo》）

中，表現出對鄉村音樂的偏愛。一九八〇年十二月，藍儂慘遭一名精神失常的男子槍殺致死。

2 披頭歌曲選譯

披頭合唱團從成立到分手，出了至少十三張專輯，二十張單曲唱片。在眾多佳作中，挑出有限的十六首歌曲加以介紹，自難免有遺珠之憾。我特重他們第二階段（1965 到 1967 年間）的作品，因為這實在是披頭最具創意、活力的一個時期：引進新的樂器、音響，和聲與節奏更趨複雜，意念和形式巧妙配合，歌詞多具深意，且不乏晦澀難解者。譯介的最後一首歌〈Imagine〉，是分手後藍儂於一九七一年所寫。這首歌延續了藍儂向有的對現實的批判，對未來的憧憬，相當程度地概括了披頭合唱團理想主義的一面。

（1）而我愛她（And I Love Her）

> 我給她我所有的愛，
> 那是我做的一切；
> 如果你見過我的愛人
> 你也會愛上她。
> 我愛她。
>
> 她給了我一切事物，
> 並且是溫柔地；
> 我的愛人帶來了親吻，
> 她帶給我親吻，

而我愛她。

像我們這樣的愛情
永遠不會消逝
只要有你在我身旁。

閃耀的星光多麼明亮，
天空一片黑暗；
我知道我這份愛情
永遠不會消逝，
而我愛她。

這首歌收在披頭的《一夜狂歡》（1964）裡，青春期的愛情，AABA 的曲式，是披頭早期歌的代表。一如同時期的〈She Loves You〉、〈I Saw Her Standing There〉、〈If I Fell〉等，這也是一首「對話歌」：向一位友伴或密友述說心中的愛。中庸速度，四四拍子，甜美明朗——正是這種單純的風格，明顯的天真，簡單快樂的歌詞，令千萬歌迷為初出道的他們著迷。披頭四嫻熟地運用平凡的音樂元素，創造出簡潔、可愛，別的音樂家作不出的歌曲。

（2）昨日（Yesterday）

昨日，所有的煩憂似已遠離，
如今它們卻彷彿揮之不去，
哦，我相信昨日。

突然間，我有了許多改變，

有一道陰影在我心頭纏繞，

哦昨日，來得何其突兀。

她為什麼要走？我不知道，她也沒說。

我說錯了話，如今我渴望昨日。

昨日，愛情是多麼輕鬆的遊戲，

如今我卻需要一個藏身之地，

哦，我相信昨日。

麥卡尼這首旋律優美的〈昨日〉（1965），相信是六〇年代流行歌曲中被翻唱或改編演奏次數最多的一首——其中不乏知名的古典音樂演奏者或聲樂家。旋律動人固其原因，麥卡尼的編曲（電吉他加弦樂四重奏）令人耳目一新也是一功。麥卡尼似乎是天生的歌曲作家，隨時能寫出通俗、迷人的旋律，配上貼切的歌詞。

（3）**挪威木頭**（Norwegian Wood）

我一度結識過一個女孩，

或者我應該說她一度結識過我；

她帶我參觀她的房間，

那豈非上好的挪威木頭？

她請我留下，
告訴我隨便坐坐。
我東看西看，
發覺一張椅子也沒有。

我坐在地毯上，
一面等候時機，一面喝著她的酒；
我們聊到半夜兩點
然後她說：「該睡覺了。」

她告訴我她早上要上班，
接著開始笑。
我告訴她我不用
然後爬到洗澡間睡覺。

醒來後屋裡只剩下我獨自一個，
這隻鳥已經飛走；
所以我燒了一把火，
那豈非上好的挪威木頭？

　　一九六五年前後，藍儂與麥卡尼已對他們自己的作品更具
自覺。受到鮑伯‧狄倫（Bob Dylan）的啟發，他們了解到搖
滾樂也可以用來表達真摯的感情，也可以有內涵。一九六五年
十二月發行的《橡皮靈魂》即是這種新自覺下的產物。這張唱
片讓許多人對披頭刮目相看，第一次感覺他們是可以跟舒伯特
相提並論的歌曲作家。藍儂的這首〈挪威木頭〉是 A 面的第二

首歌，講的還是男女之事。一個男孩認識一個女孩，跟她回家，他們喝酒、聊天，男的一心等著跟女的上床。這女孩的住處用的是上好的挪威木頭，逍遙、自在，一派嬉皮模樣（她甚至從頭到尾都採取主動）。等到半夜兩點，她終於說：「該睡覺了。」他內心大喜，但她馬上解釋說她早上要上班，他們真的該各自睡覺了。他面露尷尬之色，不得不閃到一旁睡覺。醒來後，女的已離開。他不甘自己如是被戲弄，放了一把火，把房子燒了。整首歌講的雖是男女之事，與傳統的流行歌曲卻大異其趣。藍儂的歌詞迂迴而隱晦，聽者必須各自揣摩它的意思，不像以往的流行歌曲說到愛情都是千篇一律陳腔濫調。Richard Goldstein 在他的《搖滾之詩》一書中宣稱：「新音樂自此曲開始。」此話或嫌誇大，但披頭的《橡皮靈魂》的確把流行音樂帶到一個新的境地。

（4）虛無的人（Nowhere Man）

> 他是個真正虛無的人，
> 坐在他的虛無國，
> 計劃著他種種虛無的計畫，
> 不為任何人。
>
> 沒有自己的觀點，
> 不知道何去何從，
> 他難道不是有點像你像我？
>
> 虛無的人，請聽我說，

你不知道你錯失了什麼。
虛無的人，
這世界全憑你支配。

盲目得不能再盲目，
只看到自己想看到的，
虛無的人，你究竟能不能看到我？

虛無的人，不要擔憂，
慢慢來，不用著急。
管他去的，自有旁人來
伸出援手。

受到狄倫的影響，藍儂寫作的曲子愈來愈個人化，不吝惜表達自己的感情。這首收於《橡皮靈魂》中的〈虛無的人〉，或許也是藍儂個人內心困惑和不安的投射，但如果把它當做所有無知、自私、沒有主見的現代人的批評，也許更為合適。狄倫銳利、深思、詩般的歌詞，在藍儂身上找到回應。

(5) 蜜雪兒（Michelle）

蜜雪兒，我的美人兒，
這些是很調和的字眼，
我的蜜雪兒。

蜜雪兒，我的美人兒，

這些是很調和的字眼，
我的蜜雪兒。

我愛你，我愛你，我愛你，
那是我要說的一切。
一直到我找到辦法之前
我將說這幾個我知道
你會了解的字。

我必須，我必須，我必須，
我必須讓你明白
啊，你對我的意義。
一直到我做到之前，我希望
你會了解我的心意。
我愛你……

我要你，我要你，我要你，
我想你現在一定已知道。
我要設法獲得你的心，
在我做到之前，我要一直告訴你
以便你能了解。
我將會說這幾個我知道
你會了解的字，
我的蜜雪兒。

《橡皮靈魂》、《左輪手槍》兩張唱片推出後，有學問的批

評家便慷慨地推許藍儂和麥卡尼爲「舒伯特之後最偉大的歌曲作家」。此話自然部分屬實，因爲夾於無謂、乾燥的前衛音樂與喧囂、俗濫的流行歌曲之間，二十世紀的聽眾，太久沒有聽到言之有物又悅耳動心的歌曲了。麥卡尼這首〈蜜雪兒〉（收在《橡皮靈魂》裡）會讓千萬世人著迷，正是這種道理。簡潔、精巧的歌詞，浪漫、抒情的旋律——麥卡尼再一次用他不平凡的藝術創意，豐富了最平凡的愛情題材。愛到深處不必多言。結結巴巴、反反覆覆的幾句歌詞居然也能變成扣人心弦的情詩！

（6）艾麗諾・瑞比（Eleanor Rigby）

啊，瞧所有孤寂的人們！
啊，瞧所有孤寂的人們！

艾麗諾・瑞比
撿起米粒，
在舉行過婚禮的教堂；
活在夢中，
在窗口等待，
戴著一張被她
藏在門口罈子裡的臉孔。
到底爲了誰？

所有孤寂的人們，
他們全都來自何處？

所有孤寂的人們，
他們全都歸屬何處？

麥肯錫神父
振筆疾書無人聆聽的
講道詞，
沒有人走近。
看，他在工作，
他在夜裡補綴他的短襪，
四下無人。
他在乎什麼？

艾麗諾·瑞比
在教堂死去，
隨同她的名字
一起被埋葬。
沒有人前來。
麥肯錫神父
拍拍手上的泥土，
走出墓地。
無人得救。

　　《左輪手槍》是披頭歌藝逐漸邁向圓熟的一個里程碑。在
這張唱片裡，他們顯示出他們不再是華而不實、商業性流行歌
曲的追逐者，他們開始重視內容、重視創意，延續前一張唱片
《橡皮靈魂》裡即已嶄露的新的創作靈魂。整張唱片的音樂是

複雜與單純的混合，麥卡尼的歌詞優美如詩，藍儂的則趨向超現實。他們以前的歌固不乏詞曲搭配巧妙者，但這張唱片在歌詞內容與音樂形式結合的完美上又往前邁進一步。披頭的歌至此已是藝術——但不是博物館裡的古董藝術，而是活生生的大眾傳播媒體的藝術。麥卡尼這首〈艾麗諾‧瑞比〉即是動人的範例，藉一位孤寂的老處女與一位孤寂的神父，述說全世界所有孤寂的人們。艾麗諾活著的時候戴著一張「藏在甕子裡的臉孔」與世界交通，死後只有神父為其埋葬：而本應為世人修補靈魂的神父，撰寫的講道詞卻無人聆聽，他只好在夜裡默默地補綴自己的襪子——無人得救。啊，誰來救贖這世界的孤寂與疏離？麥卡尼巴洛克風的弦樂伴奏使全曲更加出色。

(7) 這兒，那兒，每一個地方（Here, There, Everywhere）

　　為了更美好的生活，我需要我的愛人在這兒，
　　這兒，創造每一年的每一天，
　　她揮一揮手，我的生活就有大改變，
　　沒有人能否認那兒有不尋常的事物。

　　那兒，讓我的手輕掠過她的頭髮，
　　兩個人同想著生命的美好。
　　有人說話，但她不知道他在那兒。

　　無論什麼地方我都需要她，
　　如果她在身邊，我知道我就再也不必憂愁。
　　但愛她就是在每個地方都看到她，

因爲愛是分享，

彼此相信愛情永不消逝，

看著她的眼睛，希望自己永遠在那兒。

在那兒以及每一個地方，

這兒，那兒，每一個地方。

　　這是一首簡單而動人的情歌，伴奏精緻細膩，和聲素樸優美。乍聽覺得平凡無奇，愈聽愈覺有味，特別是重複出現的「這兒」、「那兒」，交織在腦中眞讓人覺得愛無所不在。《左輪手槍》裡的另一首佳作。

(8) 黃色潛水艇（Yellow Submarine）

在我出生的鎮上

住著一位航海者，

他告訴我們他的際遇

在那潛水艇之國。

如是我們航向太陽

直到發現綠色的海。

我們住在海波底下，

在我們的黃色的潛水艇。

我們都住在黃色潛水艇，

黃色潛水艇，黃色潛水艇。

我們都住在黃色潛水艇，
黃色潛水艇，黃色潛水艇。

我們的朋友全都在船上，
還有更多就住在隔壁。
而樂隊開始演奏。

我們過著快樂的生活，
每個人要什麼就有什麼，
藍藍的天，綠綠的海，
在我們黃色的潛水艇。

這首童謠體的〈黃色潛水艇〉，聽似簡單，卻饒富深意。表面上是一首描述童話國境、快樂生活的歌，實際上卻反襯現代社會的複雜、不安，現實生活的殘苛、缺憾。想想看，能跟著潛水艇潛進沒有波濤、沒有衝突的太平世界——這不是仙人夢、烏托邦嗎？披頭充滿創意地運用各種器物製造出各種奇妙的聲音，使人彷彿置身光影交錯的電動玩具世界。但「電玩」的世界不是真實的世界；藍天、綠海距離我們愈來愈遠了。藝術的想像力加上對人生的批評使這首《左輪手槍》裡的模擬童歌成為經典之作。

(9) 潘尼巷（Penny Lane）

潘尼巷，有一位理髮師喜歡給大家看
他有幸理過的頭的照片。

來來往往的人都停下來打招呼。

轉角處有一位開著汽車的銀行家，
小孩子們都在背後譏笑他。
這位銀行家碰到傾盆大雨從不披戴雨布，
非常奇怪。

潘尼巷在我的耳中，在我的眼裡，
那兒在郊區的藍天下我坐著，而同時

回到潘尼巷，有一位消防隊員他有一個沙漏，
在他的口袋裡放著一張女王的肖像。
他喜歡把他的消防車擦得乾乾淨淨，真乾淨的消防車。

潘尼巷在我的耳中，在我的眼裡，
在夏天有很多魚和指頭肉餅。同時

回到圓環中央防空洞的後面，
美麗的護士們拿著盤子兜售罌粟。
雖然她覺得自己彷彿置身戲中，
事實上卻真是如此。

潘尼巷，理髮師又理了另一名客人的頭。
我們看到銀行家坐著，等候人潮。
消防隊員接著從傾盆大雨中衝進來，
非常奇怪。

〈潘尼巷〉與〈永恆的草莓園〉是麥卡尼與藍儂所寫關於童年利物浦的一組讚歌。是披頭在飛黃騰達、名利雙收後，面對急遽變動的世界渴望尋回自我、平衡自我的鄉愁之作。在寫作時間（1967）與精神上，與同年稍後的《胡椒軍曹》是一脈相連的。這兩首歌都是真摯、圓熟，詞曲高度嚙合的個人之作，但風格卻相當不同。麥卡尼的〈潘尼巷〉活潑、明亮，是對於童年美好時光的愉快回想。潘尼巷位於市中心邊緣，是麥卡尼童年常往之地。也許由於迷幻藥的經驗，整首歌在明亮中不時帶著一些「非常奇怪」的色彩，彷彿置身夢中，但卻仍是溫煦、善意的麥卡尼式的夢：充滿銳利、明快的色彩與有趣的人物。麥卡尼的世界是沒有什麼重大苦難的，他故意將自己的感情塗上一層明亮的外表，以抵禦任何生命陰影的侵入。這種生命態度與藍儂在〈永恆的草莓園〉中所呈現出的情感的宣洩是頗不相同的。

（10）永恆的草莓園（Strawberry Fields Forever）

　　　讓我帶你前往，因為我要去草莓園。
　　　一切皆虛，無須牽掛任何東西，
　　　永恆的草莓園。

　　　閉上眼睛，日子真好過，
　　　曲解你見到的一切。
　　　要成為大人物愈來愈難，但還是可以辦到。
　　　對我而言這不頂重要。

沒有人，我想，與我同棲一樹。

我的意思是那一定非高即低。

也就是說你無法，你知道，調準。

但這又有什麼關係，我覺得還不太壞呢。

始終明白，有時候覺得那是我。

但你知我知，而那是一個夢。

我以為我知道你，啊不錯，其實卻大謬不然。

也就是說我認為我與眾不同。

　　披頭後期的許多歌，歌詞往往無法分析。閃爍、跳躍、超現實，自記憶、自報章雜誌片段、自日常言談、自迷幻藥汲取靈感。這首〈永恆的草莓園〉是藍儂對童年景物的回憶，透過迷幻之眼所看到的卻是飄飄然、超現實的心景：一個孤獨的孩子獨特、豐富的夢想世界。「草莓園」是藍儂姑媽家附近的一棟房子，救世軍兒童之家所在，每年夏天舉行園遊會，藍儂和他的友伴們會跑去那兒遊蕩，撿空檸檬水瓶子換錢，玩得很愉快。他曾經解釋過這首歌，說他從小就很嬉皮，標新立異，與眾不同，而且很害羞、缺乏信心，所以「沒有人，我想，與我同棲一樹」。他覺得自己一定不是天才就是瘋子（「非高即低」），因為他老是看到別人所沒有看到的事物。雖然別人以懷疑的眼光看他，但他還是相信自己具有直觀，超自然或詩人般的幻視能力。

　　草莓園在這只是一個意象，象徵生命裡某個鍾愛的角落，就像舒伯特的〈菩提樹〉一樣──你曾經「在樹蔭底下做過美夢無數」，「快樂和憂傷時候常常走近這樹」，因此不論天涯海

角，寒冬黑夜，總會聽到窸窣的樹葉聲向你召喚：「朋友，回到我的身邊，你會得到安寧。」但藍儂的草莓園似乎更奇妙，半眞實，半虛幻，在那兒閉上眼睛，胡思亂想，生活完全沒有負擔（「一切皆虛，無須牽掛任何東西」）。對於成年的藍儂，它是一個永恆的夢的國度，在那兒，透過想像力他可以「曲解看到的一切」，煉金術般點苦成甘，化平庸爲神奇；現實生活裡要成爲大人物多麼困難啊，但是在想像的王國裡每一個人都可以是國王！這首歌雖然是藍儂個人情感特異的投射，但它同時呈示給我們一個普遍性的眞理：想像——或者藝術——也許是生命裡更持久的眞實。

（11）胡椒軍曹寂寞之心俱樂部樂隊（Sgt. Pepper's Lonely Hearts Club Band）

那是二十年前的今天，
胡椒軍曹教樂隊演奏音樂。
他們曾經領一時風騷，也曾經落伍過時，
但保證他們仍能博君一粲。
所以容我向各位介紹
多年來各位所熟知的節目，
胡椒軍曹寂寞之心俱樂部樂隊。

我們是胡椒軍曹寂寞之心俱樂部樂隊，
希望你們會喜歡這場表演。
我們是胡椒軍曹寂寞之心俱樂部樂隊，
請大家坐好，盡情地歡度今宵。

胡椒軍曹寂寞，胡椒軍曹寂寞，
胡椒軍曹寂寞之心俱樂部樂隊。

真正高興來到這兒，
的的確確令人興奮。
你們是無比可愛的觀眾，
真想帶你們一起回家，
真想帶你們回家。

我真不想停止這場表演，
但我想各位也許樂於知道
歌手正準備要唱一首歌，
而他希望大家跟著一起唱。
所以容我向各位介紹
獨一無二的比利・薛爾思
以及胡椒軍曹寂寞之心俱樂部樂隊。

論者皆同意《胡椒軍曹》是搖滾史上最值得大書特書的一張唱片：有人認為它主題連貫、形式多樣，是創意、內涵兼備的不朽傑作；有人認為它內容不夠均衡，「缺乏愛、缺乏思想」，只能算是錄音技巧的大勝利。持平而論，《胡椒軍曹》在歌詞內涵上固非首首深刻，並且在主題上也未緊密相連，但就通俗歌曲的範圍而言，能在一張唱片中說這麼多東西並且說得這麼好聽、這麼有創意的，簡直絕無僅有。披頭虛構了一個「寂寞之心俱樂部樂隊」，為大家演唱一些有關孤寂或治療孤寂的歌。一九六七年六月發行後，馬上成為大家注目的焦點：電

台不斷播它，報章雜誌不斷評論它，它不只是音樂的新聞，它變成了整個社會共同的議題。人們聽它，因為他們覺得《胡椒軍曹》唱出了他們心中同有的困擾與感受。整張唱片混合了戲鬧的氣氛，聳動的詩句，神秘主義色彩以及不安的陰影——具體而微地概括了整個時代的感情。一時之間，披頭從流行音樂英雄搖身一變成為時代的代言人與導師。每個人都可以從這些歌裡讀到各自的渴望、期待和慰藉。胡椒軍曹的樂隊真正成了全世界寂寞靈魂相會、相通的俱樂部，一個自身俱足的想像的小宇宙。即使披頭解散三十年後的今天聽之，其鮮活、創意、美好仍然未減。

（12）露西在天上帶著鑽石（Lucy in the Sky with Diamonds）

想像你自己在河上泛舟，
有橘子樹，還有果醬般的天空。
有人喚你，你緩緩回應，
一個有著萬花筒般眼睛的女孩。

黃色綠色的玻璃紙花，
高高開在你的頭頂。
尋找那眼中藏有太陽的女孩，
而她已然不見。

露西在天上帶著鑽石。

隨她走到噴泉邊的一座橋，

騎著搖搖馬的人們吃著藥蜀葵派。
人人面露微笑，當你飄流過
高得驚人的花朵。

報紙做的計程車出現在岸邊，
等著載你離去。
爬進後座，你的頭掛在雲端，
然後你不見了。

露西在天上帶著鑽石。

想像你自己在車站的火車上，
黏土塑的腳夫繫著鏡子般的領帶。
突然有人在十字旋轉門那裡，
那個有著萬花筒般眼睛的女孩。

露西在天上帶著鑽石。

　　藍儂這首歌充滿了幻想與色彩美，雖然歌詞相當曖昧、晦澀。有人認為是飄飄欲仙、迷幻藥經驗的描述，甚至證據鑿鑿地說標題三個主要字的縮寫剛好就是 LSD（一種迷幻藥的名稱）。但藍儂這首歌的靈感其實來自他兒子朱利安畫的一幅蠟筆畫，他畫他的同學露西，背景是五顏六色、閃爍燃燒的星星。藍儂問小朱利安畫名，朱利安說：「露西在天上帶著鑽石。」整首歌就像一幅超現實主義的畫，奇妙地給人一種疏離、幽閉，卻又妖豔、亮麗的感受，彷彿迷失在千變萬化的萬

花筒裡。《胡椒軍曹》中的第三曲。

（13）當我六十四歲（When I'm Sixty-four）

當我逐漸老去，毛髮漸脫，
許多年後的今日，
你可還會送我情人節禮物，
送我美酒祝賀我生日？
如果我在外逗留到兩點三刻，
你可會鎖上門？
你可仍需要我，可仍願為我做飯，
當我六十四歲？

你也將老去。
只要你開口，
我可和你作伴。

我可隨時候命，修理保險絲，
當你電燈不亮時。
你可在爐邊織毛衣，
星期天早上去兜風。
整理花園，挖除雜草，
誰還能要求更多？
你可仍需要我，可仍願為我做飯，
當我六十四歲？

每年夏天我們可租一小屋，

在威特島上，如果不太貴的話。

我們將省吃儉用，

孫兒在抱——

維拉，恰克和大衛。

寄給我一張明信片，給我隻字片語，

陳述你的觀點。

清清楚楚指名你的意思，

「敬上」等等可免了。

告訴我你的答案，用一張表格填好，

永遠，永遠屬於我。

你可仍需要我，可仍願為我做飯，

當我六十四歲？

這首溫馨的小品為麥卡尼所寫，描述老夫老妻相扶相持、互信互敬的場景，歌詞詼諧感人，曲調如雜耍戲院（music hall）歌曲，平淡中散發無限情意，為冷風枯枝的晚年孤寂預燃溫暖的燈火。《胡椒軍曹》第九曲。

（14）生命中的一天（A Day in the Life）

我今天讀到一條新聞，哦真是的，

關於一位卓然有成的幸運之士。

雖然這條新聞相當令人難過，

但我還是忍不住笑了。

我看到了照片。

他開著車子自殺身亡，
他沒有注意到紅綠燈已經轉換。
一大群人圍在旁邊看。
他們曾經看過他的臉，
但沒有人能確定
他是否就是上院議員。

我今天看了一部電影，哦真是的，
英國軍隊剛剛打贏了戰爭。
一大群人離席而去，
但我還是得看下去，
因為我看過了書。

我想讓你飄飄欲仙。

醒來，起床，
一把梳子耙過頭頂。
走下樓，喝一杯，
抬頭，我發覺我遲到了。
拿起外套，抓起帽子，
匆匆忙忙搭上巴士。
走上樓，吸口煙，
有人講話而我墜入夢境……

我今天讀到一則新聞，哦真是的，

在蘭開夏郡布萊克班有四千個洞。

而雖然這些洞都相當小，

他們還是得一個一個算清楚。

如今他們知道要多少個洞才能填滿艾伯特廳。

我想讓你飄飄欲仙。

這首〈生命中的一天〉是《胡椒軍曹》專輯中壓卷之作，也是藍儂與麥卡尼才智互相激盪、戮力合作完成的最好作品之一。全曲以冷靜、疏離的口吻將現代生活的瑣碎、空虛、荒謬表現得淋漓盡致。歌詞仍是跳躍似地拼貼自日常所見所聞，音樂則時而流暢，時而笨重，時而強化歌詞含意，時而與歌詞相抗拒，造成一種緊湊的藝術效果。全曲首言一位事業有成的上流人士，於車中自殺，路人圍觀，道長論短，但無人確知其身分（物質無匱而精神空洞，人與人間只有表面的認識！）。接著一段是對戰爭、對榮譽的嘲諷。而後，忽然插入一句迷幻藥發作似的「我想讓你飄飄欲仙」。接下去是維妙維肖，對單調刻板的日常生活的模擬刻繪。此段旋律與前後大異其趣，滑稽、生動，充分顯現錄音室作業的功效。至「走上樓，吸口煙，有人講話而我墜入夢境」一句忽然轉成大麻煙似美妙、輕飄的吟唱，彷彿傳自海上女妖。最後一段歌詞顯然是對現實體制的嘲諷，荒謬而超現實。我們不必深究「艾伯特廳」究在何處，試將歌詞改做「要多少洞才能填滿中正紀念堂」，即可體會其中蘊含的荒謬、空洞。

　　此首歌曲當年曾遭英國國家廣播公司（BBC）禁播，理

由：四千個小洞影射海洛因注射者身上的針孔。妙哉，所謂藝術檢查，比藝術更具想像力！曲子最後，披頭請了四十位交響樂團團員各執樂器隨心所欲、亂七八糟地演奏。在披頭的指揮下，整個交響樂團發出一段刺耳、喧鬧、逐漸增強的巨響，暫停片刻後，大崩盤似地在迴盪的和弦中結束全曲。對於這一段結尾藍儂曾說：「這是從虛無到世界末日的聲音之梯。」浮生若夢，在每日沉悶生活中現代人只能做「夢中之夢」似的逃遁。

（15）隨它去（Let It Be）

　　當我身處煩憂之時，聖母瑪麗來到我身旁，
　　賜我智慧之語，隨它去。
　　在我黯淡的時刻，她就站在我的眼前，
　　賜我智慧之語，隨它去。
　　隨它去，隨它去，隨它去，隨它去，
　　輕聲說著智慧之語，隨它去。

　　當世上心碎的人們都同意時，
　　事情將會有解決之道，隨它去。
　　因為雖然他們可能遭阻隔，他們仍將覓見機會。
　　事情將會有解決之道，隨它去。
　　隨它去，隨它去，隨它去，隨它去，
　　事情將會有解決之道，隨它去。

　　在濃雲密佈的夜晚，總還有一道光照耀我身上，

照耀到天明，隨它去。

我隨著樂聲轉醒，聖母瑪麗來到我身旁，

賜我智慧之語，隨它去。

隨它去，隨它去，隨它去，隨它去，

事情將會有解決之道，隨它去。

隨它去，隨它去，隨它去，隨它去，

輕聲說著智慧之語，隨它去。

　　這首歌旋律甜美，歌詞簡潔，聖歌般反覆吟詠，具有一種單純、動人的安定力量。普遍性的意象傳遞普遍性的訊息：在困難中祈求慰藉，在暗夜中期待光明。然而這首歌也成為披頭的天鵝之歌。一九七〇年四月，麥卡尼宣佈退出披頭合唱團。五月，以此曲為名的披頭專輯發行上市——披頭合唱團最後一張唱片。

（16）想像（Imagine）

想像沒有天堂，

如果你試，這並不難。

腳底沒有地獄，

頭頂只有藍天。

想像所有的人們

只為今日生存。

想像沒有國家，

要做到並不困難。

沒有殺戮或殉難的理由，
而且也沒有宗教。
想像所有的人們
和平共存。

想像沒有私產，
我懷疑你是否能做到。
無需貪婪也無需飢餓，
四海之內皆兄弟。
想像所有的人們
共享整個世界。

你也許會說我是個夢想者，
但我並不是唯一的一個。
我希望有一天你也加入我們，
這世界將合而為一。

　　六〇年代中葉後的披頭，他們的生活方式、演唱方式在在與他們周遭的世界互動著。他們作品裡所揭示的對現狀的批判，對個人快樂的追求，對想像的放縱，與整個世代反體制、反權威，渴望自由、愛、和平（從嬉皮、迷幻藥到「花之力量」：flower power）的氛圍是相通的。解散後，披頭分道揚鑣，個人所寫作品中也頗有能維持各自過去優點者。藍儂一九七一年發表的這首〈想像〉，即賡續了他轉化個人情緒為公眾訊息的創作理念，寧靜地述說他個人以及那個世代的夢想。

結語

　　披頭合唱團是二十世紀六〇年代最顯著的現象，他們的崛
起、成熟、茁壯，自有其自身與外在環境不得不然的因果律。
披頭所處的時代恰好是年輕人覺醒的時代——年輕的一輩亟思
擺脫上一代的規範，建立自己的觀點。披頭的出現適時抓住了
這種渴望。很快地他們成了年輕一輩心目中的偶像與代言人，
所言所行迅速被青少年模仿、認同。一九六三年十一月，藍儂
在英國皇家綜藝節目中對在場包括皇太后及瑪麗公主在內的觀
眾說：「下一首歌我想請大家一起來。坐在普通席的觀眾請你
們跟著拍手，其餘的貴賓不妨搖響你們的珠寶。」一九六六年
三月，藍儂對倫敦《典範晚報》（Evening Standard）記者表
示：「基督教要沒落了。我們現在比耶穌更受人歡迎。」凡此
種種皆激勵年輕一輩反權威、反體制、勇敢地表達自我的心
情；這種自由的氣氛反過來又鼓舞披頭更自信、更自覺地創
作。如是披頭與他們的歌迷彼此學習，共同成長。披頭既是影
響者，也是被影響者。

　　然則披頭為什麼在七〇年代、八〇年代……仍繼續受到世
人的喜愛？這顯然與他們的音樂品質有關。他們的創意、他們
的才幹，使他們在一開始就寫出令世人一新耳目的獨創性作
品；隨著時間的演進，他們的歌曲更多樣而成熟。像畢卡索以
及其他偉大的藝術家一樣，他們不斷吸取外圍的影響：同時代
的音樂、文字、意象、經驗被他們重組、再造，轉化成偉大的
音樂作品。麥卡尼與藍儂——一個溫和、樂觀、擅寫俏麗的旋
律，一個譏刺、叛逆、時時爆出驚人的詞句——他們迥異的個
性使他們在合作寫曲時，時時迸出創意的火花。他們最好的作
品往往具有堅實的結構與明確的音樂意念。那些節奏慢的歌每

每是心靈最佳的撫慰，節奏快的則彷彿激流般湧現著機智、卑俗的愛情以及狂放的想像之旅。

　　雖然他們的某些行動（如對迷幻藥、對性自由的實驗）對世界其實並沒有什麼助益，並且他們在許多時候跟他們所代言的一代一樣的茫然不知所從，但整體來說，他們的歌再現了一個世代最好的希望與最渴切的夢想。他們自覺的天真與勇健的理想主義不時刺激停滯的心靈迎頭趕上。他們的音樂是喜悅與美的泉源，是世世代代寂寞之心的俱樂部。它們是永恆的草莓園。

註：本文「披頭發展史」部分，據《葛羅夫音樂辭典》第 2 卷 Beatles 條目譯寫成。

生命的河流

——馬勒《復活》備忘錄

● 馬勒，畢羅與《復活》

德布西和馬勒是橫跨十九世紀末和二十世紀初的兩位音樂大師，對二十世紀音樂的發展具有深遠影響。但德布西的音樂一直都有廣大的聽眾群，而馬勒的作品在一九六〇年代之前，只有被少數指揮家、作曲家以及音樂專家所熟知。六〇年代之後，藉由唱片錄音之助，馬勒才取得樂壇上的正統地位，成為音樂史上重要的作曲家之一。馬勒在世時是一位極被肯定的指揮家，但做為一位作曲家，他顯然生不逢時，即便他漢堡歌劇院的同僚，首演過好幾部當時最前進的作曲家華格納作品的指揮家畢羅（Hans von Bülow），也不能略識其好。馬勒全長五個樂章的第二號交響曲《復活》，寫作時間經歷六年——一直到一八九四年，畢羅去世，他參加其葬禮，在聽到從教堂管風琴壇上傳來的德國詩人克洛普斯托克（Klopstock，1724-1803）讚美詩〈復活〉的合唱後，才彷彿電擊般受到感動，完成了附有女聲獨唱與合唱的最後兩個樂章的寫作。但諷刺的是他曾在一八九一年將他名為〈葬禮〉的第一樂章在鋼琴上彈給畢羅聽，畢羅當時聽了說：「跟它比起來，華格納的《崔斯坦》像是一首海頓的交響曲。」又說：「如果我聽到的是音樂，那麼我再也不敢說我懂音樂了。」

● 馬勒作品與生平的重要元素：反諷

馬勒的交響曲體制龐大，將十九世紀音樂所標誌的巨大性

272

發揮到極致。但他同時兼顧諸多細節，使得他的作品有一種親密性的特質。馬勒以過人的天分，將宏偉的音樂架構與室內樂般親密的氣氛融合爲一。他企圖藉由音樂傳達出最深刻的哲學問題：人類在自然和宇宙中的地位，以及由此引發的矛盾的人類經驗：悲劇，歡樂，動亂，救贖……。世界的歡愉和苦難原本就是互相衝突、相互矛盾的，而馬勒透過反諷手法表達此一主題。「反諷」是不斷出現在馬勒作品與生平與的一個重要元素。在他身上，我們可以很清楚地見到一種「二元性」。最常被提到的一個事例，是他死前一年向精神分析大師佛洛依德的告解。

據佛洛依德所記，馬勒的爸爸是個很粗暴的人，與妻子的關係並不好，使馬勒從小就生活在家庭暴力的陰影下。有一次馬勒的父母又開始爭吵，馬勒受不了便奪門而出，到街上卻聽到手搖風琴奏出的流行曲調〈噢，親愛的奧古斯丁〉（即中譯〈當我們同在一起〉）。逃出家裡的爭吵，卻在街上聽見歡樂的歌謠，這是一種很大的情境轉變，此種「人生至大不幸與俚俗娛樂的交錯並置」，自此即深植在馬勒腦中。可以說，馬勒在還沒認識生命之前，就已認識了「反諷」。

馬勒交響曲作品中的「二元性」特質，表現在簡單對應複雜、高雅對應俗豔、官能對應理智、紊亂對應抒情、歡樂對應陰霾……等對立情境。他喜歡在樂曲中做很大的情緒轉變。馬勒曾經表示：一首交響曲就是一個世界，必須無所不包。

● 馬勒《復活》：生命的問答

馬勒說《復活》交響曲第一樂章〈葬禮〉乃其前一首交響曲《巨人》中的英雄之死亡，亦爲其一生之剪影，同時也一個

大哉問：「你為何而生？為何而苦？難道一切只是一個巨大、駭人聽聞的笑話？」馬勒說他對這問題的解答就是最後一個樂章。的確，整首交響曲的目標乃是往最後面兩個附有歌曲的樂章推進。第一樂章長大（約二十分鐘）而劇力萬鈞，但它並不是一個直接了當的葬禮進行曲，一首悲歌，或像貝多芬《英雄交響曲》那樣的輓歌，它要更苦些——它是爭辯性的、尋問性的，對顯然毫無意義、充滿矛盾的人生。馬勒說奏完這個樂章後，必須至少要有五分鐘休息的間隔。

第二樂章是明朗快活的蘭德勒舞曲（Ländler，奧地利鄉村舞曲），讓人想到自然之美，山水、田園給人類的慰藉。馬勒說這是對過去的回憶，英雄過去生活中歡樂幸福的一面，純粹無瑕的陽光。我們知道，馬勒這時已在阿特湖畔的史坦巴赫（Steinbach）建了他第一間夏日「作曲小屋」。他在湖光山色間創作，大自然的美景清音盡皆涵化其中。馬勒說：「在我的世界中整個自然界都發而為聲」——發而為聲，讚美那創造它的天主。

第三樂章是令人印象深刻的詼諧曲，在表面詼諧的音樂氣氛下，激盪著一股焦躁、難以言述的暗流。馬勒說彷彿從前樂章意猶未盡的夢中醒來，再度回到生活的喧囂中，常常覺得人生不停流動，莫名的恐怖向你襲來，彷彿在遠處，以聽不見音樂的距離看明亮的舞蹈會場。這個樂章的旋律使用了馬勒先前所譜的《少年魔號》歌曲〈聖安東尼向魚說教〉，是由急促的十六分音符音型構成的「常動曲」。原曲是一首諷刺歌，講因沒有人上教堂而改向魚說教，眾魚欣然聚集，然而聽完後依然舊習難改，貪婪的照樣貪婪，淫蕩的照樣淫蕩。馬勒沒有用其歌詞，但原詩的諷刺、戲謔精神在焉。此樂章散發譏誚的幽

默，彷彿狂亂的女巫之舞，是馬勒式的第一次鬼怪式的詼諧曲：每日的生活在偏狹、忌妒、瑣碎中延續，旋轉，旋轉，無休止地旋轉。這首詼諧曲具有更多馬勒式的「世俗」風格特色，這是街巷、酒館式的音樂，粗野、魯莽、俚俗，雖然今天，隔了一百多年，坐在國家音樂廳裡聽它，會覺得還相當高尚、優雅（因為它已經變成經典了！）。馬勒是很懂得資源回收，讓用過的音樂材料復活、再生的作曲家。《第一號交響曲》一、三樂章用了兩首自己寫的《年輕旅人之歌》的旋律。《第四號交響曲》第四樂章〈天國的生活〉的旋律早出現在《第三號交響曲》第五樂章裡。《第五號交響曲》第五樂章序奏用了《少年魔號》歌曲〈高知性之歌讚〉開頭的主題。《第七號交響曲》第二樂章引用了《少年魔號》歌曲〈死鼓手〉開頭的進行曲音型。但他大概沒想到，他《復活》交響曲的第三樂章，日後會被別的作曲家回收、再利用。

第四樂章是一個簡短的、冥思默想的樂章，非常柔美動人，由女低音唱出以德國民謠詩集《少年魔號》中〈原光〉一詩譜成的歌。其旋律據說是馬勒創作中最優美的。這是馬勒交響曲中第一個有人聲歌唱的樂章。

附有女低音、女高音與合唱的第五樂章，長達三十幾分鐘，像是一幅巨大的壁畫，描寫「末日審判」巨大的呼號，以及隨之而來的「復活」。馬勒說末日來臨，大地震動，基石裂開，殭屍站立，所有的人向最後審判日前進，富人和窮人，高貴的和低賤的，皇帝和叫化子，全無區別。而後，啟示的小號響起。在神秘的靜寂中，傳來夜鶯之聲。聖者和天上之人，合唱著：「復活，是的，你將復活，／我的塵灰啊，在短暫的歇息後……」。此樂章的歌詞，前面是克洛普斯托克的聖詩〈復

275

活〉，後面則是馬勒自己所寫：「要相信啊，我的心，要相信：／你沒有失去什麼！……／要相信啊：你的誕生絕非枉然，／你的生存和磨難絕非枉然！……／生者必滅，／滅者必復活！／不要畏懼！／準備迎接新生吧！……／復活，是的，你將復活，／我的心啊，就在一瞬間！／你奮力以求的一切／將領你得見上帝！」這就是馬勒所說，對於「為何而生？為何而苦？」的問題的解答：對慈愛的天父的信念，對復活後幸福永生的信念。依照這個答案，整首交響曲自然可視作一個自悲劇的人生（第一樂章）、樸實的人生（第二樂章）、衝擊性的混亂人生（第三樂章）解放，進而憧憬死亡、追求永生的過程。

但我覺得馬勒此曲不僅表現對救贖的信念與希望、對深奧激情的探索，更表現出人類生活的困頓、混亂、歡娛、荒謬、怪誕……。懷疑、絕望和對信念的渴望、信念的恢復形成鮮明的對比。來世的「復活」固然可以期待，如其不然，這可鄙復可愛的人生，應該也有其存活之道。我覺得馬勒在前三個樂章裡透露給我們很多這樣的訊息。因此，我們或許可以換個方向，不要以描繪期待來世「復活」的第五樂章為高峰，而以鋪陳、調侃現實混亂人生的第三樂章為中心。這第三樂章的確令人著迷，要不然二十世紀作曲家貝里歐怎會將它挪用到他的作品裡？

● 《復活》的復活：馬勒與貝里歐

義大利戰後最知名的作曲家貝里歐（Berio，1925-2003），一九六八年《交響曲》（為管弦樂團與八名獨唱者，包括朗誦者）的第三樂章，從頭到尾以馬勒《復活》交響曲第三樂章詼諧曲為骨幹，管弦樂在其上拼貼了從蒙台威爾第、巴

哈、布拉姆斯到荀白克、魏本、貝爾格、布列茲、史托克豪森等十幾位作曲家的作品片段，獨唱者和朗誦者復織進一層以朗誦爲主的歌詞——大多數拼貼自貝克特（Beckett）的小說，不時還可聽到「Keep going!」的叫聲。此曲因多層、繁複之拼貼手法廣爲人知，其天眞、迷人，瓦解了許多人對二十世紀新音樂的敵意。這是貝里歐對馬勒的致敬，也是馬勒第二號交響曲《復活》的另一種復活。

貝里歐說：「馬勒的交響曲啓發了這一樂章音樂材料的處理。人們可以把詞和音樂的這種聯繫看成一種解釋，一種近乎意識流和夢的解釋。因爲那種流動性是馬勒詼諧曲最直接的表徵。它像是一條河流，載著我們途經各種景色，而最終消失在周圍大量的音樂現象中。」馬勒與貝里歐的這兩首交響曲的第三樂章，讓我想起詩人瘂弦在〈如歌的行板〉一詩中所說的：「而既被目爲一條河總得繼續流下去／世界老這樣總這樣……」

最後我放一段四分多鐘的影片。我剪輯了馬勒歌曲〈聖安東尼向魚說教〉、交響曲《復活》第三樂章，以及貝里歐《交響曲》第三樂章的片段。各位可以在末尾聽到好幾次「Keep going!」的聲音。「Keep going!」就是繼續生活，復活，賴活。這大概也是對人生荒謬、無奈、反諷深有所感的馬勒，要傳遞給我們的生命的答案。

——爲國家交響樂團（NSO）2004 年 11 月演奏會前導聆

附：馬勒第二號交響曲《復活》詩譯

原光（第四樂章）

噢，小紅玫瑰！
人類在很大的困境中，
人類在很大的痛苦中，
我寧願身在天堂。

我行至寬闊路徑，
有天使前來，企圖將我遣返。
啊，不，我不願被遣返！
我來自上帝，也將回到上帝，
親愛的上帝將給我小小的光，
導引我向幸福的永生！

復活（第五樂章）

〔合唱與女高音〕
復活，是的，你將復活，
我的塵灰啊，在短暫的歇息後！
那召喚你到身邊的主
將賦予你永生。
你被播種，為了再次開花！
收穫之主前來

收割死去的我們
一如收割成捆的穀物！ 　　　　（以上 Klopstock 詩）

〔女低音〕
要相信啊，我的心，要相信：
你沒有失去什麼！
你擁有，是的，你擁有渴求的一切，
擁有你鍾愛、力爭的一切！
〔女高音〕
要相信啊：你的誕生絕非枉然，
你的生存和磨難絕非枉然！
〔合唱與女低音〕
生者必滅，
滅者必復活！
不要畏懼！
準備迎接新生吧！
〔女高音與女低音；合唱〕
啊，無孔不入的苦痛，
我已逃離你的魔掌！
啊，無堅不摧的死亡，
如今你已被征服！
乘著以熾熱的愛的動力
贏得的雙翼，
我將飛揚而去，
飛向肉眼未曾見過的光！
我將死亡，為了再生！

〔合唱〕

復活，是的，你將復活，

我的心啊，就在一瞬間！

你奮力以求的一切

將領你得見上帝！　　　　　　　　（以上馬勒詩）

詩人與指揮家的馬勒對話

——陳黎 vs. 簡文彬

　　這次的主題很清楚，就是「馬勒」。

　　用筆創作的陳黎與用指揮棒創作的簡文彬，相遇在國家交響樂團的排練室。

　　對談當天（2004 年 9 月 18 日）是國家交響樂團演出「馬勒系列」第一場音樂會的前夕，早上剛經過多次排練的排練室，挑高兩層樓的空間裡，似乎仍殘留著許多馬勒的音符。

　　工作了一早上、有點倦容的簡文彬，為了讓自己放輕鬆，特地換上短褲拖鞋，與特地從花蓮北上、在要去台南當文學獎評審的路上抽空參加對談的陳黎，腳上帶著旅塵的拖鞋，還真是兩相輝映。

　　其實兩個人只通過一次電話，但對於對談的邀約，一聽是對方，一聽題目是「馬勒」，隨即答應。陳黎極忙，在教書與文學活動間奔波，卻是個極重度的古典樂迷，為了對談，預先做的功課，竟已有上萬字。

　　簡文彬說自己之所以對馬勒感興趣，是源於學生時代看的李哲洋翻譯的威納爾（Vinal）的《馬勒》一書，說時遲那時快，陳黎就從書包裡翻出同樣一本、看來頗有歷史的李哲洋譯的《馬勒》，當下，相視莞爾。

陳黎——是什麼樣的想法，讓你想把馬勒介紹給台灣觀眾？

簡文彬——基本上，我覺得「馬勒」這兩個字就很「屌」！

陳——在台灣，從來沒有過這麼密集地演出馬勒一系列作品，這次可說是破天荒之舉，是什麼樣的想法，讓你想把馬勒介紹給台灣觀眾？

簡——基本上，我覺得「馬勒」這兩個字就很「屌」！讀藝專的時候我們都會胡思亂想，除了自己的樂器之外，會想接觸一些很「酷」的東西，像哲學、史賓諾沙之類的，事實上也不懂他講些什麼東西，但是就覺得要去看。我覺得馬勒也是扮演這樣的角色，但是他的音樂很長，那個時候根本就聽不完。

　　第一次真正接觸馬勒是去看市立交響樂團的排練，那時只覺得「音樂很長」。後來自己在樂團裡演奏馬勒《第一號交響曲》，負責打鑼，但那個時候對馬勒並沒有什麼特別的感覺。

　　當學生的時候，我就開始聽一些馬勒的作品，但聽不下去，常常聽一聽就睡著了。我接觸到李哲洋翻譯的《馬勒》之後，卻欲罷不能地一直看下去，還在書旁寫或畫了一大堆心得。等到比較老一點，思緒慢慢拉得比較長、想得比較多，就開始覺得自己有一點點可以去欣賞馬勒的作品。

　　到了維也納後，有一次到郊外去看馬勒的墓碑，受到很大的震撼。我還記得那天是禮拜天早上，天氣有點陰陰的，墓碑上寫著「Gustav Mahler， 1860-1911」，我整個人呆住了。

　　在李哲洋譯的那本書中，把馬勒寫得多偉大，死後大家多傷心，還有兒童合唱團來為他演唱，但是馬勒的墓碑卻只簡簡單單告訴你：「我叫 Gustav Mahler」，完全不跟你廢話，我

覺得這太厲害了。那個時候心裡滿激動的，我們還做了一件蠢事，拿了紙寫上「某某某到此一遊，希望某年後還可以再見馬勒的墓碑」，然後用香煙外面的塑膠套把紙包起來，塞到墳墓旁邊。

在維也納看了很多表演，發現維也納的同時，也開始認識馬勒。雖然維也納國立歌劇院經歷二次大戰破壞後重建，已經不是馬勒當時演出的舞台，但畢竟還是在這個地方，維也納音樂廳也掛了一個馬勒的浮雕像，就這樣覺得自己慢慢在接近馬勒中，那時我才真正地去聽馬勒的音樂。

當時我就開始想「以後一定要在台灣要弄一次馬勒」，但是當時的想法其實是想要看到很多樂團、指揮、歌手，大家來弄一個馬勒音樂節，就像一九二○年在阿姆斯特丹舉行的第一次「馬勒音樂節」一樣，那次的演出很驚人，幾乎每兩天就表演一部作品，非常密集。

我覺得馬勒是一個里程碑。就像貝多芬的九大交響曲銜接了古典與浪漫，並拓展出未來的路，到了馬勒又做了一次收成，導引出一些不同的路。

陳——一九七一年，義大利導演維斯康堤（Luchino Visconti）改編拍攝德國小說家湯瑪斯‧曼（Thomas Mann）的《魂斷威尼斯》，書中本來敘述一位年老的作家，為了一個少年，不顧瘟疫，堅持逗留於威尼斯，維斯康堤將作家改成音樂家，電影配樂從頭到尾都使用馬勒《第五號交響曲》第四樂章，顯然有強烈的馬勒影子存在。這部電影在好萊塢試片時，製片聽到配樂覺得很不錯，問是誰作，旁邊的人答說馬勒，製片說：「下週找他來簽約。」那時馬勒早已不在人世！可見馬勒在 一九

七〇年代的美國也還未廣爲人知，我們現在演出馬勒系列，其實也不算晚。

陳黎——如果要到一個荒島上，你會選擇帶馬勒的哪一部交響曲去？

簡文彬——大概是《第十號交響曲》吧！因爲它讓你有想像的空間。

陳——馬勒的作品以「冗長」見稱，在你涉獵馬勒的過程中，是從哪些作品開始一步步接觸馬勒？

簡——一開始接觸馬勒是因爲《大地之歌》，覺得這首歌眞是太厲害了，裡面採用了很多中國的詩詞，先是被翻成法文，後又被翻成德文，但是很有趣的是，歌曲的基本意境依舊存在。

　　剛開始我是先接觸純器樂作品，像第一號、第五號這樣比較熱鬧的交響曲。歌曲是在我到維也納之後，幫一些聲樂學生伴奏，覺得馬勒的作品很難彈，於是開始去找一些資料。像《大地之歌》，馬勒就曾經寫過兩個版本，一個是專門寫給鋼琴伴奏，以前的音樂學者對這份文獻的設定有點偏差，認爲這份樂曲只是鋼琴總譜，可是後來經過推敲，找到其他資料佐證，馬勒眞的有心要譜一首給兩個歌手及鋼琴伴奏的版本。鋼琴伴奏的版本跟現在的版本有很大的差別，有的甚至整段曲調都不一樣，我當時研究這些資料，就覺得很有趣。

　　經由伴奏的過程，我才開始去接觸馬勒沒有被編成管弦樂的曲子，後來簡直愛死《年輕旅人之歌》與《呂克特之歌》。

陳——你覺得馬勒的哪些作品是你很喜歡而且覺得很「安全」，可以推薦給聽眾當作接觸馬勒的入門音樂？

簡——《年輕旅人之歌》應該是不錯，你覺得呢？

陳——我自己也滿喜歡的。

簡——一開始叫大家聽《千人交響曲》（第八號交響曲）應該會「ㄘㄨㄚˋ」起來。

陳——我也很喜歡《呂克特之歌》，尤其是其中的〈我被世界遺棄〉，歌詞本身就很深刻。但我的最愛還是《年輕旅人之歌》，《年輕旅人之歌》的歌詞只有第一首是從德國民謠詩集《少年魔號》轉化而成，其他都是馬勒自己寫的，像〈伊人的一對藍眼睛〉寫著：「路旁立著一棵菩提樹，／我在那兒休息，第一次睡著了。／躺在那菩提樹下，落花／灑在我身上，／我忘卻了生命的苦痛，／一切，一切又復原了！／一切，一切！愛與悲傷，／世界與夢！」這真迷人，而且很「安全」，可以聽得懂，聽得喜歡。我推薦這部作品。

如果要到一個荒島上，你會選擇帶馬勒的哪一部交響曲去？

簡——大概是《第十號交響曲》吧！因為它讓你有想像的空間，馬勒留下的手稿中，只能算勉強完成了第一樂章。還有像《大地之歌》最後一樂章也很厲害，慘到不得了；以及《呂克特之歌》的〈我被世界遺棄〉。看起來好像我比較黑暗面，都

喜歡這種比較慘的音樂。

陳黎——就算以今日後現代的標準來看，馬勒的音樂依舊讓人
感受強烈，他並置、拼貼了許多的不同事物。

簡文彬——我覺得是因為那個時候沒有電影，馬勒的音樂是有
故事、畫面的。

陳——提到馬勒，我們的印象似乎停留後期浪漫主義龐大編制
的樂曲，但是馬勒所創作的龐大交響樂中，同時又兼顧了許多
小細節，使得他的作品有一種親密性的特質。馬勒的天才，結
合了宏偉的音樂架構與室內樂般親密的氣氛，我覺得這是馬勒
與其他後期浪漫主義作曲家很不同的地方。

　　在馬勒的作品或生平中，我們可以很清楚地見到一種「二
元性」，而這其中被提到最多的，則是他死前一年向精神分析
大師佛洛依德的告解。馬勒的爸爸是個很粗暴的人，與妻子的
關係並不好，使馬勒從小就生活在家庭暴力的陰影下。有一次
馬勒的父母又開始爭吵，馬勒受不了便奪門而出，到街上卻聽
到手搖風琴奏出的流行曲調〈噢，親愛的奧古斯丁〉（即中譯
〈當我們同在一起〉）。逃出家裡的爭吵，卻在街上聽見歡樂的
歌謠，這是一種很大的情境轉變，此種「人生至大不幸與俚俗
娛樂的交錯並置」，自此即深植在馬勒腦中。可以說，馬勒在
還沒認識生命之前，就已認識了「反諷」。

　　我上次看一部影片，提到幼年馬勒的第一首習作，前半部
用了「送葬進行曲」，後半部用了「波卡舞曲」，可見他小時候
就知道生命的矛盾與衝突，「二元性」的標誌從小就貼在他的
作品中。「二元性」表現在馬勒很多作品上，如簡單與複雜的

並置、高雅對應俗豔、混亂對應抒情、狂喜對應鬱悶，他有很多旋律是很官能的，但目標卻是想理智地傳遞某些東西。

作為一個音樂家，馬勒這種「二元性」特質，對你在詮釋他的作品時，有沒有什麼意義存在？

簡——在布魯克納時期就已經有「二元性」的做法，像他會在一段段農村歡樂氣氛的音樂中，突然出現神聖的管風琴音樂，布魯克納自己形容「就像是在鄉村中遇見一個教堂」。

陳——我們現在講到馬勒的第一號交響曲《巨人》，會覺得很熱鬧，但在當時首演時，觀眾的反應卻很冷漠。在《第一號交響曲》中，先是呈現森林般的舒緩樂曲；但到了第三樂章，馬勒居然把波西米亞的民謠〈兩隻老虎〉，轉成怪誕的送葬進行曲；送葬曲完了之後，又突然出現醉酒般的搖擺節奏，當時的聽眾覺得這樣的樂章實在太怪異了。就算以今日後現代的標準來看，馬勒的音樂依舊讓人感受強烈：他並置、拼貼了許多的不同事物。

簡——我覺得是因為那個時候沒有電影，馬勒的音樂是有故事、畫面的。

陳——你覺得馬勒的音樂是比較偏向標題，還是比較純粹、抽象？

簡——有人說馬勒的音樂是「指揮的音樂」(Kapellmeistermusik)，我比較能體會這種感覺。在馬勒的作品中，有一個很重要的關

鍵，就是他同時身為一個職業指揮的經驗，而且是在大型歌劇院裡面。在指揮的時候，頭腦必須非常冷靜，因為指揮家必須主控全場，馬勒不但有這些經驗，而且他非常清楚效果，知道怎麼去營造氣氛。

雖然馬勒的《第一號交響曲》首演並不成功，但他自己也在修正，後期的曲子首演都滿成功的，《第八號交響曲》就更不用說了，根本是歡聲雷動。

陳──我覺得每個時代、每個階段都有可能重新去「再發現」一個作曲家，像《第五號交響曲》成了維斯康堤電影中的配樂，因而受到歡迎。前幾天我看了伍迪‧艾倫的《大家都說我愛你》，片中茱莉亞‧蘿勃茲飾演一個對婚姻不滿的女子，而伍迪‧艾倫的女兒正巧偷聽到她與心理醫師的談話，所以知道茱莉亞內心所有的想法。在女兒幫助下，離婚的伍迪‧艾倫開始追求茱莉亞‧蘿勃茲。電影中有一幕是伍迪‧艾倫假裝巧遇茱莉亞‧蘿勃茲，並在談話中提到自己喜歡古典樂，特別是馬勒的《第四號交響曲》，以投茱莉亞‧蘿勃茲所好。伍迪‧艾倫是個諷刺家，他在編寫這句台詞時，當然也是在諷刺那些對馬勒《第四號交響曲》充滿浪漫想法的人。但這種諷刺未必適合台灣，在台灣的聽眾還沒有充分聽過第四號交響曲之前，這種諷刺沒什麼意思。所以我覺得舉辦「發現馬勒」系列很好，這幾乎是一生的功課。

在馬勒的交響曲中，第七號的評價很特別。一九〇二年馬勒跟愛爾瑪結婚，這應該是他生命中最愉快的階段，可是他卻寫下了第五號、第六號、第七號這樣具有強烈悲劇預感的樂曲。我本來沒有特別注意《第七號交響曲》，直到有一次在小

耳朵上看到阿巴多在二○○一年指揮柏林愛樂的演奏，嚇了一跳，覺得這音樂非常純粹、音樂性很高，跟馬勒其他作品不同，眞是迷人。在我自己發現馬勒的過程中，第七號是讓我覺得很棒的一部作品。

爲什麼我會覺得《第七號交響曲》迷人？其實就像我自己寫詩一樣，我在一九八○年以〈最後的王木七〉得到時報文學獎詩首獎，詩中描寫了礦工們愁慘的生活以及宿命的認知。那時可能還年輕吧！年紀增長後覺得藝術這東西，不能，也不必負擔太多現實或政治的使命。內心的抽象表現是藝術很重要的部分，當詩的聲音、韻律、氣氛都營造好後，就是自身俱足的作品，很好的藝術了。所以當我聽到《第七號交響曲》這樣純粹的音樂時，覺得實在很棒。

我聽阿巴多指揮的第七號，一聽到第四樂章馬勒把銅管樂器、打擊樂器都拿掉，改加上曼陀鈴和吉他，我心裡就浮現：「這是魏本！」後來重看李哲洋譯的《馬勒》，才知道這個樂章預告了魏本作品 10《五首管弦樂小品》的音響。馬勒對音色的開發，明顯地影響到荀白克、魏本、貝爾格這些二十世紀的現代音樂作曲家。

你覺得馬勒的音樂是比較多十九世紀末的「後期浪漫派音樂」，還是二十世紀初的「表現主義音樂」？

簡──我覺得馬勒承接了十九世紀發展的成果，並爲未來留了好幾條大道，就像他自己也講「我的時代終於來臨了」。以實際面來說，馬勒有一個我滿尊敬的地方，就是他在維也納宮廷歌劇院擔任總監時，提攜了非常多人，這很了不起。

陳——我覺得以詞曲來看，馬勒比較多是十九世紀的浪漫主義，還沒有像無調性這麼絕對的作品產生，但是如果他再活下去的話，我相信他的音樂會跟二十世紀嶄新的表現方式不謀而合。

講到《第七號交響曲》，據說馬勒當初一直擔心樂團的管樂首席沒辦法把第七號交響曲處理好。

簡——對呀！因為銅管很重，所以通常管樂會在第一部加一個助理，可是馬勒在指揮《第七號交響曲》的時候，要求第一部、第三部都要加助理，完全是沒有信心。

陳——時代隔了一百年，這種擔心會不會比較少一點？

簡——當然會！不要忘記馬勒第一次首演是在東歐的布拉格，如果跟當時的維也納愛樂比起來是比較差。

陳——馬勒在音樂中描繪了很多鳥的聲音，而梅湘更是號稱「鳥人」。你覺得這兩個人可以相比較嗎？
簡——這樣的比較很有趣，但在音樂上我想兩人還是不同。梅湘的音樂從管風琴出發，講求音樂的「色澤」，而馬勒作曲則是完全走實際面，講求與管弦樂團的互動。

陳——對於詮釋馬勒，你有沒有什麼自己的心得或觀察？

簡——就是一直把馬勒的東西裝進腦子，這樣就更能了解他的背景、思想。其實最重要的還是形式問題，作一個指揮很重要

的是要能掌控全曲，如果心忽然不見了，就會不知道怎麼接下去，這很恐怖。在碰到樂團之前，指揮家就已經要完全掌握曲子了，有時候是自己敲鍵盤、有時候是聽別人演奏，透過這些方法來增加對曲譜的掌握。

陳——馬勒在音樂中描繪了很多鳥的聲音，而梅湘更是號稱「鳥人」；愛爾瑪對馬勒的音樂有很大的影響，而梅湘夫人羅麗歐（Yvonne Loriod）則是梅湘音樂的首演者。你覺得這兩個人可以相比較嗎？

簡——這樣的比較很有趣，但在音樂上我想兩人還是不同。梅湘的音樂從管風琴出發，講求音樂的「色澤」，像陳郁秀（鋼琴家、前文建會主委）說她在法國上梅湘的樂曲分析，第一堂課梅湘就在鋼琴上任意彈一個音，然後問他們這是什麼顏色。而馬勒作曲則是完全走實際面，講求與管弦樂團的互動，他的作品中不會出現那種沒辦法演奏的東西。

陳——像梅湘那種神秘主義者，跟馬勒的悲觀神經質，當然是很不一樣，但是他們都很在意音色。馬勒很少像華格納或布魯克納一樣，動輒讓所有樂器齊奏高鳴，力量全出，他往往把力量分成好幾股，在適當時候再發揮全力，造成更精采的對比效果。

簡——馬勒跟梅湘都很重視音色，但是出發點不一樣。梅湘是在找一個聲音，可是馬勒是用音色來表達他的情感。馬勒常常會要求管弦樂手把樂器舉起來，讓聲音忽然變得很亮，這不只

是為了作秀，而是一個「表情記號」。像《大地之歌》就有碰到這種情況，小喇叭必須表現一個不可能吹出來的低音，這時馬勒忽然要樂手把喇叭舉高，用動作來表達音色。馬勒用所有的媒介在傳達他的感情，不論是管弦樂的樂器、動作或音色。

陳——感謝你讓我們有機會發現馬勒。

簡——我覺得這是一個接軌的問題，馬勒系列人家一九二〇年就做了。像梅湘的《愛的交響曲》（《圖蘭加麗拉交響曲》）已經首演了五十幾年，我們這邊還沒聽過，更別說我們還有更多的音樂沒聽過，所以，我想要多介紹這樣的音樂。

——原載《表演藝術雜誌》2004 年 11 月號

陳黎書目

【詩集】

廟前。東林文學社，1975・11

動物搖籃曲。東林文學社，1980・5

小丑畢費的戀歌。圓神出版社，1990・4

親密書：陳黎詩選1974-1992。書林出版公司，1992・5

家庭之旅。麥田出版公司，1993・4

小宇宙。皇冠出版公司，1993・10

島嶼邊緣。皇冠出版公司，1995・12；九歌出版公司，2003・11

Intimate Letters: Selected Poems of Chen Li

（親密書：英譯陳黎詩選1974-1995）。書林出版公司，1997・5

陳黎詩集Ⅰ：1973-1993。書林出版公司，1998・8

貓對鏡。九歌出版公司，1999・6

陳黎詩選：1974-2000。九歌出版公司，2001・4

苦惱與自由的平均律。九歌出版公司，2005・10

小宇宙：現代俳句200首。二魚文化公司，2006・2

【童詩集】

童話風。三民書局，1997・4

黑白狂想曲。三民書局，2003・2

【明信片詩集】

給時間的明信片。皇冠出版公司，1992・5

【散文集】

人間戀歌。圓神出版社，1989 · 8

晴天書。圓神出版社，1991 · 4

彩虹的聲音。皇冠出版公司，1992 · 7

立立狂想曲。皇冠出版公司，1994 · 3

詠嘆調。聯合文學出版公司，1995 · 1

偷窺大師。元尊文化公司，1997 · 9

聲音鐘。元尊文化公司，1997 · 9（人間戀歌、晴天書之合集）

陳黎散文選：1983-2000。九歌出版公司，2001 · 4

陳黎情趣散文集。印刻出版公司，2007 · 5

陳黎談藝論樂集。印刻出版公司，2007 · 5

【音樂評介集】

永恆的草莓園。大呂出版社，1990 · 3

冷豔的音樂火焰：盧炎。時報出版公司，1999 · 9

【譯著】

聶魯達詩集。遠景出版社，1981 · 5（收於諾貝爾文學獎全集）

密絲特拉兒詩集。遠景出版社，1983 · 3（收於諾貝爾文學獎全集）

沙克絲詩集。遠景出版社，1983 · 3（收於諾貝爾文學獎全集）

神聖的詠嘆：但丁。時報出版公司，1983 · 8

神聖的詠嘆：但丁導讀。書林出版公司，1994 · 9（前書之改版）

拉丁美洲現代詩選。書林出版公司，1989 · 5

帕斯詩選。書林出版公司，1991 · 7

四方的聲音：閱讀現代‧當代世界文學。花蓮文化中心，1993 · 6

辛波絲卡詩選。桂冠出版公司，1998 · 1

聶魯達詩精選集。桂冠出版公司，1998‧3

聶魯達《一百首愛的十四行詩》。九歌出版公司，1999‧6

世界情詩名作一百首。九歌出版公司，2000‧8

四個英語現代詩人：拉金，休斯，普拉絲，奚尼。花蓮縣文化局，
　　2005‧5

拉丁美洲詩雙璧：《帕斯詩選》‧聶魯達《疑問集》。花蓮縣文化
　　局，2005‧5

致羞怯的情人：四百年英語情詩名作選。九歌出版公司，2005‧8

下雨下豬下麵條（傑克‧普瑞拉特斯基童詩集）。天下遠見出版公
　　司，2006‧3

【編選】

花蓮現代文學選：散文卷。花蓮文化中心，1992‧1

花蓮現代文學選：詩卷。花蓮文化中心，1992‧5

洄瀾憶往：花蓮開埠三百年紀念攝影特輯。花蓮文化中心，
　　1992‧5

共鳴的回憶：郭子究合唱曲集。花蓮文化中心，1996‧6

詩樂園：現代詩 110 首賞析。南一書局，2007‧4

【作品評論】

在想像與現實間走索：陳黎作品評論集。王威智編。書林出版公
　　司，1999‧12

INK PUBLISHING
印刻
深耕文學與生活

劃撥帳號：19000691　成陽出版股份有限公司　掛號另加 20 元
本書目所列定價如與版權頁有異，以各書版權頁定價為準

文學叢書

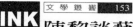

文學叢書 153

陳黎談藝論樂集

作　　者	陳　黎
總 編 輯	初安民
責任編輯	陳思妤
美術編輯	張薰芳
校　　對	陳思妤　陳　黎

發 行 人	張書銘
出　　版	INK印刻出版有限公司
	台北縣中和市中正路 800 號 13 樓之 3
	電話：02-22281626
	傳真：02-22281598
	e-mail：ink.book@msa.hinet.net
網　　址	舒讀網 http://www.sudu.cc

法律顧問	漢廷法律事務所
	劉大正律師
總 代 理	展智文化事業股份有限公司
	電話：02-22533362・22535856
	傳真：02-22518350
郵政劃撥	19000691 成陽出版股份有限公司
印　　刷	海王印刷事業股份有限公司

出版日期	2007 年 5 月　初版
ISBN	978-986-6873-19-5

定價　280 元

Copyright © 2007 by Chen Li
Published by **INK** Publishing Co., Ltd.
All Rights Reserved
Printed in Taiwan

國家圖書館出版品預行編目資料

陳黎談藝論樂集／陳黎 著.-- 初版,
　 - - 臺北縣中和市：INK 印刻,
2007〔民96〕面；　公分（文學叢書；153）
　　 ISBN 978-986-6873-19-5 （平裝）
　　　 1.音樂 - 鑑賞
　910.13　　　　　　　　　96005039